百年大师经典

傅抱石

傅抱石 著

天津出版传媒集团

天津人民美术出版社

图书在版编目（CIP）数据

百年大师经典. 傅抱石卷 / 傅抱石著. -- 天津：天津人民美术出版社，2021.12
 ISBN 978-7-5305-9827-6

Ⅰ. ①百… Ⅱ. ①傅… Ⅲ. ①傅抱石（1904-1965）－文集 Ⅳ. ①J12-53

中国版本图书馆CIP数据核字(2021)第233895号

百年大师经典　傅抱石卷
BAINIAN DASHI JINGDIAN　FU BAOSHI JUAN

出　版　人	杨惠东
责 任 编 辑	袁金荣
助 理 编 辑	刘贵霞
技 术 编 辑	何国起　姚德旺
责 任 审 校	李登辉　李育伟　李　佳　甄丽洁
出 版 发 行	天津人民美术出版社
社　　　址	天津市和平区马场道150号
邮　　　编	300050
电　　　话	(022)58352900
网　　　址	http://www.tjrm.cn
经　　　销	全国新华书店
制　　　作	天津市彩虹制版有限公司
印　　　刷	天津印艺通制版印刷股份有限公司
开　　　本	710毫米×1000毫米 1/16
版　　　次	2021年12月第1版
印　　　次	2021年12月第1次印刷
印　　　张	12.5
定　　　价	68.00元

版权所有　侵权必究

目 录

国画变迁

研究中国绘画的三大要素 / 3
佛教的影响 / 12
唐代的朝野 / 18
南宗全盛时代 / 26
画院的势力及其影响 / 37
有清二百七十年 / 44
民国以来国画之史的观察 / 55
从中国绘画线的问题来看现实主义理论的展开 / 63
关于中国画传统问题的几点浅见 / 70
中国绘画"山水""写意""水墨"之史的考察 / 77

国画特征

中国绘画之精神 / 93
中国绘画思想之进展 / 102
中国画的特点 / 111
中国的人物画和山水画 / 121

目 录

国画创作

我的作品题材（节选）／ 153
从生活入手 ／ 159
东北写生杂忆 ／ 162
谈山水画创作 ／ 171
谈山水画写生 ／ 176
论皴法 ／ 188
中国山水画的空间表现 ／ 192

国画变迁

研究中国绘画的三大要素

这是：

1. 轨道的研究中国绘画不二法门！
2. 提高中国绘画的价值！
3. 增进中国绘画对于世界贡献的动力及信仰！
4. 中国绘画普遍发扬永久的根源！假若艺术是个人，恐怕世界上也找不出这样一个人。又骄傲，又和蔼，又奇特，又普泛，又像高不可攀，又像俯拾即是……原来他在中国地位不过如此！

子曰："游于艺。"——《论语》

俗话说得好："勤有功，戏无益。"游者，戏也。当然算不了什么经国之大业，不朽之盛事！是个无益的买卖。然而孔老夫子的课程——德行、言语、政事、文学——以外，还有礼、乐、射、御、书、数六项的课外作业。可见虽曰"游而已！"，究竟是需要狠迫。在当时无论时间或空间的艺术，都还是雏形粗具，并不能引起多数人的探讨。不过，"画者，所以补文字之不足也"，及"子在齐闻韶，三月不知肉味"，绘画和音乐，比较发达罢了。《孔子家语》载："孔子观乎明堂，睹四门牖，有尧舜之容，桀纣之像，而各有善恶之状，兴废之戒焉！"张敦礼云："画之为艺虽小，至于使人鉴善劝恶，耸人观听，为补益岂其侪于众工哉？"可知这时候绘画的目的，和今时判然了。今时以科学昌明的缘故，似乎以从古的事实，加以怀疑，加以鄙薄。

但人类的进化，历史自然非常幽远，变迁也渐而不觉突然。当文智不太启展，一切政教宪章，只求其备，遑论"美""善"！某种东西，它直接或间接若能辅助政教之一部，它的发展必然迅速。姑认它的结果，它将来的结果；和"辅助"差得不可以道里计，而这段过程，艺术也是必经之途。除非绝对昧于文化的迁变者，才会否认。因此，孔子观乎明堂的故事，也就大足惊人，煞是可观；然不能说不是中国绘画发达的原因、内强有力的原因了！

中国绘画实是中国的绘画，中国有几千年悠长的史迹，民族性是更不可离开。兴兴替替、盛盛衰衰的一页一页，并不可不毫加注目。过去是将来参考的"线"，虽不一定这条"线"不变，痕迹总是足以追求、足以搜检。所以中国的绘画，也有它的"线"。所以中国的绘画，也有特殊的民族性。较别的国族的绘画，是迥不相同！

拿非中国画的一切，来研究中国绘画，其不能乃至明之事实。和拿中国老式的绣鞋，强穿于天足的妇女是一样。绣鞋的美丑不是问题，合不合才是重大的意义。好像江西景德镇的瓷器，非鄱阳乐平的泥来做不行。广东、福建固也有瓷器，但也是瓷器，式样尽管相同，决不能把景德镇的特色搬来批评。这个理由，正是中国绘画的一切，必须中国人来干。

中国绘画，既含有中国的所有形成其独立性，又经多多少少的研究者，本此而加以洗刷，增大，致数千年而不坠。则独立性之重要可谓蔑以复加！记得马哥利（M.R.Margnerye）说过"西人欲知中国绘画的真价值者，须抛弃其平生所学之美术教育和审美观念"的话，那"真价值"一语，岂非与美术无关？须知此正为中国绘画有真价值，故与美术无关，故与美术绝其相属之因缘。美术乃论一般的，不能及此，更不许据此以批评。而近代中国的画界，常常互为攻讦，互作批议，这是不知中国的绘画是"超然"的制作。还有大倡中西绘画结婚的论者，真是笑话！结婚不结婚，现在无从测断。至于订婚，恐在三百年以后。我们不妨说近一点。

不过把中国绘画的左右前后随便取一点看来，知道了前后左右都是造成"超然"的材料。"超然"不打倒，所谓"中""西"在绘画上永远不能混为一谈。但好奇的画论者，寻着了一小部分——似是而非的一小部分——就说沟通了。东画西化，或西画东化，也信口道出。比如西方的图案画，已经远别它本身的目的而从事调剂的运动，便化得人不像人，鬼不像鬼！反而引起了所谓"恶魔主义""立方主义"……的逞雄。中国绘画根本是兴奋的，用不着加其他的调剂。《金石索》上的武山堂石刻，西洋人就便化一百年便也就"化"不出来。中国绘画既有这伟大的基本思想，真可以伸起大指头，向世界的画坛摇而摆将过去！如入无人之境一般。我们不应妄自菲薄，应当努力去求这伟大的基本思想如何造成。

如何可以造成？明代董其昌说是应该这样：

> 读万卷书，行万里路，胸中脱去尘浊，自然丘壑内营，立成鄞鄂。随手写出，皆为山水传神！

——《画旨》

清代沈宗骞说是应该这样：

> 夫求格之高，其道有四：一曰清心地，以消俗虑；二曰善读书，以明理境；三曰却早誉，以几远到；四曰亲风雅，以正体裁。

——《芥舟学画编》

他并说明以下的理由：

> 笔墨虽出于手，实根于心。鄙吝满怀，安得超逸之致？矜情未释，何来冲穆之神？郭恕先、黄子久人皆谓其仙去，夫固不可知，而其能超乎尘埃之表，则其独绝者。故其手迹流传，后世得者，珍逾拱璧。苟非得之于性情，纵有绝世之资，穷年之力，亦不能到此地位。故一曰清心地，以消俗虑。理无尽境，况托笔墨以见者邪？尤当会其微妙之至，以静参其消息。岂浅尝薄植者所得预？若无书卷以佐之，既粗且浅，失隽士之幽深；复腐而庸，鲜高人之逸韵。夫自古重士大夫之作者，以其能陶淑于书册卷轴之中。故识趣兴会，自得超超元表，不肯稍落凡境也。故二曰善读书，以明理境。松雪云："乳臭小儿，朝学执笔，莫已自夸其能。"是真所以为乳臭也。要知从事笔墨，初十年仅得略识笔墨性情，又十年而规模粗备，又十年而神理少得，二十年后乃可几于变化，此其大概也。而虚其心以求者，但觉病之日去，而日生张皇补苴，救过不遑，何暇骤希名誉？及至功深火到，自有不可磨灭光景，是以信今而传后。故三曰却早誉，以几远到。古人左图右史，则图与史实为左右。故作者既内出于性灵，而外不得不更亲风雅。吮墨闲窗，动合风人之旨；挥毫胜日，时抽雅士之怀。味之而愈长，则知其蕴之深也；久之而弥彰，则知其植之厚也。蕴深而植厚，乃是真正风雅，亦是最高体格。南宗院体，且薄之如不屑，若刻画以为工，涂饰以为丽，是直与髹工彩匠同其分地而已！故四曰亲风雅，以正体裁。

——《芥舟学画编》

近人陈衡恪说是应该这样：

文人画之要素：第一人品，第二学问，第三才情，第四思想。具此四者，乃能完善。盖艺术之为物，以人感人，以精神相应者也。有此感想，有此精神，然后能感人而能自感也。所谓感情移人，近世美学家所推论视为重要者，盖此之谓也欤？

——《文人之画之价值》

今把三个人的方法试列如下：

董其昌：①读书；②广见闻；③脱俗。

沈宗骞：①清心；②读书；③却誉；④正体。

陈衡恪：①人品；②学问；③才情；④思想。

看来陈氏所举，较为确切。"清心""脱俗""却誉"，不若"敦品"。"读书"即求学问。"广见闻"即扩开思想。但"思想"从"才情"而生，"正体"与"学问"类似。我以为，"人品""学问""天才"三项，可以概括。

这就是造成中国绘画基本思想的三大要素。

这就是研究中国绘画的三大要素。

先分别来说："人品"如何是第一要素呢？

这幅画未曾动笔，这时候除去笔、墨、纸，或颜料之外，只"我"是使白的纸和笔墨接触的绍介。虽然尚有境界、气韵、骨法……的顾及，而在白的纸上，纵横起来，执行者在"我"，怎样执行也是"我"，画面所承受的一切都是在"我"的"我"了。画面有"我"，"我"有画了。但画面在"我"所加入，画面是绝对容受，绝不敢见拒。换句话说，"我"要东，画面容受在东，绝不致西。画面与"我"合而为一。然欲希冀画面境界之高超，画面价值之增进，画面精神之紧张，画面生命之永续，非先办讫"我"的高超、增进、紧张、永续不可。"我"之重要可想！"我"是先决问题。

"我"是一个人，"我"的价钱，即是"人品"。

"人"一切的主宰属掌脑神经，"脑"的故事出来了。

现在叫作银圆的，从前是叫作银子。现在叫作性教育的，从前是叫作"中冓之言"。现在叫作"脑"的，从前是叫作"心"。科学的恩惠，使我们知道"心"是不能够发号施令的东西。这最大的权威，证明属于

"脑"了。与其说是画面等于"我",何若说是画面等于"脑"呢?郭若虚说:"凡画气韵本乎游心。"米友仁说:"子云以字为心画。非穷理者,其语不能至是。是画之为说,亦心画也。"这"心画"二字,应该称作"脑画"。所以"脑"不改造,"脑画"是吃不起价钱的。因为"脑"的价钱,根本就不高。原来中国许多画人,形形色色,价钱很不一致。有皇帝的价钱,也有皂卒的价钱;既有墨客的价钱,就也有骚人的价钱。可是"脑"都不属于当时。若就我们说,"脑"是不属于现在。或早几十年,或晚几十年。一个伟大的画人,在当时,对他只有排斥、攻击,或至于威迫。他受不起了,根据"不平则鸣"的公式,定是充满怀恨和报复的心境。然常常政治的力量,足以使社会的现态安然不动,更不许身体有绝对自由的行动。好在每个人都有一个"玄之又玄,众妙之门"的脑袋,差可不受其挟制。但这种精神的戕杀,我否认是少数人的事。不过伟大的画人,他的"脑"特别前进,特别敏锐,不断地去搜检戕杀的证明罢了。他这种搜检的获得,是多面的归纳与散开,当不是人人可以如此。所以伟大的画人,是时代的中心,他的"脑",是一座晶亮亮的时代之灯!

那伟大的画人,不是罪人吗?

不对的。艺人的罪,是现实的罪,现实既有戕杀"脑"的行为,而"脑"反因此增加其改造。战国时的屈原先生,是一个好例。《离骚》二千四百多字,不是现实的罪状吗?可知"脑"的改造,直接即增加"我"的价钱,间接即增加画面的完美。欲提高画面的价值,第一须改造"脑",第二要有"人品"。

姑以"素人"一名词,代表普通的人,那素人正是画人的相对方。素人以为美的,未必画人以为美。素人以为对的,也许画人以为大逆不道!素人以为不应如此,画人或欣然说正中下怀!这统统关系"脑",关系"人品"。洋房好住,但在画面不一定好看。茅屋破烂得不足蔽风雨了,画面表现出来是风致幽然!这些冲突的所在,即是艺术之宫!"人品"不高的是不得其门而入。倪云林说:"余之竹,聊以写胸中之逸气耳!"又说:"仆之所谓画者,不过逸笔草草。"逸气,逸笔,自是逸品。但从他的"人品"中得来,居"神""妙""能"之上,为元四大家之首。非可幸致的呀!后来文征明题他的画,有"人品不高,用墨无法"之叹。岂但用墨无法，亦令人作三日呕！

有了相当的"人品"，即得了第一个要素。

画有士人之画与作家之画。士人之画，妙而不必求工；作家之画，工而未必尽妙。故与其工而不妙，不若妙而不工。

——《溪山卧游录》

中国绘画，自六朝微露了这两种的分崇，至李唐而益著。几千年来，士人画，其价值远过作家的一切，这个道理，是非常简单的。即：

士人之画：①境界高远；②不落寻常窠臼；③充分表现个性。

作家之画：①面目一律；②皆有所自勾摹；③徒作客观的描绘。

还可以说：

士人之画，不专事技巧的讲求。

作家之画，乃专心形似的工致。

因此前者又叫作文人画，后者又称画工。我所希望的研究者，当然不愿意造成一个画工，画而为工，还有画吗？昔人评大年画，谓得胸中着万卷书更奇！是以胸中无书，即不能作画。尤其是士人之画，非多读书不可。否则不特画意不高，并不明画理。苏东坡说得极妙！

余尝论画：以为人禽宫室器用，皆有常形。至于山石竹木，水波烟云，虽无常形，而有常理。常形之失，人皆知之；常理之不当，虽晓画者有不知。故凡可以欺世而取名者，必记于无常形者也。虽然，常形之失，止于所失，而不病其全。若常理之不当，则举废之矣。以其形之无常，是以其理之不可不谨也。世之工人，或能曲尽其形，而至于其理，非高人逸才不办。

——《东坡集》

又说：

观士人画，如阅天下马，取其意气所到。乃若画工，往往只取鞭策皮毛，槽枥刍秣，无一点俊发气！

——《东坡集》

画理的重要，没有学问的人不能明白，而觉其赘疣过甚。分明是同一布置的画面，而见仁见智，也大异其趣。在某一部分或某一笔之间，宛如临阵般严重，又宛如午夜般闲逸，又宛如处女般幽娴，又宛如勇士般雄伟，这类宛如……不明画理者，是"宛"然不如了。只会刻板地涂饰，无意义地挥洒，这是条线之遭际坎坷，把伟大的生命丧失。然一经落纸，非九牛之力所可挽回！或偶拾得一二佳制，揣意仿模，但形虽似而神早非，究是蔑却画理而不学问的大关键，怎能颖悟深邃的画面呢？无怪茫然无所措！

再浅近地说吧。

浅近地说，学问的范围多广岂是一人之力所能遍精？若不是抒发性灵的东西，不唯无用，反而致俗。譬如音乐、诗歌、小说……都应多多阅读，以开拓心胸。而这又不是一朝一夕的功夫，一定要平素修养成了习惯，有"六合皆空，唯我为大"的境界。什么名利荣辱，绝不许杂半点于方寸之中。这样下过了一番勤奋，一方面使驾驭画面的能力，猛烈地增加；一方面使心境和画境，互为挥发，融化为一。那么一点一画，一草一木，一山一石，都间接受学问的支配，臻于逸妙的峰巅。在笔墨的动作未停，胸中的丘壑即未尽；胸中的丘壑未尽，即学问的修养幽远。况且心愈用愈灵，学愈研愈精，这才使画面的生命，有了确固的保障。得了新的灌溉，发茁滋长，定是意中之事了！试看古往今来伟大的画人，哪个是目不识丁、胸无点墨之徒？我们假定为作画而学问，学问是绝不止有助于作画的。当时心地宽旷，灵犀豁然！所谓烟云供养，清朝的四王，不都是寿至八九十吗？故中国绘画是最精神、最玄哲的学问。有的五日一山，十日一水，倒不及草草的数笔。不及的道理，前者是成功于技巧，后者是发生于性灵，以人感人。技巧的结果，博不了多数人的鉴赏，唯有精神所寄托的画面，始足动人，始足感人，而能自感！有许多略学绘事的人，笑话是层出不穷了。搬着一本帖，刻意临写，而题曰仿某某、仿某派。甚至青绿说是学王维，勾花说是仿徐熙。还有画牡丹而缀以咏雪之诗，写渔父而题以樵子之什。种种谬构，不一而足！这是不学问的必然现象，然而尚不止此呢！看：

寡学之士，则多性狂。而自蔽者有三，难学者有二。何谓也？有心高而不耻于下问，唯凭盗学者以自蔽也。有性敏而才亦高，杂学而狂乱，志不归于一者自蔽也。有少年凤成，其志不劳而颇通，慵而不学者自蔽也。难学者何也？有漫学而不知其学之理，苟侥幸之策，惟务作伪以劳心，使神志蔽乱，不究于学者难学也。

——《山水纯全集》（原本疑有脱伪）

宋时画学犹分士流杂流，俱令治大小《经》，仍读《说文》《尔雅》《方言》《释名》等书，宜其下笔不苟也。子畏学画于东村，而胜东村。真是胸中多数百卷书耳！

——周亮工《读画录》

于古人之论说，复不肯静参而默会。所以致苦一生，而迄于无成。盖非好学深思，心知其意，而虚衷集益，安能拔俗？

——《浦山论画》

画法与诗文相通，必有书卷气，而后可以言画。

——《麓台题画稿》

六法一道，非惟习之为难，知之为最难。

——《麓台题画稿》

有人悟得丹青理，专向茅茨画山水。

——郭河阳

当然，画面美妙清隽的精神，是画理的分布及其组织。若昧而不透美妙清隽是极艰难的创造，则将无从迎纳于我的笔底，且永远无从颖悟。纵然是朝夕的调铅弄粉，吮毫濡墨，只不过作死自然的誊写者而已！辗转地说来，学问是必须努力虔修，毫无疑义了。

若有了高尚的"人品"，又有"学问"，即得了两个要素。

但有这样一个人，他的人品学问，都有相当的修养和造诣。在画面上总觉得意不逮笔，结果留下无穷遗憾。当着他画一山或一石粗成脉络的时候，心境中未尝不预有最高之希冀，笔舞墨飞，心得手应！方自竞竞然勤求勾染，哪晓得反因愈装饰而愈糟。或另一个人，三笔两笔，就能出精出神。这上面也说过这种话，是什么道理呢？呵！他不但缺少画理的知识，并且还没有画面的基本技能，他没有"天才"！

没有"天才"的画人，越画越坏，只有开倒车！

大概有天才的人，不知不觉中会流露一切。这流露，自己实是莫名其所以然，或仅感觉得兴趣高一点罢了。就以写字而论：一个字的笔画程序是一定的，然而有天才的人他写一横，绝不等于其他的一横，一竖一点也俱是一样。不同的缘故在哪里呢？这是天机，岂容泄露？不过一横一点之顷，天才者必不异样吃力，"吃力"是讨不到好。天才者也必不以为困难，"困难"可以使心手都受迟疑的束缚。这是天赋的特权，与生俱来的一种"力"。依稀记得有个故事。是有一个人，年纪很轻，"人品""学问"都不错。他的父亲一天叫他在身边，出"龙门"两个字给他对上。他开口就答"鼠洞"！字面是恰恰相称，总算对着了。但他的父亲竟因此一病不起，说他才器太小，终无大用！为什么不对"虎阙"，不对"凤阁"？"鼠洞""凤阁""虎阙"，天才在其中矣！

所谓"天才"，在这里简言之就是画才。

只要不是特别的笨伯——下愚都有造就的可能，只要专心一志，都有进步的希望，何不先教其品，而励其学？

三大要素备，乞往下细细地咀嚼吧！

佛教的影响

　　自汉以来，中国绘画已趋于线条变化的追求。山水画尚没有怎样开展，虽然渐脱了陪衬的地位。而所谓"皴法"，还没有人敢利用。但人物画的发展，却突飞猛进。这因为汉代的画像日见其多，若云台、麒麟阁……都是宏大的制作。它给予人民的暗示，出于帝王意想之外，不是形式的意义能把人民有所感动，是笔迹的绵绵有致，奇异的刺激，倒深入了一班有绘画天才者的脑海，充任了魏晋六朝人物画大兴盛的引子。

　　然天才的出现，相当的环境是增加力量的。固然是需要所有印象做自己的依归，而"骨法"的美备，也是需要更切的参考。自是心灵中会澎湃激荡不能自已。所以曹不兴、卫协、顾恺之、陆探微、张僧繇诸大家就应运而产生了！但最大的影响，还是佛教的输入。有人是这样证明：

　　佛教的宣道者，都能作画。他们所表现的和中国的画根本歧异。因此中国的画面从此受其感动而稍改旧观。

　　这话未免武断而且简单，传教的虽多，但每人都有绘画的能力，却未敢尽信。像这种不普遍的足迹，影响岂如此宏大！我以为魏晋六朝的画风，洵可说是完全的佛教美术，大约是三种环境所形成。

　　1. 六朝时崇尚清谈，朝野一致，信仰心极其普遍，且经典亦译出甚多。

　　2. 传教者络绎于印度、中国之间，且不时携绘制或雕塑的佛像来中国，不无影响。

　　3. 造像及壁画极盛。

　　只有"六朝金粉"一句话，这大可表示江南的人文艺苑之勃兴。斯时北地沦于夷狄，释教风行，至有国教之目，这或是后世"南""北"分歧的嚆矢。到了南北朝，梁武帝召集许多僧人，印度浮海而来的也极众多，大家在一块儿居住，并将天下的寺宇，优加崇饰。又自己亲受剃度做了和尚，经过这样现身说法的提倡，岂有不靡然成风的道理！人民默存虔敬信仰之心，当然不错。所以绘画也成了信仰心下的一种工作，无非引起观者崇拜的诚意。加之常常可以看到印度来的作品，于是也仿着描绘，并且从中颖悟了晕染的方法和背景的运用。又加之当时的造像画壁风起云涌，影响尤巨！丈六的，丈八的，四面的，六面的，不知多少。这不能不说是帝王嗜好的遗产，单举隋代一朝，便可骇人。

隋代佛教造像之盛，远非南北朝之比。文帝即位之开皇元年，发诏修复佛寺。至仁寿末年，造金、银、檀香、夹苎、牙、石等像，大小一十万六千五百八十躯，并修治旧像一百五十万八千九百四十躯。炀帝亦铸刻新像三千八百五十躯，其中有百三十尺之弥陀坐像等。旧像之修治，则达一十万一千躯。经此修治，凡周武灭法之惨迹，皆行回复。又文帝皇后独孤氏为其父建赵景公寺，造银像六百余躯。礼部尚书张颖捐宅为寺，造十万躯之金铜像。天台之智者大师，于一生之间造像达八十万躯。其余丈六丈八等大铜像，制作之记录颇多。至于一时制多数之像，则为今日遗传最多之一二寸小铜像无疑，其盛况实可惊人！又当时民户均备有经像，亦因奉文帝之诏也。

——大村西崖《中国美术史》（陈译）

于是以佛为美术中心的六朝，从恢宏腾达的空气里，又踊跃地画壁。这时的画法，与周、秦、汉不同，是含有印度风味，而趋向便化的装饰。后来慢慢扩充而渗入民众的嗜好，成了极坚固的壁垒。如衣服褶纹，及肩背的弧度，线与线的联合和展布，边缘所缀菱花麻叶的模样，都充量容有特殊的格调！据《贞观公私画史》记载，有四十七处的名迹。可想当时的努力了！寺名、作者、寺址如下：

1. 晋，瓦官寺，有顾恺之、张僧繇画壁，在江宁。
2. 宋，法王寺，顾骏之画，在永嘉。
3. 晋，龙宽寺，史道硕画，在江陵。
4. 晋，本纪寺，史道硕画，在郯中。
5. 齐，王观寺，沈标画，在会稽。
6. 魏，白雀寺，董伯仁画，在汝州。
7. 魏，北宣寺，杨子华画，在邺中。
8. 梁，定林寺，解倩画，在江宁。
9. 梁，惠聚寺，张僧繇画，在江陵。

10. 梁，延祚寺，张僧繇画，在江陵。

11. 梁，长庆寺，江僧宝画，在江陵。

12. 梁，何后寺，陆整之画，在江宁。

13. 梁，光相寺，了光画，在江陵。

14. 梁，陟屺寺，张善果画，在江陵。

15. 梁，高座寺，张僧繇画，在江宁。

16. 梁，景公寺，江僧宝画，在江宁。

17. 梁，开善寺，张僧繇画，在江宁。

18. 梁，草堂寺，焦宝愿画，在江宁。

19. 梁，报恩寺，张儒童画，在会稽。

20. 梁，资德寺，解倩画，在延陵。

21. 梁，天皇寺，张僧繇、解倩画，在江陵。

22. 北齐，大定寺，刘杀鬼画，在邺中。

23. 周，海宽寺，董伯仁、郑法士画，在固州。

24. 陈，栖霞寺，张善果画，在江宁。

25. 陈，兴圣寺，张儒童画，在江都。

26. 陈，逮善寺，陆整之画，在江都。

27. 陈，静乐寺，张善果画，在江都。

28. 陈，东安寺，张儒童、展子虔画，在江都。

29. 陈，终圣寺，董伯仁画，在江陵。

30. 隋，西禅寺，孙尚子画，在长安。

31. 陈，东禅寺，郑德文画，在长安。

32. 隋，惠日寺，张善果画，在江都。

33. 隋，永福寺，杨子华画，在长安。

34. 隋，灵宝寺，展子虔、郑法士画，在长安。

35. 隋，光明寺，田僧亮、展子虔、郑法士、杨契丹画，在长安。

36. 隋，敬爱寺，孙尚子画，在洛阳。

37. 隋，天女寺，展子虔画，在洛阳。

38. 隋，云花寺，展子虔画，在洛阳。

39. 隋，清禅寺，陈善见画，在长安。

40. 隋，光发寺，董伯仁画，在洛阳。

41. 隋，兴善寺，刘乌画，在长安。

42. 隋，皈依寺，田僧亮画，在长安。

43. 隋，净域寺，张僧繇画自外江移来，亦有孙尚子画在长安。

44. 隋，恩觉寺，袁子昂画，在洛阳。

45. 隋，空观寺，袁子昂画，在长安。

46. 隋，隆法寺，范长寿、张孝师画，在长安。

47. 隋，宝刹寺，郑法士、杨契丹画，在长安。

现在可以把曹不兴、卫协、顾恺之、陆探微、张僧繇作一介绍。

曹不兴，一名弗兴，三国时吴人，和精于绘事的诸葛亮同时。一日孙权叫他画屏风，他误将笔落在画上，马上就借这点墨画成一只苍蝇。孙权一看，以为是真的，恐污画面就用手去拍。谁知是假的，轩渠不置！又一日，孙权在青溪地方，看见一条龙，从天而下，凌波而行，遂命不兴把龙画下，画得像极了。孙权亲笔替他作赞。这幅画龙，传到六朝宋文帝的时候，许久不雨，祈祷无应。有人说："何不将不兴的龙，放在水面上呢？"果然一放，就连下了十几天的大雨，这和真龙差不多了。所以《佩文斋书画谱》列他在画家传第一。

卫协是弗兴的弟子，有出蓝之誉。能在形象逼真之外，表示作者的个性！所以顾恺之赞他："密于情思。"

以"情"入画，埋伏了蔑视形似的暗礁了。

他最善画佛，中国以佛画传名于后世的恐怕是第一个。能以挹形赋情，纳之笔底。故《七佛图》《释迦牟尼像》《穆王燕瑶池图》都冠绝晋代，为后世法。

顾恺之，又是卫协的弟子，字长康，少字虎头，当时都呼他为顾虎头。他的诗书画三者都登峰造极，故有"虎头三绝"之美誉。他不仅是一个能涂抹的画工，且是博学而有才气的大家。他的画是和众工不同的，"画体周胆，无适弗该。虽寄迹翰墨，而神气飘然在烟霄之上，不可以图画间求"，是最有精神的了。在兴宁——一说兴庆——中，初造瓦官寺，他一个人独允捐钱百万。一天，他到寺中去，许多僧人向他要钱。他说："预备一块壁吧！"于是往往来来一个月，画了一尊维摩诘像。将画完的时候，对众僧说道：

第一日观者，请施十万。第二日可五万，第三日可任例责施。

后来把门一开，光照一寺！不知奇骇了多少观众。不到许久，得钱百万了。他并做了一次开心的勾当，有个邻居的女子长得很好，他欢喜她，但又不可以亲近。只得画了她的像，用锋利的针去刺那芳心，她当时心痛。结果彼此明白了！她也答应了！

恺之有《论画》一篇，对于画法画情，俱中肯要。又有《魏晋胜流画赞》及《画云台山记》二篇，虽脱错不贯，然从前者可知当时摹写之情形及方法，从后者可考晋代绘画之思想。他说：

手挥五弦易，目送飞鸿难！

这是何等精湛的高论！兹举《论画》数则：

凡画人最难，次山水，次狗马。台榭，一定器耳，难成而易好，不待"迁想妙得"也。此乃巧历不能差其品也。

壮士，有奔腾大势，恨不尽激扬之态。

列士，有骨俱，然蔺生恨急列不似英贤之慨。以求古人，未之见也。于秦王之对荆轲，及复大闲，凡此类，虽美而不尽善也。

可说中国的绘画思想，到恺之出而成系统，是南齐谢赫"六法论"的先祖。他主要理论，是：①尽美尤须尽善；②迁想妙得。

陆探微，《宣和画谱》载："人谓画有六法，自古鲜能兼之，至探微得法为备，包孕前后，古今独立。"他曾事宋明帝，最精的是写真画。外如群马、猕猴、斗鸡、虫鱼、山水、人物……真是无一不能，无一不精。他的长处是笔触的感情丰富，有人说是移写字的笔法去画的，但又生趣盎然！生趣弥加！《宣和画谱》把他归之于道释派的画家，并附列他十种作品：①《无量寿佛像》；②《佛因地图》；③《降灵文殊像》；④《净名居士像》；⑤《托塔天王图》；⑥《北门天王像》；⑦《天王图》；⑧《王献之像》；⑨《五马图》；⑩《摩利支天菩萨像》。

当时他还以顾恺之的画法作连绵不绝之一笔画，笔法遒丽，润媚动人。所以《画断》有"张得其肉"——张谓张墨，卫协弟子——"陆得其骨""顾得其神"的评语。可见陆探微的笔触，犀利如此。

张僧繇是梁朝的大家，他的名声真是赫赫得了不得。最擅长的是塔庙，直是"超越群工，今古不失，奇形异貌，殊方夷夏，皆参其妙"了。但他以"岂唯六法美备，实亦万类皆妙"的功夫，把相传不变的

"骨法"，居然敢大胆予以渲染，创后世没骨画法之先河。所以他的天皇寺柏堂之《卢舍那佛》，及《孔子十哲》，金陵安乐寺之四龙及鹰，都成绘画史上有名之迹了。因为他作画特别留心，即一点一画，也不肯放过，而必须表现胸中所有的灵感。这种画法传了他的儿子善果、儒童两人，并可以乱真。

此外以佛教人物画著名的有晋朝的张墨、荀勖，南北朝的宗炳、谢赫、杨子华、曹仲达、田僧亮，隋朝的四大家董伯仁、展子虔、孙尚子、杨契丹，都是大大的卓著声誉者。其中谢赫还是画学史上不可磨灭之一员。这是在上述以外与佛教不相关系的。

唐代的朝野

若是帝王不欢喜这样东西，这样东西其倒霉无疑了，这是必然的结果。假使梁武帝不亲自为僧，当时佛教思想恐不如此隆盛，即画壁造像也未必能弥漫全国。

人民的思维，实以帝王为枢纽而随其轮回，有些盲从得不能辨别应当不应当。完全为迎合大人公卿而借作进身之阶者，占了全部的极多数。然而又有些性灵未泯的高人野士，他们以为这种灭绝自我的行为，是葬送绘画的生命！是可耻！

不仅这样，并以为这种艺术是贵族门面的装饰，是矫示富有的幌子，是技巧的忠实弟子，是一件毫无意义呆板的动作。

"物极必反"，这是说明天地最为公平。把绵远的历史，调和得像连续的图案一样。六朝以来，人物画被印度的法度理想夺了固有的坐席。山水画也自不甘寂寞，起而以高尚而丰于性灵的幽绪，纳于实地写生之中。此在南北朝的隐士宗炳已有"卧以游之"的雅事，说道："抚琴动操，欲令众山皆响！"山水之能感人，是更可相信了。他又说：

圣人含道映物，贤者澄怀味像。至于山水，质有而趣灵。是以轩辕、尧、孔、广成、大隗、许由、孤竹之流，必有崆峒、具茨、藐姑、箕首、大蒙之游焉！又称仁智之乐焉！夫圣人以神法道，而贤者通；山水以形媚道，而仁者乐，不亦几乎？……于是画像布色，构兹云岭。夫理绝于中古之上者，可意求于千载之下；旨微于言象之外者，可心取于书策之内。况乎身所盘桓，目所绸缪，以形写形，以色貌色也。且夫昆仑山之大，瞳子之小，迫目以寸，则其形莫睹！迥以数里，则可围于寸眸。诚由去之稍阔，则其见弥小。今张绡素以远映，则昆阆之形，可围于方寸之内。竖画三寸，当千仞之高；横墨数尺，体百里之迥。是以观图者，徒患类之不巧，不以制小而累其似，此自然之势。如是，则嵩华之秀，玄牝之灵，皆可得之于一图矣。

——《画山水序》

这些话最科学的了。他以"意求""心取"做自我的张本。又创"去之稍远，则其见弥小"的透视法，做写真山水的舟楫。而王微并更进而说明绘画的特有精神，脱尽"画教"的羁绊，说道：

夫言绘画者，竟求容势而已。且古人之作画也，非以案城域，辨方州，标镇阜，划浸流。本乎形者融灵，而动变者心也。灵亡所见，故所托不动；目有所极，故所见不周。于是乎以一管之笔，拟太虚之体；以判躯之状，画寸眸之明。曲以为嵩高，趣以为方丈。以叐之画，齐乎太华；枉之点，表夫隆准。眉额颊辅，若晏笑兮！孤岩郁秀，若吐云兮！横变纵化，而"动"生焉；前矩后方，而灵出焉；然后宫观舟车，器以类聚；犬马禽鱼，物以状分，此画之致也。

望秋云，神飞扬，临春风，思浩荡。虽有金石之乐，硅璋之琛，岂能仿佛之哉？披图按牒，效异山海。绿林扬风，白水激涧。呜呼！岂独运诸指掌，亦以明神降之。此画之情也。

——《叙画》

在画理有这样进步以后，第一效能，就是反对以绘画做政治的副物。以为绘画应当独自存在，不能附有政治宗教及其他色彩。这与帝王思想何等相左，担任这将绘画从"教人"移转成"感人"的责任的是吴道玄。

呵！吴道玄，中国空前伟大的画家！

吴道玄，字道子，洛阳人。他的画私淑张僧繇，而天赋的画才，直是千古而不一遇。无论画什么东西，大的小的，都是信手而造，绝不假器具以为依靠。他毫不信仰"不以规矩，不能成方圆"的话。他运笔如旋风，几十丈高的壁画，都是悬腕而挥。并且画人可以从足一直画上去，什么部位、精神，一毫也不差错的。所以他最工壁画，一共画了三百多起。神禽鬼兽，山水云树，崖石草木，皆冠绝一时。当时有个张孝师，相传他曾到过阴司，把所看见的鬼鬼怪怪一概画将出来，真是可怕！道子觉得这有什么稀奇呢？马上就在景云寺画了一张《地狱变相图》。那图上是写了许多造恶者正在受残酷的刑罚，阴气森森逼人！有些屠夫、渔夫看了，居然改变职业，这不过是客观的感受。

他以为画是有"理"有"性"的，并且要天才去灌溉。没有到过地狱，未尝不能画地狱的变相。然而批评的人，竟把这忽略了，称赞客观的感受，以为绘画的意义正应如此。像黄伯思说：

吴道子之《地狱变相图》，与见于现今之诸寺院者，大异其趣。盖图中无一所谓剑林、狱府、牛头、马面、青鬼、赤鬼者，尚有一种阴气袭人而来，使观者不寒而栗！是以舍恶业而就善道，谁谓绘画为小技哉？

——《东观余论》

这总可证明道子在当时的一斑。虽然是题外的影响，但日本的宗教画，还是借这《地狱变相图》而兴盛的。

而他技不止此，他是在"曹衣出水"之外，一变而为"吴带当风"，和古来的游丝琴弦异味。他以如莼菜之笔触，再薄施淡彩，创出"吴装"的新局。郭若虚说：

吴道子画，今古一人而已。爱宾称"前不见顾、陆、后无来者"，不其然哉？尝观所画墙壁卷轴，落笔雄劲，而傅彩简淡，或有墙壁间设色重处，多是后人装饰。至今画家有轻拂丹青者，谓之"吴装"。

——《图画见闻志》

至于他的山水画，除去"功臣"二字不提，单就技能上，更是惊人的了！

明皇思嘉陵江山水，命吴道玄往图。及索其本，曰："寓之心矣！敢不有一于此也。"诏大同殿图本以进，嘉陵江三百里，一日而画，远近可尺寸计也。

——《广川画跋》

所谓大同殿的画本，是李思训画的。画了一个多月，明皇也赞他一句"好"！然道子不过一日就完了。这时间的比，即是"技巧"与"性灵"的比。道子的确下笔如神！当时：

明皇宫殿之墙，极为广阔。帝一日命道子绘山水画于其上。道子乃备置绘料，用帐幕蔽墙外，身隐其中而绘之。少顷揭帐，则墙面山林云霭，人物花鸟，焕然生动，逼似天成。帝见而大惊。疑方问，道子忽指画中而言曰："彼山麓有穴，神灵居之，穴中美景不可思议！臣将启其门,请陛下一往游焉。"因拍其手,山门忽开,道子走入其中,回身招帝随往,帝将进而山门忽闭!仓皇愕贻间,壁画全消,止有道子未着一笔前之粉墙而已。由是吴道子遂不复见。

——盎得而逊《中国日本画目提要》

以道子的"时间""画风"而论,实有承前启后的可能。他的作品,载入《宣和画谱》的尚有九十三种之多。足见包孕众长,无所不尽。我们从各面推想,至少应认他的力量为宏大无涯。第一点,能以极短的时间把握到全画面的生命,所以生动非常。第二点,能以简劲的线条和轻淡的色彩,表现出尘的姿态。再说,第一点是打倒刻板的精工的习尚,顾性格的充分表出。第二点是打倒重而且浊的笔触和色彩,创造生龙活虎的调子,也是可以的。他本人虽和明皇很接近,但他的艺术不是明皇所期望,所以明皇才会惊讶失措。因此道子的绘画,是以"性""理"为对象,觉得性灵思理较任何条件为重要,只要有相当之嗜好,即可得相当之了解,或竟有相当之影响。这不能说他受了朝廷的纠绊,故他才能把山水画得逼似天成。

今假设吴道子是调剂"朝""野"的一员大将,那么对这一点是应当表示敬意的。若问代表朝廷绘画的是谁?这即可以答复:

就是吴道子一日可画完的东西,而必须一个多月始能成功的李思训——大李将军。

他是唐朝的宗室,字建,"世族豪贵,举时莫京"。曾做过右武卫大将军彰城公。他濡染朝廷的环境既深,复以地位的崇高足贵,耳闻目习,雍华特甚。所以他的画,恒被"华贵"之纱。汤垕说他是:

用金碧辉映,自成一家法。

——《画鉴》

但虽自成家法,而其主要画理却很少见到。据说是崇尚钩斫,用小斧劈皴,加以金碧青绿浓厚的色彩。这种画风,精工裔丽固是得未曾有;而奇拔傲岸,也算独树一帜。英国人Pushell把唐画归之古典时代,可谓完全是称扬朝廷艺术的分类,同时灭绝了一般的民间的艺术,当然不怎样精当。

原来李思训的着色山水,其金碧辉映一格,表示高贵的在朝的典型有余,而深入民间的力量不足。古人有"虽极精工,究属板细"之评。

这五日一山、十日一水的事，焉能求大众的可能？但在北部，因为都城的所在，从之者倒也不少。并且思训的儿子昭道，又能克绍父业，使这贵族精神的遗钵，得所维系，开赵宋一代院体之先声。其实这种资本雄厚的制作，有几人愿意仿效？再以心理的感召不同，在南部是已将它的一切都丧失了。

大自然的趋势，北方崇山峻岭，崖壁峭拔，人民体壮性刚，淳朴不变。李思训父子受了这自然的包围，画面全呈北地渝重意味。南方则不然，秀水明山，平原在望，所以明媚的周遭和奇峭的东西是格格不入了。这在事实上朝廷的力量可以普及全国，但在朝的绘画是不能影响南方的。然艺术的滋润，是人民精神生活的唯一出路，"华贵"的注入，恰恰与"幽雅"站了相对的两方面。好在环境是不许如此，不许不顾到大多数人民的渴望，虽是当时诗风弥漫，不过是一条路而已。伟大的大众需要的绘画艺术，自是当务之急。

有了一人，他揭竿而起，作空前反在朝绘画的运动。他以为在朝的绘画是：①不普遍；②戕贼性灵；③代表少数豪华阶级。

特创水墨渲染之法，打倒专崇钩斫的青绿山水。发表许多关于绘画的言论，毅然以"写意"的绘画——在野的——相抗！这就是尚书右丞王维先生。纪元后701年生，761年卒，享寿60岁。

维字摩诘，太原人。工诗，又善画。宋苏东坡曾说："味摩诘之诗，诗中有画；观摩诘之画，画中有诗。"他最精的是山水画，笔力雄伟，神韵超逸，不但可与天然景物争妍，直是非食人间烟火者可拟。天机独运，世莫与京！好像天地的珍秘，待他出来才肯迹发，他自己有四句诗：

宿世谬词客，前身应画师。不能舍余习，偶被世人知。

这是如何解脱的话呢？他因为要贯彻这种主张，所以他论画山水篇上，劈头就说：

夫画道之中，水墨最为上。肇自然之性，成造化之功。

这么一来，李思训的青绿山水，金碧辉映，如骤膺狂风暴雨一般。虽然，何谓"水墨最为上"呢？何谓写意呢？水墨就是写意，写意必须水墨。调青研绿，钩之斫之，是不会有"意"的。故他又说：

凡画山水，意在笔先。

不但有意、而有意还要在用笔之先，使胸中的丘壑，有充分布置的余地。画面的韵味，自大增益。所以他将怎样去布置一幅画，以及树石水草怎样布置，怎样取舍……都发挥无余。他说：

或咫尺之图，写千里之景。东西南北，宛尔目前；春夏秋冬，生于笔下。初铺水际，忌为浮泛之山；次布路歧，莫作连绵之道。主峰最宜高耸，客山须是奔趋。回抱处，僧舍可安；水陆边，人家可置。村庄着数树以成林，枝须抱体；山崖合一水而泻瀑，泉不乱流。渡口只宜寂寂，人行须是疏疏。泛舟楫之桥梁，且宜高耸；着渔人之钓艇，低乃无妨。悬崖险峻之间，好安怪木；峭壁巉岩之处，莫可通途。远岫与云容交接，遥天共水色交光。山钩锁处，沿流最出其中；路接危时，栈道可安于此。平地楼台，偏宜高柳映人家；名山寺观，雅称奇杉衬楼阁。远景烟笼，深岩云锁。酒旗则当路高悬，客帆宜遇水低挂。远山须要低排，近树惟宜拔迸。手亲笔砚之余，有时游戏三昧。岁月遥永，颇探幽微。妙悟者，不在多言；善学者，还从规矩。

塔顶参天，不须见殿。似有似无，或上或下。芳堆土埠，半露檐廒；草舍芦亭，略呈樯柠。

山分八面，石有三方，闲云切忌芝草样。

人物不过一寸许，松柏上现二尺长。

——《山水诀》

又说：

丈山尺树，寸马分人。远人无目，远树无枝，远山无石，隐隐如眉；远水无波，高与云齐，此是诀也。山腰云塞，石壁泉塞，楼台树塞，道路人塞。石看三面，路看两头，树看顶头，水看风脚，此是法也。凡画山水：平夷顶尖者，巅；峭峻相连者，岭；有穴者，岫；峭壁者，崖；悬石者，岩；形圆者，峦；路通者，川；两山夹道，名为壑也；两山夹水，名为涧也；似岭而高者，名为陵也；极目而平者，名为坂也。依此者，粗知山水之仿佛也。观者先看气象，后辨清浊，定宾主之朝揖；列群峰之威仪。多则乱，少则慢，不多不少，要分远近。远山不得连近山，远水不得连近水。山腰掩抱，寺舍可安；断崖坂堤，小桥可置。有路处则林木，岸绝处则古渡，水断处则烟树，水阔处则征帆，林密处则居舍。临岩古木，根断而缠藤；临流石岸，欹奇而水痕。凡画林木：远者疏平，近者高密，有叶者枝嫩柔，无叶者枝硬劲。松皮如鳞，柏皮缠身。生土上者根长而茎直，生石上者拳曲而伶仃。古木节多而半死，寒林扶疏而萧森。有雨不分天地，不辨东西。有风无雨，只看树枝。有雨无风，树头低压，行人伞笠，渔父蓑衣。雨霁：则云收天碧，薄雾霏微，山添翠润，日近斜晖。早景：则千山欲晓，雾霭微微，朦胧残月，气色昏迷。晚景：则山衔红日，帆卷江渚，路行人急，半掩柴扉。春景：则雾锁烟笼，长烟引素，水如蓝染，山色渐青。夏景：则古木蔽天，绿水无波，穿云瀑布，近水幽亭。秋景：则天如水色，簇簇幽林，雁鸿秋水，芦鸟沙汀。冬景：则借地为雪，樵者负薪，渔舟倚岸，水浅沙平。凡画山水，须按四时，或曰"烟笼雾锁"，或曰"楚岫云归"，或曰"秋天晓霁"，或曰"古冢断碑"，或曰"洞庭春色"，或曰"路荒人迷"，如此之类，谓之画题。山头不得一样，树头不得一般。山借树而为衣，树借山而为骨。树不可繁，要见山之秀丽；山不可乱，须显树之精神。能如此者，可谓名手之画山水也！

——《山水论》

（《画苑补益》作荆浩《山水赋》）

  他虽是主张"意在笔先""先看气象"，而却仍说道："妙悟者，不在多言；善学者，还从规矩。"可见"意"是规矩以内的意，并不是乱画就算"写意"，乱画不是艺术。所以他说："能如此者，可谓名手之画山水也！"

  朝廷艺术既被在野的"写意"一挫其锋芒以后，当时就有卢鸿一、郑虔、张文通、王洽、张志和、韦偃……起而响应。于是在野的旗帜，愈加鲜明起来，结果竟把中国所有的画者，都握在"写意"之中。不过李思训一派，宋朝、明朝还是赖帝王之力有畸形的再兴，这都是后话。

  朝野的因缘既明，唐代的绘画也得了大半，我们不能不归功于王维，更不能不庆祝"在野"艺术的胜利。人类是有"性"而明于"理"的动物，一切不合或戕杀理性的事件，总是自取其消灭。而王维是以理和性灵做了基础，他所阐明的理论，皆从这绝大的基础出发。所以可以说朝廷艺术的崩坏，不能怨及提倡者。但是这种胜利，也可说是环境，是广大的野外，是透彻的出世思想，是最深邃的学问，同时还是磊落光明的寄托。在如许条件之下，岂有专事描骨法而加青绿的存在？骨法与青绿，有时可以牺牲，而人品意境是丧失了便没有画的。所以董其昌说写意画为文人画，因为文人才能具备这些条件。他说：

　　文人之画自王右丞始。其后董源、巨然、李成、范宽为嫡子，李龙眠、王晋卿、米南宫及虎儿皆从董、巨得来，直至元四大家黄子久、王叔明、倪元镇、吴仲圭皆其正传。吾朝文、沈则又远接衣钵。若马、夏及李唐、刘松年又是大李将军之派，非吾曹所当学也！

——《画旨》

又别作南北宗说：

　　禅家有南北二宗，唐时始分；画家有南北二宗，亦唐时始分。但其人非南北耳！北宗则李思训父子着色山水，流传而为宋之赵幹、赵伯驹、伯辅以至马远、夏圭辈；南宗则王摩诘始用渲淡，一变勾斫之法，其传而为张璪、荆、关、董、巨、郭忠恕、米家父子以至元之四大家。

——《画禅室随笔》

所谓文人画，所谓南宗，自是在野的。所谓北宗，自是在朝的。现在归纳一下：

在朝的绘画，即北宗。

1. 注重颜色骨法。

2. 完全客观的。

3. 制作繁难。

4. 缺少个性的显示。

5. 贵族的。

在野的绘画，即南宗，即文人画。

1. 注重水墨渲染。

2. 主观重于客观。

3. 挥洒容易。

4. 有自我的表现。

5. 平民的。

南宗全盛时代

　　南宗的全盛，也是在野的胜利。

　　这一时代，包括宋、元两朝。宋朝不是大开翰林图画院吗？其势力及影响，仅足支花鸟一门。因为徽宗好的是翎毛，尝用金和漆画鹰，所以现在一般市侩，哪一个没有徽宗的鹰呢？就是日本、英国的博物院，也有同样的若干张。至于山水，在宋只有李唐、赵幹、赵伯驹、刘松年以及马远、夏圭之辈，撑撑北宗的门面。但远不如黄筌一派花鸟风头之足。到了元朝，帝王经营很久的院体，也寿终正寝了！

　　自徽、钦被掳以后，南宋已成偏安的势面，谁还去注意这风流雅韵？但一班含有特殊作用的画工，无非想借以苟延个人的利禄，谈不到绘画的振兴。并且当时人民思想，散乱得不可思议，精神上枯燥特甚！于是南宗的写意山水，几成画界的中心。难怪人才辈出，蔚为大观，造成空前的"黄金时代"！

　　不但人才众多，而画法画学也有精备的贡献。如黄休复、李成、郭熙、苏轼、郭若虚、韩拙、释仲十二、董迪、陈郁、饶自然、李澄、郭思、黄庭坚、米芾、米友仁、沈括、黄伯思、张怀、邓椿、赵希鹄、刘学箕、赵孟溁……都有极地的见解。有几篇我们不能不读，因为这是造成南宗全盛的原料！

　　郭熙《山水训》：

　　君子之所以爱夫山水者，其旨安在？丘园养素，所常处也。泉石啸傲，所常乐也。渔樵隐逸，所常适也。猿鹤飞鸣，所常观也。尘嚣缰锁，此人情所常厌也。烟霞仙圣，此人情所常愿而不得见也。直以太平盛日，君亲之心两隆。苟洁一身出处，节义斯系，岂仁人高蹈远引，为离世绝俗之行？而必与箕、颍埒素，黄、绮同芳哉？白驹之诗，紫芝之咏，皆不得已而长往者也。然则林泉之志，烟霞之侣，梦寐在焉，耳目断绝。今得妙手，郁然出之，不下堂筵，坐穷泉壑！猿声鸟啼，依约在耳；山光水色，滉漾夺目。此岂不快人意，实获我心哉？此世之所以贵夫画山水之本意也。不此之主，而轻心临之，岂不芜杂神观，溷浊清风也哉？

世之笃论，谓山水有可行者，有可望者，有可游者，有可居者，画凡至此，皆入妙品。但可行可望，不如可居可游之为得。何者？观今山川地占数百里，可游可居之处十无三四，而必取可居可游之品，君子之所以渴慕林泉者，正谓此佳处故也。故画者当以此意造，而鉴者又当以此意穷之，此之谓不失其本意。

郭熙《画诀》：

一种使笔，不可反为笔使；一种用墨，不可反为墨用。笔与墨，人之浅近事，二物且不知所以操纵，又焉得成绝妙也哉！此亦非难，近取诸书法，正与此类也。故说者谓王右军喜鹅，意在取其转项，如人之执笔转腕以结字。此正与论画用笔同。故世之人多谓善书者往往善画，盖由其转腕用笔之不滞也。或曰："'墨之用'何如？"答曰："用焦墨、用宿墨、用退墨、用埃墨，不一而足，不一而得。"

郭熙《论画》：

世人止知吾落笔作画，却不知画非易事。庄子说，"画史解衣盘礴"，此真得画家之法。人须养得胸中宽快，意思悦适，如所谓易直于谅，油然之心生，则人之笑啼情状，物之尖斜偃侧，自然布列于心中，不觉见之于笔下。……

韩拙《山水纯全集》：

夫画者，笔也，斯乃心运也。索之于未状之前，得之于仪则之后。默契造化，与道同机。握管而潜万象，挥毫而扫千里。

别玉者，卞氏耳；识马者，伯乐耳。天下后世，亦无复以加诸，是犹画山水之流于世也。隐造化之情实，论古今之赜奥，发挥天地之形容，蕴藉圣贤之艺业，岂贱隶俗人，得以易窥其端倪？盖有不测之神思，难名之妙意，寓于其间矣。

李澄叟《画说》：

北人山水，布置拙浊，法度莽朴。以其原野旷荡，景乏委曲而然也。

欧阳修《论鉴画》：

萧条澹泊，此难画之意，画者得之，览者未必识也。故飞走迟速，意浅之物易见；而闲和严静，趣远之心难形。若乃高下向背，远近重复，此画工之艺耳，非精鉴者之事也！不知此论为是否？余非知画者，强为之说，但恐未必然也。然世谓好画者，亦未必能知"此"也，"此"字不乃伤俗邪？

黄庭坚《论画》：

余初未尝识画，然参禅而知无功之功，学道而知至道不烦，于是观图画，悉知其巧拙工俗，造微入妙，然此岂可为单见寡闻者道哉？

米芾《论画》：

大抵人物牛马，一模便似，山水模皆不成，山水心匠自得处高也。

沈括《论画》：

书画之妙，当以神会，难可以形器求也。

欧阳文忠《盘车图诗》：

古画画意不画形，梅诗咏物无隐情，忘形得意知者寡，不若见诗如见画。

董迪《论画》：

世之论画，谓其似也。若谓形似，长说假画，非有得于真象者也。若谓得其神明，造其县解，自当脱去辙迹，岂媲红配绿，求象后摹写卷界而为之邪？画至于此，是解衣盘礴不能伛讴而趋于庭矣。

邓椿《画继》：

画者，文之极也！故古今之人，颇多着意。张彦远所次历代画人，冠裳大半。唐则少陵题咏，曲尽形容；昌黎作记，不遗毫发。本朝文忠欧公、三苏父子、两晁兄弟、山谷、后山、宛丘、淮海、月岩，以至漫仕、龙眠，或评品精高，或挥洒超拔，然则画家岂独艺之云乎？难者以为自古文人，何止数公？有不能且不好者，将应之曰："其为人也多文，虽有不晓画者寡矣；其为人也无文，虽有晓画者寡矣！"

郑刚中《画说》：

唐人能画者，不敢悉数，且以郑虔、阎立本二人论之，其用笔工拙，不可得而考，然今人借或持其遗墨售于世，则好古君子，先虔而后立本无疑。何则？虔高才，在诸儒间如赤霄孔翠，酒酣意放，搜罗物象，驱入毫端，窥造化而见天性，虽片纸点墨，自然可喜。立本幼事丹青，而人物阘茸，才术不鸣于时。负惭流汗，以绅笏奉研，是虽能摹写穷尽，亦无佳处。余操是说以验今人之画，故胸中有气味者，所作必不凡，而画工之笔终无神观也！

刘学箕《论画》：

俾揣万类，挥翰染素，虽画家一艺，然睟子无鉴裁之精，心胸有尘俗之气，纵极工妙，而鄙野村陋，不逃明眼。是徒穷思尽心，适足以资世之话靶。不若不画之为愈。今观昔之人以一艺彰彰自表于世，皆文人才士，非以人物山川佛像鬼神著，则以楼观花竹翎毛走兽显。盖未有独任一见，而得万物之情；兼备诸体，而擅众作之美。虽张僧繇、吴道子、阎立本诸公，尚不能之，况万万不及此者，自谓能之可乎？古之所谓画士，皆一时名胜，涵泳经史，见识高明，襟度洒落，望之飘然，知其有蓬莱道士之丰俊，故其发为毫墨，意象萧爽，使人宝玩不真。今之画士，只人役耳！视古之又万万不睾也。亦有迫于口体之不充，俯就世俗之所强，问之："能彼乎？"曰："能之。""能此乎？"曰："能之。"及其呪笔运思，茫昧失措，鲜不刻乌成鹄，画虎类狗。其视古人神奇精妙，每不逮之。所以若能者未可悉尤之画工，画工虽志在阿堵，而亦有不专在乎阿堵也。

陈善《论画》：

顾恺之善画，而人以为痴；张长史工书，而人以为颠。予谓此二人之所以精于书画者也。庄子曰：用志不分，乃凝于神！

上面所摘的，发挥得意无余蕴，无形中增加在野南宗的力量。使同情于此道者，更有稳固的基础，更得新颖的境地。在这境地工作最有力而最著名，又最有影响于当代及后世者，得四家，即李成、范宽、董元、巨然。余如王诜、郭熙、郭思、米芾、米友仁也俱负重名于一时。

李成，字咸熙，营丘人。《宣和画谱》载：

所画山水泽薮，平远险易，萦带曲折，飞流危栈，断桥绝涧，水石风雨，晦明烟云雪雾之状，一皆吐其胸中，而写之笔下。……凡称山水者，必以成为古今第一，至不名而曰"李营丘"焉！

他性情非常旷荡，能诗善琴，又喜杯中物。酒酣则挥笔如云烟万状。若要求他的画，一定先备好酒，待他吃醉了就画。但他自视很高贵的，费枢说他有"惜墨如金"的癖性，真是完美无瑕的画家。

开宝中，孙四皓者，延四方之士。知成妙手，不可遽得，以书招之。成曰："吾儒者，粗识去就，性爱山水，弄笔自适耳！岂能奔走豪士之门，与工技同处哉？"遂不应。孙甚衔之。遣人往营丘，以厚利啖当涂者，卒获数图。后成举进士，来集于春官，孙卑辞坚召，成不得已往之。见其数图，惊愤而去……

——《圣朝名画评》

也可见他的人品之高了。因太受人欢迎，手迹自然不多，米元章还想作一篇《无李论》，述他的名贵。然在有名的《读碑窠石图》，或可一亲这罕世的笔墨。至于他画山水，是有诀的。对不背自然之中，更求自我的含蕴。他说：

凡画山水，先立宾主之位，次定远近之形。然后穿凿景物，摆布高低。落笔无令太重，重则浊而不清；不可太轻，轻则燥而不润。烘染过度则不接，辟绰繁细则失神。……春山明媚，夏木繁阴，秋林摇落萧疏，冬树槎枒妥帖。树根栽插，龙爪宛若抓拿；石布棱层，根脚还须带土。之字水，不过三转；溅瀑水，不过两重。……春水绿而潋滟，夏津涨而弥漫，秋潦尽而澄清，寒泉涸而凝吧。新篁肥滑，岩石须要皴苍；古树槎枒，景物兼还秀媚。分清分浊，庶几轻重相兼；淳重淳轻，病在偏枯损体。千岩万壑，要低昂聚散而不同；叠巘层峦，但起伏峥嵘而各异。不迷颠倒回还，自然游戏三昧。

——《画苑补益》

若把"游戏三昧"四个字和"应试求官"四个字对照一下，是很有意思的。后郭熙即得他"游戏三昧"的"三昧"。

范宽，名中正，字仲立，华原人。性温厚有大度，故时人目为范宽。

——《圣朝名画评》

他是一个静默而徘徊利用自然的画家。画面的神韵，是他"危坐终日，纵目四顾"的结果，不是故意造作出来的。所以李成比起他来，似乎逊下一筹。因为他是对景造意，不是无景造象，也不是对景造形，造意而后，自然写意，写意自然不取琢饰。他笔墨的刚古，所谓"院体"及其流亚岂能悬拟？米元章曾评他："山水丛丛如恒岱，远山多正面，折落有势。"因为他曾说过：

与其师人，不若师诸造化！

后来他就住在终南山，天天看奇峦妙峰，笔力越是雄壮。有人说他是以荆浩为师，以王维为师，恐怕是忖度的吧！他自己尚说了"师诸造化"的话。

董元，又称董原、董源，字叔达，钟陵人。钟陵，即今之江西南昌。南唐中主的时候，为北苑使——或称宫苑使——所以都名他为董北苑。

他无所不能，也无所不精。画山水固以王维为宗，但青绿院体，直与大李将军相伯仲，并工画牛虎佛像人物，都能具足精神，脱略凡俗。虽用笔不过草草几下，但能把对象很完满地托出。逼近来看，不见十分怎样，若距离远一点，那就景物灿然，幽情远思如睹异境了。所以历代画者，都对他发无上之称誉。如：

南宗中以北苑超凡入圣。其法：用淡墨、浓墨、积墨、破墨，以穷山水云物风雨晦明之变态。

——《江村销夏录》

董元平淡天真多。唐无此品，在毕宏上。近世神品，格高无与比也。

——《画史》

董元画山水，得山之神气，足为百代师法。

——《画鉴》

北苑画本，尤以风雨霜景为佳。此等制作，皆与造化同流，非荆、关、范、巨所能仿佛也。

——《清河书画舫》

宋画至董元、巨然，脱尽廉纤刻画之习。皆以墨色云气，有吞吐变灭之势。

——《容台别集》

北苑画，烟云变灭，草木郁葱，真骇心洞目之观！

——《容台别集》

余过太原拙修堂，得观半幅董元，其笔力扛鼎，奇绝雄贵，超逸前代，非后学能窥其微蕴也。

——《墨井画跋》

北苑画正峰能使山气欲动，青天中风雨变化，气韵藏于笔墨，笔墨都成气韵。

——《南田论画》

董北苑《夏山图》，乃天地中和之气，假北苑手而发之者。同之为正宗，异之即为外道！

——《习苦斋画》

　　好评是写不尽了。"半幅董元"，居然惊倒渔山！然有"同之为正宗，异之即为外道"，也足为北苑生色。我们从各家评语，知道他是千古不二之师。但他用笔简而能烟云变灭，这确是一种特异的天才，线条上故有特异的创造。许多画家，只能在一幅之中，有开合、远近、凹凸，他竟能在一笔之内，备有开合、远近、凹凸的条件，这是如何困难的事！而又能一笔一笔之间，互相呼应着，互相挥发着。每一笔，都有力，都有生命，都是万不可少的一笔！

　　因此，当时画界的宗匠，属于他是毫不为奇。就是后代的画家，谁不想拾他一草一木以自鸣高？他的地位如何，也可想了。"南宗全盛"，北苑居功最多。

　　是时南京有和尚，名叫巨然。在开元寺学画，也学到北苑一些功夫，画树画山，笔路也非常简略，气韵也极其神妙。沈括《图画歌》有"江南董源僧巨然，淡墨轻岚为一体"的话，简直和北苑抗衡，同负重誉了。恽南田说：

　　董、巨行笔如龙，若于尺幅中，雷轰电激，其势从半空掷笔而下，无迹可寻。但觉神气森然洞目，不知其所以然也。

现在对李、范、董、巨已有相当的认识了。像这继往开来的董北苑，其余风已足够"院体"的瞻望，已足够"院体"的惭怯。"南宗"的画，似乎成了山水的正统。因在这个时代，大家都以为帝王所向的一面，岂有"衰替"降临的道理？然往下看去，看看元朝的绘画，"北宗"的继统者是谁？赵幹、赵伯驹、刘松年、李唐、马远、夏圭，虽好所云支持"北宗"的残余，而马、夏早和赵、刘、李起了分化，像有意投降"南宗"而不作青绿工整的山水。若看看"南宗"，则黄、王、倪、吴不是支配元代全期而继承正统的吗？这四家中，除王蒙曾一度做泰安知州，其余都是在野的文人！他们朝斯夕斯，把生平的精力，都放在一支笔上，自有很多的阐发。一种"形"简"意"赅之风，足以代表当时的思想。他如高彦敬、曹知白、陆广、张雨、方从义，也是在野画师的高手。

　　黄公望，字子久，其父九十始得之。曰："黄公望子久乎！"因而名字焉。号一峰，又号大痴道人，平江常熟人。……山水师董、巨，然晚年变其法自成一家。山头多矾石，别有一种风度。

——《画史会要》

　　子久各种学问，都极有根底，他作画颇与近代画"速写"（Sketch）一样，身上是不离这套用具的。他"皮袋中置描笔在内，或于好景处，或树有怪异，便当摹写记之，分外有发生之意"。所以他的山水，不是毫无倚傍，闭门而造的。否则便要东拼西凑，一点气韵也没有，不过满纸破碎而已！因他在富春山隐居很久，领略江山钓滩之概，此时画稿最多。后居常熟，又探阅虞山朝暮之变幻，四时阴霁之气运。所以他的笔法有两种，一种是完全用水墨画的，皴纹极少，笔意境界，高远非常！一种是作浅绛色的，笔势雄伟得很。《图绘宝鉴》曾载他："所画千丘万壑，愈出愈奇；重峦叠嶂，越深越妙。"而倪云林题他的画说：

　　本朝画山林水石，高尚书之气韵闲逸，赵荣禄之笔墨峻拔，黄子久之逸迈，王叔明之秀润清新。其品第固自有甲乙之分，然皆予袷袪无间言者，外此则非予所知矣。

——《清闷阁遗稿》

　　"逸迈"二字，真是简而切尽之至。董香光并称他为元四家之冠，实在他对于画的研究，在用墨、用色、取景、布局各方面，都曾发前人未有之论，堪作后学的圭臬的。先说他的用墨，有四个字的秘诀，即是"先淡后浓"。他说：

作画用墨最难，但先用淡墨，积至可观处，然后用焦墨、浓墨，分出畦径远近。故在生纸上，有许多滋润处。

他提倡用生纸，不用熟纸。熟纸经过矾水，着笔滞涩。以前虽有人用生纸画的，但经子久而确定。这不能不服他的创见，以为熟纸受墨而拒，生纸受墨而化，化了就有滋润，就有生气，就有精神。所以南宗的画家，是没有用熟纸的。再他对于用色说：

画石之妙，用藤黄水浸入墨笔，自然润色。不可用多，多则要滞笔。间用螺青入墨亦妙。吴妆容易入眼，使墨士气。

又说：

夏山欲雨，要带水笔。山上有石，小块堆其上，谓之矾头。用水笔晕开，加淡螺青，又是一般秀润。画不过意思而已！

又说：

着色：螺青拂石上，藤黄入墨画树，甚色润好看。

又说：

冬景借地为雪，要薄粉晕山头。

又说：

石着色要重。

他这种着色法，是浅绛体的不二法门，也是折中青绿和水墨的妙法。青绿重而且浊，水墨有时平淡，加点薄薄的螺青藤黄在墨色内，涂上树石，更显得生趣莹然了。再他对于取景，以为可分三种：

从下相连不断，谓之平远。从近隔开相对，谓之阔远。从山外远景，谓之高远。

又说：

山坡中可以置屋舍，水中可置小艇，从此有生气。山腰用云气，见得山势高不可测。

"三远"的论定，真是千古不刊的名言。但也还要活用，不可死守。他对于布置是主张要"熟"，不熟是不会好的。他说：

山水之法，在乎随机应变。先记皴法不杂，布置远近相映，大概与写字一般，以"熟"为妙。

总之，他的画是很合理又很有意的画。他的主旨便是提倡在野文人求其精神的世界，做生命的安慰。董其昌说：

寄乐于画，自黄子久始开此门庭耳！

他自己也说过"画不过意思而已"的话，并且说：

画一窠一石，当逸笔撇脱，有士人家风，才多便入画工之流矣！

既当逸笔撇脱，回想云林评他的话更对了。

王蒙，字叔明，吴兴人。平素很欢喜作画，山水人物都好。山水是以王维、董元、巨然为师。虽是赵子昂的外甥，却不以舅氏为然。并且：

生平不用绢素，惟于纸上写之。其得意之笔，常用数家皴法。山水多至数十重，树木不下数十种，径路迂回，烟霭微茫，曲尽山林幽致！

——《续弘简录》

可见叔明的画，集合众长而纵逸多姿，又往往出于诸家之外。他做文章也是如此，也是不尚规矩的，一刻间几千字也得随便写出来，不消说他是天才了。因为他又不求当时的名誉，完全是借笔墨以写天机，是以"寄兴"为目的。和那班唯利的画家，大大不同了！

倪瓒，字元镇，无锡人。他是个奇怪的"画怪"。别号就有五个：①荆蛮民；②净名居士；③朱阳馆主；④萧闲仙卿；⑤云林子。

署名有四个并变姓奚：①东海瓒；②懒瓒；③奚玄朗；④奚玄映。

就中以云林子用得多，后人就称他为倪云林。又因为他素有"洁"癖，故叫作倪迂。单就这些名字，就够形容他的个性了。很有钱，而能轻财重义，并无纨绔恶习。收藏书画极富，特造一所房屋安藏它，名曰清闷阁。这阁内，泛泛者不许进去的。有气节，越是有高位负重望的，他越不接近。《云林遗事》载得有：张士诚的老弟士信，听说他的画实在好，使人持了绢，又侑以许多钱来求他的画，在普通的画家，恨不得倒屣相迎！在他不但不画，还把绢撕碎，大骂道："我生平不做王门的画师的！"后来求的人愈传愈多，他不胜其烦了，忽将所有的东西，一概抛弃，独自驾一小舟，和那渔夫野叟去度那浪漫生活，所以他的画愈加名贵。

他的山水，以天性及嗜好的关系，虽然以北苑做基础，但不加人物，这是特异的地方。总是画些林木竹石，行笔简逸，而天趣莹然！董其昌称他为"逸"品，和神妙能不同，是有道理的。他极少着色，以为决不及水晕墨章的称心。纵然有时兴会很佳，加上一层颜色，也是不十分按着规矩，但是又不背古法。这根本因为他是不重形似，他要打倒"形"的尊尚。譬如他画竹子，实不像竹子，像什么他是不管的。他只管兴到就画，画了就是。

他的影响，在明朝和清朝是很大的。就在四家之中，也另具一个真面目。在浅薄的人学起他来，不过胡乱涂扫，心中手下，都无半点"逸"气，还妄以倪云林自榜！云林真是料想不到呵！

吴镇，字仲圭，号梅花道人，嘉兴人。《沧螺集》载他：

工词翰，尤善画山水竹木，臻极妙品！不下许道宁、文与可，与可以竹掩其画，仲圭以画掩其竹。为人抗简孤洁，其画虽势力不能夺，惟以佳纸笔投之，欣然就凡，随所欲为，乃可得也。

其画"虽势力不能夺"，这与云林相像。所谓佳纸笔之投，也是聊助挥洒，当然不是功利之见。他家里很穷，情愿忍耐。不肯把"性灵""精神"来觌换物质。比较那借笔墨作干禄之具的人，真有天渊之隔！

他有个邻居，名叫盛懋，能画山水人物花鸟，非常工巧，买画的人，穿门纳户，生意兴隆极了。他的妻子看了，未免怨他，怨他的画，为何不值钱，没有人要。他说："二十年后的仲圭，决不是这般光景。"果然不到二十年，画名就超过盛懋了。但还不肯卖钱。

他"二十年后"的话，很可做冀图速成的当头棒喝，须知这不是一蹴可及的事。更不是换得钱到手的，就是好画。不过是：

词翰之余，适一时之兴趣。

——《论画》

这和环境的需要好尚，是相抵牾的东西。不能因救贫而速达，也不能因速达而抛却"兴趣"。故他又说：

观陈简斋墨梅诗云："意足不求颜色似，前身相马九方皋。"此真知画者也！

——《铁网珊瑚》

画院的势力及其影响

未及画院之前，宜先述以下的许多话。照时间上推算，应当把五代的画坛谈一谈。照环境上论，五代也是个混乱割据的局面。所谓后梁、后唐、后晋、后汉、后周，都忙于土地的侵占和保守，哪有闲情逸致去放在这不关痛痒的绘画上面？然而艺术之光焰万丈，并不觉得颓减，反因帝王思想的转移，使民间艺术之流得激动其波涛，一直率领到宋代的民间绘画代表者之手。

所谓在朝艺术的遗产——李思训一派——它本来是依晏安的环境而生，也因不安的环境而中断。虽不能说绝对没有拾其唾弃的画家，但噤不则声，我们的绘画史上当然只有拒绝！这因为在野的中心理论，立足非常坚稳，印入民间的程度很深，只要丰于文采、敦于品行的人研究起来实是容易不过的。再加以这时代的战争相寻，物质的迷梦已被不得安居乐业的刺激击破。知道了朝廷的分歧，是充分表示物质欲的暴涨。不得已，在这样颠沛流离的陷阱中，谁去效那愚夫愚妇做执鞭的追求？唯有性灵的抒写，或可使"度日如年"的时间，快些成为过去的陈迹。于是性灵道上，顿形拥挤不堪！无非想以抒写性灵来做"精神"伙伴。

这拥挤不堪的道上，走前喝导的就是荆浩。

他承认薄施颜色和水墨渲染，不唯无妨碍而且有相得益彰的妙处。他举一个"真"字做基础，以为不"真"的东西，即是虚伪。那么既能"真"，性灵在其中了。

他第一打倒一切的"欲"。他说：

嗜欲者，生之贼也。

——《笔法记》

驱逐这贼的只有绘画了，所以他又说：

名贤纵乐琴书图画，代去杂欲。

——《笔法记》

他既以"真"为绘画最大鹄的,但"真"和"似"有些不同。真是很难的获得!看他自己的"真"罢!

太行之山有洪谷,其间数亩之田,吾常耕而食之。有日,登神钲山,四望迥迹,入大岩扉,苔径露水,怪石祥烟,疾进其处,皆古松也。中独为大者,皮老苍藓,翔鳞乘空,蟠虬之势,欲附云汉。成林者,爽气重荣;不能者,抱节自屈。或迴根出土,或偃截巨流,挂岸盘溪,披苔裂石。因惊其异,遍而赏之。明日,携笔复就写之,凡数万本,方如其"真"。

——《笔法记》

他再假设有这样一个老人,把"真"透彻地说出来。

明年春,来于石鼓岩间,遇一叟,因问,具以来所由而答之。叟曰:"子知笔法乎?"曰:"叟,仪形野人也,岂知笔法耶!"叟曰:"子岂知吾所怀耶?"闻而惭骇!叟曰:"少年好学,终可成也。夫画有六要:一曰气,二曰韵,三曰思,四曰景,五曰笔,六曰墨。"曰:"画者,华也。但贵'似'得'真',岂此窍矣。"叟曰:"不然!画者,画也。度物象而取其'真'。物之华,取其华;物之实,取其实。不可执华为实。若不知术,苟'似'可也,图'真'不可及也。"曰:"何以为'似'?何以为'真'?"叟曰:"'似'者,得其形,遗其气;'真'者,气质俱盛。凡气传于华,遗于象,象之死也!"谢曰:"故知书画者,名贤之所学也。"

——《笔法记》

至于他的《画说》一篇,更是完美无伦了。

灵台记,整精致。朝洗笔,暮出颜。勤渲砚,习描戳。学梳渲,谨点画。烘天青,泼地绿。上叠竹,贺松熟。长写梅,人兰蒲,湛稽菊。匀锤绢,冬胶水,夏胶漆。将无项,女无肩。佛秀丽,淡仙贤,神雄伟。美人长,宫样妆。坐看五,立量七。若要笑,眉弯嘴挠;若要哭,眉锁额蹙。气努狠,眼张拱。愁的龙,现升降。啸的凤,意腾翔。哭的狮,跳舞戏。龙的甲,却无数。虎尾点,十三斑。人徘徊,山宾主。树参差，水曲折。虎威势，禽噪宿。花馥郁，虫捕捉。马嘶蹶，牛行卧。藤点做，草画率。红间黄，秋叶堕。红间绿，花簇簇。青间紫，不如死。粉笼黄，胜增光。于思忖，不如见。色施明，物件便。

——《画说》录自《唐六如画谱》

他有个及门弟子，叫作关仝。承继他所有的技能和理论，居然有出蓝之誉！最善写秋意，秋有肃杀之气，大约有感而为吧？

仝，喜作秋山寒林，与其村居野渡，幽人逸士，鱼市山驿。使见者悠然如在灞桥风雪中，三峡闻猿时；不复有市朝抗尘走俗之状。盖仝之画，脱略毫楮，笔愈简而气愈壮，景愈少而意愈长也。

——《宣和画谱》

从此，我们可以得到一个新印象，精工的描写既不对，满纸峰峦也可恨，堆砌颜色更是死气。不过只要"真"，故不必千山万水；只要"意"，故不必刻意求工。至于色彩，淡施可也。这是应当注意的事！

述荆、关既毕，那么"画院"是什么东西呢？

可以用下面的话来答复：

定一种制度官阶，有阶级的把画者集合拢来，供帝王的呼使，这个集团，就是"画院"。

又说到帝王身上。先是唐朝的绘画，在朝的势力却是不弱，像李思训、阎立德、阎立本一班人，都身任待诏之职。但还未尝公开成立一种组织，就是制度等等，也从未创设，这当然不是"画院"，"画院"的胚胎，是南唐后主李煜肇始设置。因为后主文学的功夫极好，又会写字，又会画画，有了这丰富的天才，所以对于艺术特有兴会。单就收藏书画，集英殿不是琳琅满目吗？他最精画竹，全用勾勒的笔法，曾说他的笔法，唯柳公权才有，别人是不会的。自己既是内行，又自负很高，当时周文矩、曹仲立、高太冲……都承旨而入画院。于一遇着闲暇的时候，就集合一处，同时挥洒。这样逸兴遄飞，也无可厚非，自然是提倡和奖励的妙法。

和南唐有同好的前蜀，收藏也多。有个翰林院待诏黄筌，是执前蜀画界牛耳的花鸟大家。他的画，技巧方面倍极工细，颜色也绚丽华茂。

这种画法，最高境界古拙而已，所谓生动，是不可能的。试看自然的花鸟，多么美丽而活泼，岂是绵密瘦硬的线条可以托出？况浓重的颜色，依着毫无生气的轮廓涂去，和画面不相容极了。然秀丽堂皇之气味，未始没有，故后来称他的画为"富贵"。

天造地设一般！恰有南唐的望族徐熙也精花鸟。但他的画法不同，其理论和南宗的差不多，是尚意的，是重个性与理论的。以为这张画若是有理有意，就是不像也不要紧，枯枝败叶，也含有伟大的生命，照耀画面。并不摒除色彩而不用，万一需要，也只略敷一点，故后来称他的画为"野逸"。

两种截然不同的画法，俨然在对峙着。一个崇尚勾勒，厚施色彩；一个先用墨写枝叶蕊萼，然后加以薄彩。可说是黄筌好比李思训，徐熙好比王摩诘。这是拿山水作例的话，但徐熙偏命途多舛，得不了好评。

江南徐熙辈，有于双幅缣素上，画丛艳叠石，傍出药苗，杂以禽鸟蜂蝉之妙，乃是供李主宫中挂设之具，谓之"铺殿花"，次曰"装堂花"。意在位置端庄，骈罗整肃，多不取生意自然之态，故观者往往不甚采鉴。

——《图画见闻志》

看来在野的东西，富贵人是不合口味的。我相信反转来也是一样！虽然富贵人不合口味，却极流行于一般有知识者的家里，下面是一个证明！

徐熙大小折枝，吾家亦有，士人家往往有之。

——米芾《画史》

后来黄筌有两个儿子，继续这"富贵"的事业。徐熙也有三个孙子，光大"野逸"的志趣。但宋朝是黄家走运的时代，然而徐熙也算春兰秋菊各擅重名。郭若虚说：

谚云："黄家富贵，徐熙野逸。"不惟各言其志，盖亦耳目所习，得之于心，而应之于手也。何以明其然？黄筌与其子居寀始并事蜀为待诏，筌后累迁如京副使。既归朝，筌领真命为宫赞，居寀复以待诏录之，皆给事禁中，多写禁御所有珍禽瑞鸟、奇花怪石。今传世桃花鹰鹡、纯白雉兔、金盆鹁鸽、孔雀龟鹤之类是也。又翎毛骨气尚丰满,而天水分色。徐熙江南处士,志节高迈,放达不羁,多状江湖所有,汀花野竹,水鸟渊鱼。今传世兔雁鹭鸶、蒲藻虾鱼、丛艳折枝、园蔬药苗之类是也。又翎毛形骨贵清秀,而天水通色。二者春兰秋菊,各擅重名,下笔成珍,挥毫可范。复有居寀兄居宝,徐熙之孙曰崇嗣,曰崇矩。蜀有刁处士、刘赞、滕昌祐、夏侯延祐、李怀衮。江南有唐希雅,希雅之孙曰中祚,曰宿,及解处中辈。都下有李符、李吉之俦。及后来名手间出。肢望徐生与二黄,犹山水之有三家。

——《图画见闻志》

"画院"滥觞于南唐,而大备于宋。有待诏、祇候、艺学、画学正、学生、供奉的阶级,但不得佩鱼带。到政和、宣和的时候,打破了例而特许于"画院"了,可见帝王对于他们的优渥。所以各处的画工,都想借画的力量来做官,谁不想钻进朝廷之门?前蜀、南唐的名手,也一齐召进,霎时间,无人不风雅了!

此后越来越多,都无非是些野心之徒!帝王觉得如此热闹,也许原因有些不正当,就考试起来,一则可借以限制,二则可把不合口味的撵出去。而考取或被召的待诏供奉们,益发自高得了不得,以为天下的绘画,我们真是不祧之祖!一面敬谨奉承帝王的鼻息,一面傲慢孙山上的同志。呜呼!此"画院"之所以为"画"院也。

考试是仿照大学的办法,用古来的诗句做题目。大约拣选抽象的、极不容易表现的句子,命想做画官的画工去画,结果好的不见录取,愤而走了。帝王认为不错的取了。如:

1. 野水无人渡,孤舟尽日横。
2. 万绿丛中一点红。
3. 踏花归去马蹄香。
4. 嫩绿枝头一点红,恼人春色不须多。

这都是画院的题目。我们不能批评题目的本身怎样不好,须知这种因心造境的事,岂有标准可悬?若是肯抛弃个性或有希望,否则只有回家去好了。故画院的弊病至少有两点:

1. 桎梏个性。
2. 使绘画呈畸形地发展。

第一点：个性是画面的生命，是画面价值的根本。鉴取人才，标准固不可不备，但应当随各人的个性而决定，不应当以画来适合死的标准。这才使有价值、有生命的作品，会得着鉴赏。像画院取士，花鸟是规定黄筌一派，因此徐熙的孙子也就考不进了！后来折而效他，一考就取。这足以使我们相信许许多多因派别不同而被摒的，不一定画得不好。或者主持其事者狐假虎威，故意排斥异己，也未可知。有许多重气节的画人，是不肯去应试的。如石恪、崔白被命都辞掉它，是很有道理的。

第二点：世界上国家可以统一，唯思想不能统一，艺术更不能统一。且把过去的画史一看，不但没有哪个时代统一过，而愈演愈是分歧，这是随便都可以证明的。固然画院的本旨，未必有什么垄断的心意，在当时的环境，必成不容其他画面的出头。因为帝王所定的趋向，总不许有学问或思想眼光比他更高的人，自然奉命惟谨，曲意阿附！可卑的事还有过于此的吗？就是考取了的人，平常无论画件什么，先要把稿本进呈，有改即改，不合即斥其职。绘画至于看作厨房内的红烧肉，加糖加醋，一唯食者是视，所以不管大猪、小猪、花猪、乌猪，非弄成红而带黑不可，绘画的畸形，也于是形成。

是时最得宠而有力者，厥为黄筌之子居寀，几"无画不黄，可谓豪矣"！但徐崇嗣虽倡"没骨法"相抗衡，究竟抵挡不住。好在有崔白、崔悫、吴元瑜、冯进成、曹访、石恪几个人帮他的忙，使势焰万丈的"院体"，知道太跋扈了一点，把一线性灵的生命，从波涛汹涌的"院体"手中恢复不少。这是《宣和画谱》载的：

居寀画为一时标准，较艺者视黄氏体制为优劣去取，自崔白、崔悫、吴元瑜既出，其格遂大变。

至于崔白：

崔白，字子西，濠梁人。上画花竹翎毛，体制清赡。虽以败荷凫雁得名，然于佛道鬼神，山林人兽，无不精绝。凡临素多不用朽。复能不假直尺界笔，为长弦挺刃。熙宁初，命与艾宣、丁贶、葛守昌画垂拱殿御扆、鹤竹各一扇，而白为首出。后恩利图画院艺学，白以性疏阔，度不能执事，固辞之。

——《图画见闻志》

至于崔悫：

崔悫，字子中，白之弟也。为左廷直。工画花卉、翎毛，状物布景，与白相类。

——《宣和画谱》

至于吴元瑜：

吴元瑜，字公器，京师人。初为吴王府直省官，换右班殿直。善画，师崔白，能变世俗之气所谓"院体"者。而素为"院体"之人，亦因元瑜革去故态，稍稍放笔墨。画手之盛，追踪前辈，盖元瑜之力也。

——《宣和画谱》

此外有赵昌、王友、易元吉之流，都是徐派的人物。所以元瑜一出，也就晓得"革去故态，稍稍放笔墨"，以出胸臆了。那么"院体"即是笔拘墨束，毫无胸臆！

"画院"势力虽然膨胀，号召也不算低，但其影响如此。

有清二百七十年

　　清以八旗鼎定中原以后，晓得了汉族人并不是满族人，一味用武力压下去是不行的，只有"古文"才能替代。在顺、康、乾几朝，拼命地兴科举，开博学鸿词科，拉拢一班知识阶级。虽还是有许多人避而不就，结果这样有气节的渐渐少了。满人更是有味，于是编修《四库全书》，分置国内。而各种繁异典籍，也从事刊行。所以清代的文化，真是如日中秋，无所不妙！"汉学""宋学"都有极大的创获。这关于文化，清代自是不弱。

　　艺术如何呢？绘画又如何呢？

　　清代的艺术，如建筑、塑造、音乐，并没有什么惊人的成绩。独篆刻一端，突过以往的各时代。对于书画，圣祖敕修《佩文斋书画谱》，在康熙四十七年出版，自有史至朱明的书画记录，都很精当地选入。这部书，有益于中国艺术甚巨。后来乾隆收藏古物也极丰富，画家也不少，派别也多，表面看去，盛极一时了！

　　若吾人把关于清代的绘画著作，随便看几本，一定可以知道清代的画坛，其空气比任何朝代为奇特，为难得。为什么帝王的功劳技艺，没看到有多少人颂扬？道、咸以前，四海不是晏安无事吗？又为什么没有特殊的提倡和奖励？我们并不希望像宋、明的样子，用主观的法度，去范围天下的画家。是说这时候，是需要有力的人，了解绘画的独立，而去助长它独立的猛烈进展。

　　这是过去的缺憾，不原谅又待如何？我们在"各走各的"环境内，仍然可以归之一点，这一点，未尝不是失望中之幸运。就是：

　　有清二百七十年的绘画，其势力均统属于南宗。

　　至于这一点之下，是些什么东西？先把在名义上形成了集团的，写了出来。

画中九友（董、李、杨、程、卞，均已物故）

董其昌

李流芳——字长蘅，嘉定人。

杨文聪——字龙友，贵州人。

程嘉燧——字孟阳，侨居嘉定。

卞文瑜——字润甫，号浮白，苏州人。

王时敏　王　鉴

张学曾——字尔唯，号约庵，山阴人。画宗北苑。

邵　弥——字僧弥，以字行，号瓜畴，长洲人。画宗宋、元。

江左三王：

王时敏　王　鉴　王　翚

清初四王：

王时敏　王　鉴　王　翚　王原祁

清代六大名家：

王时敏　王　鉴　王　翚　王原祁　恽　格　吴　历

五大家：

王　翚　王原祁　恽　格　吴　历

黄　鼎——字尊古，号独往客，常熟人。山水学原祁，临摹咄咄逼真。

江左二家：

孙　逸——字无逸，号疏林，桐城人。晚年为僧，名宏智，纯用秃皴，不求形似。

萧云从——字尺木，号无闷道人，芜湖人。山水宗元人。

海阳四大家：

孙　逸

查士标——字二瞻，号梅壑散人，海阳人。山水初学倪迂，后重梅道人、董文敏笔法，用笔不多，惜墨如金。

汪之瑞——字无瑞，休宁人。山水渴笔焦墨，多麻皮荷叶皴。

弘　仁——字渐江，休宁人。山水师倪云林。

鼎足名家：

程正揆——字端伯，号鞠陵，又号青谿道人，孝感人。山水宗董其昌。

方享咸——字吉儒，号邵村，桐城人。山水学米，力追古法。

顾大绅——原名镛，字霞雉，号见山，华亭人。山水宗巨然。

四大名僧：

弘　仁

朱　耷——字雪个，号八大山人，江西人。山水花鸟，时有逸气。

石　谿——原名髡残，又号白秃，又自称残道者，武陵人。山水学元人。

道　济——字石涛，号清湘老人，一云清湘疏人，一云清湘道人，又号大涤子，又自号苦瓜和尚，又号瞎尊者，明代楚藩后也。山水兰竹，恣意纵态，脱尽窠臼。

金陵八家：

龚　贤——字半千，号柴丈，昆山人。山水得北苑法。

樊　圻——字仓公，善山水。

高　岑——字蔚生，杭州人。工山水及水墨花卉。

邹　喆——字方鲁，吴人。山水工稳有古趣。

吴　宏——字远度，江西金溪人。山水宗宋、元。

叶　欣——字荣木，华亭人。山水学赵令穰，复参以姚允在。

胡　慥——字石公，善山水人物。

谢　荪——善画。

画中十哲：

高　翔——字凤冈，号西唐，甘泉人。山水取法渐江而参以石涛。

李世倬——字汉章，号谷斋，三韩人。山水学王石谷。

董邦达——字孚存，号东山，富阳人。山水取法元人，善用枯笔，勾勒皴擦多逸致。与北苑、思翁，号称"三董"。

黄　慎——字恭懋，号瘿瓢，闽人。画兼倪、黄，出入仲圭之间。精人物，负重名。

李师中——字正普，号园，清乾隆年间书画家，高密人。

王延格——字青霞，山东人。

陈嘉乐——字子显，号东原，历城（今山东济南）人。善山水，学王原祁。

张英士——字建卿，山东人，善画。

高凤翰——字西园，号南村，晚年自号南阜老人。山水不拘于法，以气胜。

张鹏翀——字天飞，号南华，嘉定人。山水师元四家，尤长倪、黄法。

扬州十怪：

高　翔　黄　慎　张鹏翀

金　农——字寿门，仁和人。于画涉笔即古，脱尽画家之习。又工诗文，不同流俗。

罗　聘——字两峰，号花之僧，扬州人。金农高足。人物杂花尤善，墨梅山水亦神逸极致。

李方膺——字虬仲，号晴江，南通人。松竹梅兰，不守矩矱，意在青藤、竹憨之间。

李　鱓——号复堂，又号懊道人，兴化人。工花鸟，兼仿林以善，蒋廷锡弟子。

汪士慎——字近人，号巢林，休宁人。山水干皴，疏古得趣。

蔡　嘉——字松原，号朱方老民，丹阳人。花卉山水，与奚铁生齐名。

朱　冕——字老匏，扬州人。

五君子：

高　翔　高凤翰　汪士慎　蔡　嘉　朱　冕

浙西三妙：

黄　易——字大易，号秋庵，又号小松。山水摹造像碑版，为金石五家之一，盖精篆刻也。

奚　冈——字纯章，号铁生，一号蒙泉外史。工山水。

吴　履——字竹虚，号瓦山野老，秀水人。工山水、花卉、篆刻。

后四王：

王鸣韶——原名廷谔，字夔律，号鹤溪，嘉定人。山水参王、吴。

王三锡——字邦怀，号竹岭，太仓人。作色山水，清湛出众。

王廷周——字恺如，号鹅池，常熟人。山水得石谷家传。

王廷元——字赞元，石谷后人。山水稍变祖法，然清丽可爱。

小四王：

王　宸——字紫凝，号蓬心，原祁孙。

王　昱——字曰卯，号东庄，原祁族弟。画出其门。

王　愫——字素石，号林屋，时敏孙。山水秉家法。

王　玖——字次峰，号二痴，石谷孙。山水学于黄鼎。

沪上三熊：

张　熊——字子祥，号鸳湖外史，秀水人。工山水、花卉。

朱　熊——字梦泉，号吉甫，秀水人。工花卉。

任　熊——字渭长，山阴人。工人物花鸟，笔法奇拙，难能可贵。

除此以外，笔墨精妙，甚著时誉的，尚有：

陈洪绶——字章侯，号老莲，诸暨人。工人物。

周　容——字鄮山，鄞县人。善画疏木枯石，自率胸臆，萧然脱俗。

程　邃——字穆倩，歙人。自号江东布衣，又号垢道人。博学，工诗文，善山水，纯用枯笔，学巨然法，别具神味。

蓝　瑛——字田叔，号蝶叟，钱塘人。山水法宋、元诸家，晚乃自成一体。

吴伟业——字骏公，号梅村，太仓人。山水得董、黄法，清疏韶秀，风神自足。

王　武——字勤中，吴人。画花草多逸笔，点缀流丽多风。

顾　昉——字若周，华亭人。山水师董、巨及元四家。

罗　牧——字饭牛，宁都人，侨居南昌。工山水，笔意在董、黄之间。

王　概——字安节，秀水人。山水学龚贤，善作大幅。

薛　宣——字辰令，嘉善人。山水学廉州，用笔厚重有气。

沈宗敬——字恪廷，华亭人。山水师倪、黄、董、巨。

蒋廷锡——字扬孙，号西谷，又号南沙，常熟人。以逸笔写生，出之自然。

高其佩——字韦之，号且园，辽阳人。善指头画。

沈　凤——字凡民，江阴人。山水多干笔。

上官周——字竹庄，福建人。善山水。

边寿民——字颐公，淮安人。善泼墨写芦雁。

唐　岱——字毓东，满人。山水用笔沉厚，布置精当。
　　袁　江——字文涛，江都人。善山水。
　　方士庶——字循远，号小狮道人，新安人。山水学于黄尊古。
　　华　喦——字秋岳，号新罗山人，闽人，居杭州。善人物山水花鸟，皆能脱去时习。
　　钱维城——号稼轩，武进人。山水出笔老干，秀骨天成。
　　张宗苍——字默存，号篁村，吴人。山水学于黄尊古。
　　郑　燮——号板桥，兴化人。善书画，长于兰竹，焦墨挥毫，以草书之中竖长撇法运之。
　　沈　铨——号南蘋。山水宗石田，花卉法南田。
　　张　庚——字浦三，号瓜田。山水略形似。
　　潘恭寿——字慎夫，号莲巢，丹徒人。山水学于蓬心，又饶诗意。
　　王学浩——字孟养，号椒畦，昆山人。山水为吴淞作手。
　　万上遴——字辋冈，江西分宜人。画宗倪迂，又精指画。
　　方　薰——字兰士，号兰生，石门人。山水与奚铁生齐名。
　　翟大绅——字子垢，号云屏，嘉定人。山水自成一家。
　　改　琦——字伯蕴，一字白香，号七芗。善花卉，又工仕女。
　　汤贻汾——字若仪，号雨生，武进人。工山水蔬果。
　　费丹旭——字子苕，号晓楼，乌程人。工仕女，推七芗后继。
　　戴　熙——字醇士，号榆庵，一号鹿床，钱塘人。山水宗耕烟散人。
　　吴熙载——原名廷飙，字让之，号晚学居士，仪征人。工花卉。
　　赵之谦——字㧑叔，号益甫，会稽人。工花卉蔬果，意近李复堂。
　　吴嘉猷——字友如，元和人。工人物点景，一时称盛。
　　吴　滔——字伯滔，号铁夫，石门人。工山水。
　　吴石仙——名庆云，字石仙，以字行，上元人。工山水，尤精雨景。
　　吴昌硕——字俊卿，号缶庐。工花果。
　　上面百家之中，以王时敏、王鉴、王翚、王原祁、恽格、吴历影响最大，不能不有详细的叙述。因为简单说来，他们足以光耀清的全时期。
　　王时敏，字逊之，号烟客，又号西庐老人，江苏太仓人。山水学黄子久，能得其神化。在画面的设计上，用笔以及用墨，都很有功候，干湿互施，劲健天成！并且一草一木，沉着不苟，俯仰多姿，一时无两，恐大痴再世，亦当首肯。所以他的门人极多，一则他欢喜奖掖后进；一则他笔精墨妙，万流揆仰。道光时的戴熙，是最崇拜他而酷肖他的一个。

王鉴，字圆照，号湘碧，又号染香庵主，和时敏同乡齐名。他豪富肯收藏，名迹极多，临摹益萃。所以他的画，笔笔有来历，笔笔有精彩，大抵以董北苑、巨然为宗，论者并说他深入堂奥了。因为胸中丘壑，原自不凡，无论水墨的或是着色的，都在谨严之中，呈极量之变化。那书卷之味，更是油然而生了。可谓在清代画坛上，有起衰之功，不独吴梅村称他作一个"画圣"而已。

王翚，字石谷，号耕烟散人，又号乌目散人，又号清晖老人，常熟人。画山水兼南北宗，以清丽为主。《桐阴论画》说：

天分人工，俱臻绝顶。南北两宗，自古相为枘凿，极不相入，一一融诸毫端，独开门户。

若以他在近日的声价而言，这话并不为过。但他的画，遗流很多，不能不使人怀疑。怀疑秦祖永太偏誉了。因为南宗北宗，在历史上，环境上，以及笔墨布置，绝不像水之与乳可以交融。唐寅总算是天才罢，尽力这种工作，曾费了许多精神，还觉得不十分自然，克量也不过能在勾勒之间，使劲地装饰像南宗的挥洒而已。然限制很深，常常要受轮廓的干涉，或是色彩的干涉，全部总是雕刻板细。石谷常拿墨色来换了青绿，我们除领略他的破破碎碎而外，实在说不上像哪一宗，所谓"独开门户"，远不及临摹古作之为是。绘画是整个的东西，随便割裂补缀，岂能成器！张庚说得不错了，他批评王原祁这样说：

能不囿于习，而追踪古迹，参习前贤，为后世法者，麓台其庶几乎？石谷非不能及其能事，终不免作者习气。

——《浦山论画》

这多么大胆，多么有识，敢肯定地说石谷"终不免作者习气"！他固为形容麓台而设，我认为是石谷的定论。

王原祁，字茂京，号麓台，时敏的孙子。字写得好极了，画学王圆照，远绍大痴。山石瘦硬有高致，境地清旷，笔墨遒拔。当他很幼小的时候，偶然画一张山水玩玩，时敏一见，就说："此子必出吾右！"于是把画理解给他听，又拿些真迹给他模仿，家学渊源，果然名重于鼎，一鸣惊人！把赫赫的石谷，几乎压了下去！因为他雄壮庄凝的布局和朴重无华的笔触，石谷是办不到的。当时王鉴也看见他的画，以为山水一道，非让他坐了首席不可。有个有名的弟子，叫作黄鼎。

恽格，字寿平，更字正叔，号南田，一号白云外史，工诗文，又工书法，以褚、米为归，自成一体，和他的画有三绝的称誉。山水小品居多，书卷气极厚。花卉崇徐熙而独创一格。清逸神化，执清朝花卉界之牛耳。可见他的画，真是"天仙化人，不食人间烟火"的呀！

吴历，字渔山，号墨井道人，常熟人。山水出入宋、元诸家。晚奉天主教，曾赴欧洲，以西法证中国绘墨。所以能在笔墨以外，别求格调。着色更是擅场，青而兼绿，绿而有青，和一味徒揣画形的石谷不同。水墨皴擦，都有大气磅礴、烟云缥缈的韵味。故在六家之中，堪与烟客、湘碧抗手，石谷远不逮也。

现在统观六家，寿平山水为花卉所掩，但一草一木，也弥有神味。此外石谷的名最大，实则画最逊，水墨远不及烟客，青绿远不及渔山，而伪声誉日隆！这也就难得其解了。又六家有个通病，他们的印章，俱是不佳，这与画的本身固然不发生多大关系，然既以高名相标，认为是一种韵事，那印章也就有相当的重要。南田尚能以秀逸的字和清新的诗辅助画面，石谷则两者俱亏。现在他们的画，多如恒河之沙，赝物常十居八九。这原因：印章太坏，容易仿作，是最大的一个。

至于六家以后，各有忠实的信徒，沿流较远，门户遂成！计五人，成三派。独渔山不在内，大约是宗教的关系罢！

娄东派——王时敏　王鉴　王原祁

虞山派——王翚

常州派——恽格

三派里面，要推"娄东派"最盛，"虞山派"次之，"常州派"独掌花卉全权，差不多家家奉作圭臬。但号召稍弱的，除"浙派"的蓝瑛已成尾声而外，尚有：

袁派——袁江

新安派——弘仁

金陵派——龚贤。张庚曰："金陵之派有二：一类浙派，一类松江。"

江西派——罗　牧

姑熟派——萧云从

翟　派——翟大绅

金陵派（人物）——上官周

总之清代的绘画，愈趋愈简，视形似如敝屣，都是发挥自己的胸臆，虽枯笔破墨，亦所欣为。所以片纸寸楮，也就够人倾倒了！但在著述上的成绩，虽是残缺片段，然量的方面，是各朝代所不及的。姑就常见的列在下面：

《佩文斋书画谱》（清康熙敕撰）

《画筌》（笪重光）

《式古堂书画汇考》（卞永誉）

《读画录》（周亮工）

《赖古堂书画跋》（周亮工）

《梁香庐画跋》（王鉴）

《清晖画跋》（王翚）

《墨井画跋》（吴历）

《瓯香馆画跋》（恽格）

《芥子园画传》（王概）

《学画浅说》（王概）

《雨窗漫笔》（王原祁）

《麓台题画稿》（王原祁）

《东庄论画》（王昱）

《绘事发微》（唐岱）

《石村画诀》（孔衍栻）

《浦山论画》（张庚）

《图画精意识》（张庚）

《国朝画征录及续录》（张庚）

《小山画谱》（邹一桂）

《读画纪闻》（蒋骥）

《学画杂论》（蒋和）

《天庸庵笔记》（方士庶）
《芥舟学画编》（沈宗骞）
《玉几山房画外录》（陈撰）
《墨缘汇观》（安岐）
《指头墨诀》（高秉）
《费氏山水画式》（费汉源）
《山静居画论》（方薰）
《树木山石画法册》（奚冈）
《冬花庵题画绝句》（奚冈）
《山南论画》（王学浩）
《松壶画忆》（钱杜）
《三万六千顷湖中画船录》（迮朗）
《溪山卧游录》（盛大士）
《小松园阁书画跋》（程庭鹭）
《箬庵画尘》（程庭鹭）
《墨林今话》（蒋宝龄）
《画筌析览》（汤贻汾）
《习苦斋画絮》（戴熙）
《赐砚斋题画偶录》（戴熙）
《南宗抉秘》（华琳）
《画学心印》（秦祖永）
《桐阴论画》（秦祖永）
《画诀》（龚贤）
《画语录》（释道济）
《大涤子题画诗跋》（释道济）
《冬心画竹题记》（金农）
《冬心画梅题记》（金农）
《冬心画马题记》（金农）
《冬心画佛题记》（金农）
《冬心写真题记》（金农）
《冬心杂画题记》（金农）

《冬心先生随笔》（金农）

《漫堂书画跋》（宋荦）

《瓯钵罗书画过目考》（李玉棻）

《清河书画舫》（张丑）

　　随意写了这些书名。以笪（重光）的《画筌》为富丽，王概的《芥子园画传》为实用，王昱的《东庄论画》、唐岱的《绘事发微》、王学浩的《山南论画》、钱杜的《松壶画忆》、秦祖永的《画学心印》、为最彻透，石涛的《苦瓜和尚画语录》为最玄妙。都是我们人手不可不看的。其余也没有一本推崇北宗的书，也没有一句推崇北宗的话。在思想上，更证明南宗统一了有清二百七十年。

民国以来国画之史的观察

一 中国画的文人画

中国的艺术思想，还是受着几千年前的儒家道家思想的支配，直至今日，或亦不能说有了多大的变化。虽然洋风已吹了若干年，但大多数，还只是表面，只是某种极小限度的表面。对于传统的一切，可谓依然故我，维护得相当周密的。所以中国画的历史，只有技法上的歧异表现得最明显，因此就把所以歧异的内在原因遮没了。此外，只是些画人的传记和画坛的故事，再就没有什么了。这种情形，在民国二十六年六月以前，绝无例外。

中国画在两条不同的道路上——南宗、北宗，作家画、文人画——作不得已的进展。因为如此，到了南宋的时候，便大家都感着疲倦、乏味、牵强……而同时又想不出超越死范围的办法。于是南宗也好，北宗也好，自然地形成了一种"流派"而流派化。自元以后，固然稍稍换了换面目，但不过是文人画——假定南宗——更合乎传统的思想，把院体——假定北宗——打倒了而已。明代的文沈唐仇，清代的四王吴恽，谁又不是文人画流派化后的小流派化？缩短一点说，二百年来的中国画，都被流派化的文人画所支配。这种势力，说起来怪可怕，日本足利时代起，也被它征服得厉害，虽然日本人善变，然我们不能说不是13世纪日本刊刻《论语》等经书的原因吧？

客观地看看，文人画的确是代表中国的绘画。它的源远流长，简直非后起的欧洲绘画可比！因为它抓住了中国人的心。它具备某种程度的固定样式，只要你见着它，便会起一种"神游于古画"的共鸣。大多数画人，无非是这些"样式"的复制。再严格地说，自南宋以来，文人画家只有技巧熟与不熟的问题，没有新样式的创造。只有"公式"的练习，没有自我的抒写。一部分人虽提"笔墨""性灵"等口号，试问躲在斗室之中，下笔即为古人所囿，有什么"笔墨""性灵"呢？

基于上面的论述，中国画是"求心状"的，从外向内面钻。钻得太久，自然会头碰头。所以中国画人的相对，唯有来一个会心的微笑，彼此心照不宣。

中国画便在这种状态中，反复地咀嚼古代的残余。

作文人画，要有必需的几个条件。清代的画论，讨论这条件的很多。陈师曾作《中国文人画之价值》一文（见《中国文人画之研究》），说文人画家，第一是要有"人品"，第二是要有"天才"，第三是要有"学问"。再看扬子云说的"书，心画也"和邓椿说的"其为人也无文，虽有晓画者寡矣"的话，可见陈师曾的说法，并不是没有理由和根据的。因为中国自元以后，已把绘画看作画家一切的寄托，是画家人格思想的再现，是纯粹的艺术。所以绘画的价值，是至高无上的。

现在的一切，只要将五十年前的一切来比较，任何部门，都起了急剧的变动。处在今日，耳目所接，当非从前那种形象，甚至因生活方式的转易，每个人的感受，也自不同。根据文化的历史，中国在这时候，需要一种适合现实的新艺术，自无问题。然而我们放眼看看，现在的中国绘画和"现代性"有关系吗？许多批评中国画不合现实的理论，姑且不管它。就中国画的本身而论，它的缺陷实在太多。不过这里所谓缺陷，不是好与不好的问题，是说画的本身早已僵化了，布局、运笔、设色……技法的动作，也成了牢不可破的定式。我们很明了，若是画家的脑子没有死守着传统的方法的话，恐怕谁都有极度的烦闷，谁都有想改革的念头。然而结果似乎太惨，虽千年来的潜势力，还整个笼罩了画家的心，束缚得使你动也不能动，中国画的不进步，说明了又没有多大稀奇。

就取材上说，文人画是"消极"的，"颓废"的，"老"的，"无"的，"隐逸"的，"悲观"的。它是中国士大夫狭义的人生观，譬如在政治上玩得腻了，看看——或者画画——这种东西刺激刺激，博一个风雅的名儿。我们想想，今日的中国，是什么时代？是什么环境？若把艺术从"伦理""道德"上看，这种制作，是否有继续发扬的必要？况且这种大理石似的公式，许多年来没有人打得破，发扬也终究是一句似是而非的空话。

中国绘画，无论如何是有改进的急迫需要。

二 二十六年来的几种象

在这个小题目之下，应该先有相当的说明。以下所论，完全站在纯客观的立场，从"史的观察"予以轮廓的述说，丝毫不掺主观或类似主观的意见，但又完全不是人云亦云。

中华民国建国二十六年中，艺术上最显见的进步，是艺术能在教育上有了位置。虽然现在还是那么一套，但民国以前，却谈不到普及和提倡的。各级学校的学生，他们所受关于绘画上的知识和练习，几乎可以说，与中国固有的绝缘。照某方面情形论，中国绘画的盛衰和学校教育无关，尤其和青年学生——除了学中国画的极少数——无关。

二十六年来，国外的侵略压迫仍变本加厉地在进行。但中国艺坛上的一切，则绝对与这些环境远远地隔离，好像生存在另外一个世界。纵有制作，也还是些"悠然见南山"之类。这不能怪画家没有脑筋，只怪"流派化"的壁垒太坚，你要是稍稍来一点新花样，保管你被人骂得狗血淋头。

然则中国画没有从事新的途径的人吗？这又不然。

我有一种感想，我觉得民国二十六年来——尤其近十年——有一件不十分可解的事。这件事，就是中国的艺术家，他的评价，完全建筑在"人事"上面的，艺术还在其次。你看谁开画展，不是许多许多的人署名介绍？这班名人，也许他并不认识这请求的人，或者并未拜读过他的作品，如何能知道他的艺术？如此一来，社会上只剩有耳而瞎了眼睛的了。于是被介绍者一跃自居名家，介绍者也俨然画坛盟主。这种情形，影响于艺术的进步是极大的。

进一步，谈中国画的动态，影响最大的，要推吴昌硕。他的花果山水之类，甚至于他的字，不知影响了多少学画的人。他本身的艺术，当然是他几十年写猎碣的功夫所得来，所以他每一笔都有渊源，并不是专从间架布置上取巧的。学的人就不然了。我曾想，吴昌硕的画，为什么会有这么大的影响？几乎可以支配华东的花果画。这或者是山水太烦琐了，太费时间了，加之天下又不太平，谁肯安心去做那五日一山、十日一水的工作？随便来几笔也正见得楚楚有致。吴昌硕的影响，当在这种情形之下而发生作用。不然，日本人对于他的作品，是极其尊重的，为什么日本没有学他的画家？听说他的作品的价钱，不如民国十一二年那么高，这也许是他的影响逐渐薄弱之征。

画与吴昌硕同是花果一类的作风，则有齐白石氏。齐氏摹印，魄力之雄伟，可以说直接间接已冲动了许多印人，但能得他的精神的，却不多见。他的画近几年来，颇为北方一部分人所推重，并不减于民国十年左右之对于吴昌硕。

我们知道，清末的花鸟翎毛草虫蔬果之类的作品，还是瓯香馆的余韵有势力。以后张熊及山阴任氏和李复堂、赵之谦，或是金冬心之派流，虽曾在构图上各有各的面目，但仍不敢逾越规矩太远。吴昌硕不同，胆大多了。齐氏更不同，有些构图，确令人神往。不过自吴昌硕，到齐白石，文化方向已受巨大摇动而渐趋转变。人心的不安定，产生这种作风，自是必然的结果。

山水画呢，据上述的理由，当然也应由四王的流派转趋简约疏放才对，然实际上不尽如此。这因为山水的构造不同，同时也因为以山水为本位的文人画的壁垒太严，如"芥子园"时代的任颐、杨伯润，早就着手过这种改革，但为流不远，只可供山水画家偶然的游戏，不能供经常的经营。山水较之花果等，其不同就在此。

光绪间，陆恢、秦祖永等人的山水，若用欣赏四王的眼光来看，即说是"超四王而上之"，也未尝不可。足见山水画自有山水画的一切条件，这些条件，宋人得了十之六七，元人得了十之八九，明人——如四大家——是十分之十，清人就只得在这圈子里旋转了。所以廉夫、逸芬等的功夫虽雄厚，也脱不了那一道圈子。降而至于民国，也就可想而知。

在大圈子之中，复有不少小圈子。如吴待秋、汤定之二氏，各自祖述他们的衣钵，功夫境界，均有可传，这是就圈子说圈子的话。从高处一望，依然距理想有相当距离的。根据这假定条件，再看萧泉、溥心畲、张大千甚至于胡佩衡诸位，他们对于山水，站在宋朝建筑、元明清初修葺过的山水舞台上，都是重要的角色，都有声容并茂的佳作，而这些佳作，就是不声明仿元四大家或仿清湘老人，也自有其不可埋没的精彩。譬如一座大院落，只有一个大门，在内面的，进出必须由此，所以用不着声明你是东边，我是西边了。日本天保时的"谷文晁""渡边华山"也住过这里面呢。

至于对于中国艺术——某一点上趋重中国画——抱有改革的大愿，并且实际从事多年，各有其千秋的陈树人、高剑父、高奇峰、徐悲鸿、刘海粟诸位，彼此都拥有相当的崇拜者。高氏兄弟在岭南长时期地提倡新国画，徐、刘两位分在京沪从事艺术的教育，都有若干青年所愿意景从，但本文不欲跃出题外说什么话。

高奇峰氏逝世了，剑父年来将滋长于岭南的画风由珠江流域发展到了长江。这种运动，不是偶然，也不是毫无意义，是有其时代性的。高氏主持的"春睡画院"画展，去年在南京、上海举行，虽然只几天短短的期间，却也掀动起预期的效果。展品数百中间，有渲染阴影画法之作，无识者流，以为近于日本作风。关于日本画风，后面再谈。

"春睡画院"画展里，有几位的画我最佩服，一是方人定的人物，一是黎雄才、容大块的写生山水。这三位，最低限度，可以说是某部分上打破了"传统的""流派化的"束缚，同时所走的途径，已有相当的成功，是值得惊异的。

陈树人的花卉，另创一格，脱离古人羁绊，阴阳向背，均表一种新的技法，色彩有清秀明丽之气。

徐、刘两位，关于中国画的集子，各有几种。徐先生的画，创造了一种新的样式，又将写山水的树叶皴擦等予以革命，而代以西洋画的技法，所以每一张画都有一种新面目。譬如马、鸡、猫等样，现在在模仿的人很多，足见有改进中国画志气的人不在少数。

刘氏的中国画，山水花鸟走兽蔬果都写。就中国画的革命上论，刘的作品，对于传统的气氛，只保留些许成分；对于新的技法，已放胆地引用。

三　日本影响及其他

说起"日本"，颇使我不愿下笔。

近来能谈日本的是相当时髦了。但画家们和日本的因缘是如何呢？我们在很多中国画家的作品——或印刷品——中，可以看出幸楚楳岭、渡边省亭的花鸟，桥本关雪的牛，横山大观的山水等的一现再现，同时又听到"某人的画日本画法呀"的话。同时又随处可见着《日本画大成》《南宗画选粹》《楳岭画鉴》……在画家们手里宝贝般地运用。这样，中国画坛便热闹了。再不然，由上海到日本去勾留几天，回国来，也好说"名重东亚""甚为彼邦所推重"。

我可以告诉关心日本画坛的人，中国画在日本，除了死去在二百年以上的作家，是看不起的。中国画家尽管在欧洲可以起劲，在日本就要注意了！至于他们研究中国画，那目的又复杂得很。在现代的南画家（纯中国画）群里，已有极少数的几位，其他都是新派的仿中国的作风题诗加款的。大多数早已变成了自己的面目，能把现实的许多题材广泛地应用。每年一度的"帝国美术院展"，就没有一件是裱成挂轴的出品，虽然裱画店比中国多。

但日本关于中国绘画的参考，以至于笔纸颜色，却远比中国完备、便利，这是到过东京的人便可知道的。同时，日本画家又非常羡慕中国的自然，常常到中国来写生，像京都的竹内栖凤氏和桥本关雪氏，他们画的苏州景物已成名作。苏州也不少画家，为何没有地方性和时代性的作品？这又牵到中国画流派化的题上去了。

日本的画家，虽然不作纯中国风的画，而他们的方法材料，则还多是中国的古法子，尤其是渲染，更全是宋人方法了，这也许是中国的画家们还不十分懂得的，因这方法我国久已失传。譬如画绢、麻纸、山水上用的青绿颜色，日本的都非常精致，有的中国并无制造。

中国近二十几年，自然在许多方面和日本接触的机会增多。就画家论，来往的也不少，直接间接都受着相当的影响。不过专从绘画的方法上讲，采取日本的方法，不能说是日本化，而应当认为是学自己的。因为自己不普遍，或已失传，或是不用了，转向日本采取而回的。

保守的画家们，满眼满脑子的"古人"，往往又"食古不化""死守成法"。对于稍稍表现不同的作品，多半加以白眼，嗤之以鼻。我们很明白，中国画僵了，应该重新赋予新的生命、新的面目，使之适合当时的一切。然而回想最近的过去，虽然有几位先生从事这种革新的运动——如高剑父等——恐怕也到处遭遇着意外的阻碍，受着传统画家们的排挤攻击。

又要说几句旧话了。中国的文化，是从西来的，是从黄河流域发展到长江流域，再到珠江流域的。就东洋言，从天山东走，到朝鲜，再到日本的。若是截开来看，在现在的情况，据个人的管见，似乎可以把文化的高下，随时代看成一个反比例。即是文化发达愈早的地方，现在愈不行，愈倒霉。反之，文化后起的地方则愈前进愈厉害。在东洋，日本是后起的，印度最古，但也最苦。在中国，珠江流域是后起的，黄河流域的西北最古，但也最苦。假如这种推想有点像，那么，中国画的革新或者要希望珠江流域了。朱谦之说过下面一段话，我非常同情。他说：

要使中华民族不亡，唯一的希望，无疑乎只有南方，只在南方即珠江流域。北方在政治上表现保守的文化，其特质为服从而非抵抗；中部表现进步的文化，其特质为顺应亦非抵抗；只有南方才真正表现革命的文化，其文化特质就是反抗强权。现在中国所需要的正是反抗强权之革命的文化。（《文化哲学》附录《南方文化运动》，商务版页261—262）

朱氏的话，虽从文化的全体立论，若试把我前面提及画家按着地理去观察，实在最有意义且最有趣味的。

总括一下，立此结论：

中国从南宋以后文人画大盛，但形成了"流派化"，其影响直至今日还安然未动。

因为传统的势力太烈，"服从""顺应"的画家，是很难有所改革的。

民国以来，无论花鸟山水……还是因袭前期的传统，尽管有极精的作品，然不能说中国画有了进步。

与艺术教育有关的先生们乃至喜欢玩玩中国画的名流们，请不要再遏止新的创作、新的尝试，否则中国画只有向后转的。请不必过事颂扬服从或顺应传统的作品，这样等于打有志改革者的耳光。

时代是前进的,中国画呢?西洋化也好,印度化也好,日本化也好,在寻求出路的时候,不妨多方走走,只有服从顺应的,才是落伍。

从中国绘画线的问题来看现实主义理论的展开

一

首先我想谈谈中国绘画的基本问题，即线的问题。因为这个问题是中国绘画——不，应该说是中国一切造型艺术的最基本的问题之一。特别近半个世纪资产阶级绘画的形式和技法进入中国之后，由于半封建半殖民地社会和二十几年国民党反动政府的媚外政策，使中国人民失去了民族自尊心和自信心。于是在"外国的月亮也圆些"的原则上，中国绘画的优秀传统便横遭轻视、批评，而轻视、批评的焦点，往往集中在这个线的问题上面。

一种是，对于以线构成的绘画是不感兴趣的，以为15世纪以后的西洋绘画，基本上已经抛弃了这个落后的低级的形式，而发展了以追求光和色为主要任务的高级形态——油画。中国绘画则自古及今老是保守着以线为基础构成的传统，这无疑是不可想象的。

另一种是对于线特别像中国绘画上的线有一定的认识，但不是从中国绘画正确的传统出发，而是站在15世纪前的西洋绘画也是用线的一点上，企图说明西洋绘画已经包含着线的一切优点，如油画、水彩画，难道没有画线的么？中国绘画的线有什么稀罕的呢？总而言之，认为不可想象或是无甚稀罕，一句话，凡是由线而构成的绘画都认为不免是落后的、低级的。

本来线这种东西，在自然界实际上是不存在的，它仅仅是一种作为分别、说明面与面的界限和关系，反映于视觉中的抽象的存在。彻底地说，以线而表现的形象，究竟不是真实的形象，这种形象是非现实的。例如我们人的面部，圆形的脸，胆形的鼻，橄榄形的双眼……都是没有——看不见摸不着什么线的。但造型的表现，圆形、胆形和橄榄形……的外轮廓——即它们的空间存在的感觉，却是客观的存在，没有人会感觉头是方的，鼻是圆的，眼是三角形的。

古代聪慧的劳动人民在不断的生产之余，刻刻画画，为我们创造了不少美丽、生动的形象，而这些形象完全是用线来忠实而健康地表现出的。

我们值得庆幸的是，古代劳动人民辛勤地为我们创造了文字，我们的文字不只是作为传达思想感情的符号，而且通过这些符号本身充分地流露着思想感情。殷墟的甲骨文字、两周的金文，是中国较早期的文字，由于社会关系的变化和生产过程的不同，甲骨文字的坚劲和金文的朴厚，是极易使人感受的。更重要的是若干早于文字或少数与文字并存的纹样，我们古代的劳动人民运用了高度的艺术手段，创造了不可名状的繁复、婉转、活泼、流丽的纹样——我们古代劳动人民发挥了高度的艺术才能创造了不可名状的或繁或简、婉转流利、生动活泼的纹样，表现于雕刻或铸造的器体之上。

这些，尽管是初期的文字或纹样的成就，但完全是由线所织成。我们真难想象，当奴隶时代末期和封建社会初期，竟创造了即使在今天也足以令我们惊心怵目、爱不忍释的造型艺术——特别是殷周的青铜器，主要是高度的线的艺术。之后，随着生产的逐步提高，线的表现也有了变化和发展。从文字结构或纹样的组织来看，有名的《散氏盘》与《秦公簋》就显然不同，后者是更见纵横。西周铜器的纹样和战国时代的铜器也显然不同，后者是更见洗练。这——纵横和洗练——无疑地俱是线的发展和线的提高。

我们必须重视中国的笔（毛笔）、墨（烟墨）和绢（帛、布）、纸的普遍使用，由于工具、材料逐步地改进而提供了许多对于线的表现的有利条件。极保守的看法，在后汉，这些工具、材料已为多数人所习用。从线的要求论，无疑是得到广大的群众基础和自由自在地发挥的线条。今天尚存的汉画像砖上的人物，线的活泼飞动，真使人神往，不禁要向这些无名的画家致敬。

正因为中国绘画的线，是从和生活关系最密切的文字、工艺发展而来，正因为中国绘画的线的发展是与笔墨等工具、材料的发展有血肉般的关系，所以，我们中国从来不说什么线的，而只说是笔。线的一切具体的运用表观，就称之为"笔法"。写字的要研究它，画画的更要研究它。所以中国的书画是同体的，自始就被认为是一个艺术整体，工具相同，材料大致相似，创作、使用的方法乃至鉴赏心理也大致相同，这是中国绘画较之其他的绘画最基本、最突出的一点。我们若抹杀了这一点，便几乎等于取消了中国绘画。因为从表现形式看，贯穿整个中国绘画传统的只有这么一个线的问题，两千多年以来无量数的画家们所追求的基本说来也无非是这么一个线的问题。

线在中国绘画传统中所获得的发展和高度的成就，是非常特殊的。很简单，把中国绘画与其他绘画杂陈在一起，有一点是世所公认的优点，那就是中国绘画的明快和敏感。这种明快和敏感的特色，主要是产生于中国绘画的线和线的高度的概括与集中。中国画家善于抛弃画面上许多不必要的或次要的东西，取精用宏地来建立主题的形象，于是画面显得异常地明快。同样，由于以线构成的画面，它的本身就富有强烈的感察力，我们历代杰出的画家们又善于控制利用和发挥这种力量，于是，画面更显得异常地敏感。

因为中国绘画的每一根线（实际，应该说每一笔的），担负了双重的使命。第一是担负正确表现对象形体的使命，如轮廓线以及主线、补线等。这种线，它本身是毫无意义的，除了使人感受着物体的形状之外。通常绘画上的所谓线大概只能完成这一使命。作者主观的唯一的要求也在此。第二是在完成第一使命——正确地表现了形体的同时，必须使原来毫无意义的线本身具有生命的表现。换句话说，同一条线，它除担负表现物体的形象以外，同时，线的本身、线与线的关系又应该具有丰富的精神内容。我想举一个不十分透彻的比喻：一撇一捺是个"人"字，四个人同时写它，一撇一捺的结构位置是大致相同的，这是第一使命。但四个"人"字的精神内容却大不相同，这个不同，便是第二使命。不但如此，即使同一个人写，第二使命的完成及其完成的程度，也要看写的当时主客观条件如何来决定，例如王羲之写了多少遍的《兰亭序》，还是以第一次写得最好，我想不外也是这个道理。

由此可知，中国绘画的线的要求，是形（第一使命）神（第二使命）兼备的，是客观（第一使命）主观（第二使命）一致的。这形神兼备和主观客观一致的要求，就是中国一切造型艺术的要求，也就是中国绘画表现形式发展的基础。从这个基础而发展的中国绘画，它就绝不可能是别的而必须是富于现实主义精神的。

二

当4世纪末叶的东晋，中国绘画现实主义的理论，便有了初步的建设，伟大的奠基人是和王羲之同时的杰出人物画家顾恺之。他继承并发展了先秦时代以来的艺术理论（主要的如《淮南子》），结合他天才的创作实践，又丰富并发展了他的理论。今天传为他的杰作《女史箴图》卷（伦敦大英博物馆藏）便是现存古典名画中内容、形式较具体而时代又较早的现实主义作品。

他所处的时代，从中国绘画的传统论，是属于人物画的早期阶段，他本是一位划时代的人物画家，对人物画的发展完成了继往开来的任务。同时，他所处的时代，从历史文化论，是长期的种族斗争、社会经济沦于残破的时代，也是中国文化上时间较早规模较大的一次移动——南迁的时代，反映在作为意识形态的文学艺术上，使我们可以窥察到各个方面各种不同的变化。一般说来，这些变化都是新的，当然，佛教的影响是应该包括在内的。和绘画兄弟般关系的书法，就突出地表现了活泼自由的作用。由篆隶到行楷，东晋是一个较重要的转折点。王羲之可以代表，他在公元353年写下了世界注目的《兰亭序》，从书法的发展看，绝不是偶然的。文学上，特别是诗，登山临水的篇什，过江而后，也一时兴盛起来，谢灵运兄弟、谢玄晖、江文通……诸家，所谓"山水有清辉"，都最爱山水的描写。从而中国的山水画也在这个时代萌了嫩芽。

他有三篇文章——《论画》《魏晋胜流画赞》《画云台山记》——赖唐代张彦远《历代名画记》的辑录遗留到现在。我们非常感谢张彦远卓越的见解，在评论了顾恺之之后，还辑入了"自古相传脱错"的三篇重要的文章，使我们有可能来认识顾恺之所企图建设的现实主义理论体系的雏形。

三篇文章中，《魏晋胜流画赞》最重要，其次《画云台山记》，其次《论画》（这里所指的《魏晋胜流画赞》即是通行本的《论画》，《论画》即是通行本的《魏晋胜流画赞》，是张彦远弄错了的）。我们应该肯定，《魏晋胜流画赞》是中国绘画批评史上最早的也是较完整的一篇重要资料，其间树立了一套相当完整的理论（批评的也是创作的）体系，甚至在文字的体例也成了以后一个长时期的典型。《魏晋胜流画赞》劈头就说："凡画，人最难，次山水，次狗马，台榭一定器耳，难成而易好，不待迁想妙得也，此以巧历不能差其品也。"提出了"迁想妙得"四个字。据个人浅薄的体会，他这四个字是一切绘画（提出当时是着重在人物画）批评的原则，也是一切绘画创作的方法。他是一位严肃的写实画家，主张画人物必须"实对"——即面对着人而写。但是"实对"只是创作过程中必备的一种手段，而不是创作的最终手段，更不是创作的唯一目标。在"实对"的过程里，由作者言，这应该开动脑筋，深入地观察分析所面对的形象，考虑怎样表现才能高度地完成主题所规定的任务；由对象言，又必须注意怎样才不会破坏它的完整从而概括地集中地来传达出它的精神内容。具体地说，他要求一幅好的作品，应该是具有"美丽之形"（近似构图）、"尺寸之制"（近似解剖、透视）、"阴阳之数"（近似明暗、色彩）、"纤妙之迹"（线的一切美）的（《魏晋胜流画赞》）。他反对粗枝大叶的不忠实的"实对"，说是"对而不正，则小失"（《论画》），更反对主观的脱离现实的描写，说是"空其实对，则大失"（《论画》），小失固然要不得，大失就是原则性的了。因为他始终认为这些缺点都是阻碍传神的。所以，他又说："有一毫小失，则神气与之俱变矣。"（《论画》）

他这一相当完整的理论体系的提出，是和他现实主义的创作、批评的实践分不开的，是天才地总结了长期实践的成果。他特别精于肖像（写真），所以把创作的目的——最后的目的——称之曰"传神"。我们知道，一个人的精神状态瞬息万变，而瞬息万变的精神内容则只是栖息在人们的形貌，纯从主观的想象出发，是无皮之毛，没有现实的基础；若纯从客观的描写出发，又易陷于"此地空余黄鹤楼"式的毫无内容的形象记录。当然，他提出的"迁想妙得"和"传神"，就是说明了主客观的一致性，所以是现实主义的。

《魏晋胜流画赞》即根据这一原则批评了自魏至东晋的作家及其作品（包括他的老师卫协在内），要求是特别高的。例如评一幅《壮士》的作品，他说"有奔腾大势，恨不尽激扬之态"。壮士的勇猛（我们不妨推想一下，似乎是挺胸凸肚、挥拳耸臂的样子）是画着了，可是还缺乏壮士应有的激昂慷慨的神态。更有趣的，也是全篇中字数最少的是评一幅《嵇兴》的肖像，只有三个字"如其人"。这三个字说明了什么呢？我们和嵇兴都是生疏的，可是顾恺之是了解嵇兴之为人的，"如其人"应该是满意的传神。

后顾恺之约七十年，南齐有一位了不起的人物画家——"写貌人物，不俟对看，所须一览，便工操笔，点刷研精，意在切似，目想毫发，皆无遗失"（陈·姚最《续画品》）的谢赫。他是一位最能描写现实生活的人物画家，所谓"丽服靓妆，随时改变，直眉曲鬓，与时竞新"（唐·张彦远《历代名画记》卷七引）。他继承并规模了顾恺之的理论体系，特别是《魏晋胜流画赞》体例，批评了南朝宋·陆探微以下二十七位画家，著成一部《古画品录》。在序言里，他提出了批评人物画的六项标准——这就是一千五百年来中国画家所遵奉不渝和议论不休的"六法"。

《古画品录》序言中说道："夫画有六法，罕能尽赅；而自古及今，各善一节。六法者何？一、气韵生动是也；二、骨法用笔是也；三、应物象形是也；四、随类赋彩是也；五、经营位置是也；六、传移模写是也。"（谢赫《古画品录》，《佩文斋书画谱》卷十七所引。）这是针对人物画而提出的。理由很简单，因为谢赫的时代距顾恺之不久，充其量只能说是人物画的青年时代，它具有蓬蓬勃勃的发展力量，因而"六法"固然是谢赫用来批评的原则，同时也就是创作的标准。从"六法"发展的痕迹和组成的形式、内容研究，我认为较之顾恺之的理论体系又推进了一大步。简单说来，这里面有三点值得重视，据谢赫原来的次序说，第一是绘画总的要求——气韵生动；第二是画面的基本表现——骨法用笔和经营位置，而以骨法用笔为基本之基本；第三是画面的构成基础——应物象形和随类赋彩。这三点是绘画整个体现，缺一不可。

关于"气韵生动"的解释，可以说直到今天还没有比较满意的结论。但我们都不必为此而放弃应有的认识。顾恺之对人物画要求的传神，"六法"中字面上是没有了，我们却认为"气韵生动"是"传神"的一定程度的发展，也即是谢赫时代现实主义的发展。我们不要忘记他们之间有七十年的距离。从传神到"气韵生动"，是有它的客观因素的。在浩如烟海的资料中，曾经有过种种的解释，有一点是比较一致的，即"气韵生动"是不能脱离其他诸法而孤立存在的，它是绘画总的显现。谢赫是从批评着眼，所以列为第一。

第二法的"骨法用笔"正是中国绘画以线条为构成原则具体的说明。当谢赫时代，墨还没有被重视，色彩是重要的。但这些东西必须服从原则的"骨法用笔"，"骨法"是独立的通过洗练——高度的概括和集中的形象基础，必须是伴着美的线（用笔）而产生。

为了不致盲目、孤立地追求气韵生动，主观地脱离实际地追求骨法用笔，正确、细致地观察并表现物象的形和色，便显得非常重要了。

总的看来，中国绘画（人物画）现实主义理论的发展，应该是从客观的实对出发（"实对"——应物象形、随类赋彩）结合主观的加工（迁想妙得——骨法用笔、经营位置）而创造性地有机地体现它（传神——气韵生动）。

1953年11月6日，南京

关于中国画传统问题的几点浅见

这是个大问题，又是个大家关心的问题。现在想从两方面来谈谈个人的几点浅见，敬乞批评指教。

怎样理解、认识传统和继承、发扬民族艺术优秀传统的方针

一、传统是发展的，日新又新的，随着时代、社会的发展而发展的。在每一个发展过程中，它总会是继承着过去的某些优秀部分，而加入某些时代必需和其他进步的部分。前者，无疑会扬弃（否定）一些不合用的东西；后者，会补充一些新的东西。明显的例子如：①主题思想方面。宗教题材，尤其是佛教题材，在6至9世纪占着相当重要的地位，宋以后，尤其南宋以后，就起了变化了。②形式技法方面。工细绚丽、重色灿烂的风格，为了主题的需要，也在6至9世纪盛行，后来随着主题的变化也起了变化。

二、传统本身，由于通过长世纪的考验（历史的、人民的）而继承发展下来，其中就富有人民性和现实主义精神的一面，这是主要的。也由于它们发展自封建社会，特别是6世纪以后，为文人士大夫（知识分子）所掌握，脱离群众，脱离现实，其中自必有落后的。这是客观的具体的情况。因此，我们必须遵照毛主席的指示，用批判的态度对待它。"没有否定，就没有继承"，"继承传统，也是一种斗争"。所以，党所提出的"继承并发展民族艺术的优秀传统"和"创造社会主义的民族的新文化"的方针，不但是正确地指出了理解和认识"传统"的唯一道途，而且这个方针，又是符合历史发展的实际和

当前的革命实际的。我认为，对这个问题的正确的理解和认识，是今天文化创新范畴内极为重要的一环，也是繁荣创作、提高质量极为重要的一环。

三、传统问题，据我所知，最初的接触，是"五四"运动以后，是中国马列主义的知识分子参加并领导了这一运动以后才有的。当然，仅仅着重在文学方面。造型艺术方面，鲁迅先生做了不少的工作。以他为首，介绍了苏联普列汉诺夫、卢那卡尔斯基（从日本"马克思造型艺术理论丛书"转译）等人的艺术论著。但是当时的主要论战，还是文艺部门（请参看《文艺报》1958年第8号）。而且，当时对待"传统"的问题上是有缺点的。新中国成立以后，党就正式提出了"继承并发展民族艺术优良传统"的正确口号，作为文艺战线的方针。由此可见，以造型艺术为例，历史有三千年多，而公开提出继承和发展它，却是无产阶级的政党——中国共产党掌握了政权以后的事。我认为，这就应该使我们进一步理解到"传统"问题的本质，并不只是孤立的文艺上的——形式、技法问题，而是党的文艺路线问题、文艺为谁服务的问题、群众观点的问题、政治挂帅的问题。

四、由于经过新中国成立前约一百年的半殖民地半封建社会，由于帝国主义者利用各式各样的机会、方式和手段进行文化上的侵略与腐蚀，"殖民主义式"的文化在中国也有过较深的影响；这种影响，无例外地会反映到造型艺术上来。像我这样五十多岁的人，"五四"以后"打倒孔家店"的副作用，怕是极少数的人才没有犯过。有的人一生为黄种人而悲，还有的人为帝国主义买办资产阶级打先锋，民族自尊心可谓扫地无余。这些回忆，是够惨痛的。当然，西洋画之入中国，考据起来，也有几个世纪的历史（明代利玛窦、清初郎世宁等）。然而不少抱着"科学救国"幻想的青年知识分子，远涉重洋，从艺术实践方面来挽救祖国文化上这个薄弱的一环。他们的志向和企图，均是无可非议的。实际上，从全面看来，此举给祖国确实介绍了许多进步的东西，推动了当时沉滞不前的艺术事业（突出的是关于艺术教育方面）。

五、有两种情况，值得注意。一种是对传统不感兴趣，对"中外古今化"和对传统简单、片面的理解。既是什么都要化，什么都一样，那么就不一定存在"民族传统"的继承并发展的问题。"百花齐放"，也是毛主席教导我们的，你放你的，我放我的，不更"丰富多彩"么？还有一些同志常常说："请你明白告诉我，传统里面，哪些是糟粕，哪些是菁华！岂不简单了事。""传统的宝库，请给我一把锁匙，我用来继承它。"另一种是，少数国画家以为传统都是宝贝，完美无缺的。你们号召继承发展传统，"传统在我这里"。这两种情况，人多数出之于对"传统"的误解。我认为，这就是周扬同志过去一再指出过的虚无主义与保守主义，两者都应该反对。我们认为，作为一个中国的美术工作者来说，必须古今中外，并蓄兼收，知识经验，越丰富越好，可是方向是"今"，一切为"今"服务，这是没有问题的。问题在我们站在什么基础上。很显然，必须站在民族文化传统的基础上，一切的努力，目的都在于丰富和提高（发展）自己民族的文化传统，为社会主义的建设服务。我们认为，一切的文艺，富于地方性，才富于民族性；富于民族性，才富于国际性。社会主义共产主义国际文化宝库，是色彩鲜明，而又不同形式、不同风格、丰富多彩的民族文化所形成的。

民族绘画传统里面有哪些东西值得我们重视、借鉴和学习

一、优秀的民族绘画传统，是中国人民特别是劳动人民勤劳、智慧和天才的结晶。因而它具有丰富的人民性和现实主义的精神。从丰富的绘画遗产看来，它们的主题内容、表现形式和表现技法的演变和发展，都是在人民群众的喜闻乐见和创作的现实主义（形式的、技法的）的基础上进行的。这样论断，并不等于说它们没有缺点。正因为它们有不少的缺点和糟粕，我们更有必要较具体地来研究那些值得我们重视、借鉴并加以发扬的东西。我个人认为，中国绘画优秀传统主要的是体现在——政治、生活、艺术的统一，为现实服务，为主题服务。这些东西，在今天仍是富于现实意义的。

二、艺术和政治的关系，是相辅相成的。据已有文字的和形象的资料，民族绘画的发展，自进入阶级社会就是被统治阶级所御用、所

左右。因为绘画是诉之于视觉的艺术，与文字不同，不识字的人照样可以受到感染。封建统治阶级也看到这一点，所以说"画者补文字之不足"。9世纪一位理论家张彦远更说得露骨，他说，"画者……成教化，助人伦"，又说，"见善足以戒恶，见恶足以思贤"，这就无异于说，绘画的目的主要是宣传、教育的工具。张彦远这番话，至少反映了唐末以前，作为上层建筑的艺术，如何被封建统治阶级的重视与利用。不错，唐帝国的文化反映了唐帝国（特别是盛唐）的生产力——经济基础，同时也反映了唐帝国的精神面貌。壁画盛行（尤其宗教的），卷轴也盛行，人物道释盛行，山水树石花鸟也盛行。总之和唐帝国的政治经济一样，绘画上也表现了高度的繁荣。

三、元代水墨、山水、写意的发展，我认为应该多多从当时的历史社会和政治环境去理解。在面临少数民族统治而又身为知识分子的当时所谓"南人"，把绘画作为抒写爱国感情的工具，是可以理解的。某些画家的某些作品，题而又题，至再至三，也是可以理解的。我们认为，民族绘画传统在这个时代来了个大变（内容的，也是形式的），绝不是三五"文人""士大夫"异想天开地舞弄笔墨的结果，而是绘画这门艺术，它必须服从当时的经济和政治，必须紧紧地联系作者的思想感情，而作者又是和当时经济生活、政治生活无法分开的（元代的绘画思想是一个值得进一步研究的问题）。后来，明清两代，也不例外。朱元璋是一个最厉害的统治者，杀过赵左和戴进。特别值得注意的是，他对元代盛行的那一种荒疏淡远水墨山水的作品不满意，几次直截地训斥过画家。清代也一样，"如意馆"中的郎世宁，就是一个负有政治（宗教）使命的人物，假绘画接近统治者为自己的宗教扩展服务。绘画与政治，从来就是扣得很紧的，并不是某些人所说的艺术是不问政治的超然事业。

四、艺术和生活的关系，优秀的民族绘画传统，在这方面也是有较丰富的经验和成就的。首先，我们古代的许多艺术家——特别是民间艺术家，发挥它们高度的天才和智慧，给我们留下了丰富的经验和遗产，使我们能够从中体会出我们古代的艺术家是如何对待生活、反映生活，尤其是如何结合现实生活的。

试以汉代的绘画（以画像石为主）为例，除了刻画当时人民所熟知的神话传说、历史故事和封建贵族的经历以外，不少的刻画了现实的日常生活和生产劳动的场面。我们通过这些画面，可以鲜明地看到民间艺术家们对现实生活的感受和高度的表现力量与概括力量。不管什么内容，它们都没有采取表面的形式的形象记录，而是创造性地通过健康的天才的形象思维即艺术家的思考过程，不断洗练地突出某一内容的极其重要的所在——往往是最本质的所在。如武梁祠第一石有一段"荆轲刺秦"的故事，"匕首"的刻画，就是非常出色动人的；又如沂南出土的"丰收"（向地主纳粮），刻画了劳动人民向豺狼成性、锱铢必较的地主交付血汗结晶的惨痛场面，整个空气是沉寂的；又如，成都出土的"射雁和收割"画像砖出色地表现了有劳动才有收获的现实本质和劳动人民如何珍惜自己劳动的果实……这些都是源于生活而又高于生活的现实主义的艺术手法，民间艺术家们的天才是令人难以估计的。

五、我国古代艺术家们的优秀业绩，一方面高度地概括了生活里面最重要的（本质）东西，比生活的实际更集中、更美、更足以感人；而另一方面，又处处从现实着眼，充分发挥绘画艺术的性能。这里，我想试举以唐代为中心的宗教绘画（主要是佛教）为例。众所周知，佛教是外来的。佛教艺术范畴里，主要的是"佛传画""本生画""佛形象""净土变相"等等。它们都有一定的佛教经典作依据，一般说，对画家的约束性是较大的。可是，我们的天才艺术家们，就创造性地表现了出色的惊人的伟大成就。这是民族佛教艺术，对世界宗教艺术最伟大、最卓越的贡献。原因何在呢？我认为原因就在于中国艺术家（主要是民间的）们的创作思想总是和现实生活紧密地糅合在一起的。具体地说，艺术家们的手段是：第一步，命令天上的菩萨一律下凡；第二步，下凡到中国来；第三步，到中国的现实生活中来。过去，我在东京"东洋文库"看过大村西崖一篇关于《"支那"的佛教美术》的报告稿。他说得最妙："中国的佛教来自印度，而中国的佛教美术，到印度却找不到根据来。"唐的吴道子、周昉都有过创造。吴的释迦像（头上一个大肉髻）和周的"水月观音"，不但影响着祖国，而且影响了朝鲜和日本。重要的是，我们的艺术家善于把虚无缥缈的佛教题材创造性地赋以人间的灵魂，赋以现实的气息。观音本是有胡子的，并不好看，但是，唐代的观音却不少是以现实生活中的华贵妇人的姿态出现（民间说少年女子长得好看，赞如"观音"样儿）；罗汉，由于苦苦修行，形容枯槁不似常人，后来中国的罗汉，就不少是体格丰盈、相貌堂堂的美男子。就是画"佛传画"，如栖霞山的舍利塔（八相图），就出现了中国风格的现实人物，所以说，这个塔是五代的东西，不是隋代的东西，不是没有道理的。

六、艺术和政治是分不开的，和生活也是分不开的。这个道理，在今天对我们大家，毋宁说是老生常谈，谁不知道呢？我们必须说明，这些经验——长世纪累积而来的——是体现民族绘画传统主要的一个方面，绝不能说，社会主义现实主义的创作方法、革命的现实主义和革命的浪漫主义相结合的创作方法是古已有之的。这样看，是极其错误的。非常显然上述的创作方法只有在社会主义制度和中国共产党正确领导下才有充分发展的可能。也只有在今天，我们这些人，通过党的教育、培养，遵照党的方针政策，展开讨论，才有可能给民族绘画优秀传统以适当的评价，政治、生活和艺术有不可分割的关系，可是政治、生活并不等于艺术，尤其是造型艺术。

（甲）造型艺术，是视觉艺术，拿绘画说，又是平面的艺术。它的"语言"是形、色和空间关系，所谓"以形写形，以色貌色"的就是。世间万物都有形，既有形，就有色，就有一个空间的问题。——这形、色、空间关系的问题，就是构成造型艺术本质问题。对待这个问题的态度和手法，很大程度上可以看作区别国家、民族的鲜明标志。

（乙）处理这些问题的方法，世界各国、各民族由于历史、社会制度、生活习惯的不同和长期的陶染，是并不相同的。我们民族绘画传统里面，突出地看出了我们采取的方法，是富于现实主义精神的与众不同的方法而不是自然主义或形式主义的方法。自第4世纪（东晋时代）伟大的画家顾恺之的艺术观和方法论研究，要求透过面对实物传达对象的精神世界（实对、传神）；要求艺术的完整性（全其天，全其生），即要达到艺术的完整性，就必须重视艺术构思（包括形象）的过程（迁想妙得）。东晋时代是人物画的时代，这些理论对整个中国人物画的发展是起着重要的指导作用的。

（丙）随着民族绘画的发展，产生了谢赫、王微、宗炳、荆浩、郭熙……直到明末清初的石涛、笪重光等在理论探讨方面杰出的大家（我们对于这一部分财富，还没有真正的科学地钻研）。我们若把这些理论进行不懈的研究，就可以不断发现它们之中有不少是极其精粹、极其独到的东西。从谢赫的"六法论"到荆浩的"六要论"的发展，就是人物画到山水画的发展的具体反映。"气韵生动"被尊为一切创作的共同目标，虽然后人的理解有种种的不同，但要求一件艺术作品具有丰富的生动的感染力量，无疑是正确的。这是中国画的关键。因为它既是生活的反映，又负有教育人的使命，同时和政治又是分不开的。

（丁）王微提出的"不以制小而累其似"、宗炳提出的"竞求容势而已"和荆浩所提出的"真"与"似"的见解，也是极中肯綮的。因为山水是大东西，没有办法照（形）样子画在画面上的，若是要求"似"，如何办得到？所以，在描写伟大祖国的大自然的时候，只有通过缩小千百倍的"形"来表达作者的思想感情，使读者获得同感。因此，古人把欣赏山水画，叫作"卧游"，是有深刻的道理的。它不仅仅是山川外形的记录，还是深刻地写山川以外的丰富的感情。石涛"予代山川而言也"的名言，就是集中的说明。

（戊）花卉翎毛虽是后起的（唐末、五代才成熟），但艺术上的成就却特别高。我认为比人物画、山水画的成就（指表现形式和技巧）还要高。也许，正因为它的成就特别高，就使得后代的花鸟画家必须付出艰苦的钻研和实践，才有可能突破过去的范围而提高一步。鸟语花香，是广大人民所喜爱的东西。一幅好的花鸟作品，会引起人们无限的美感和无限的生意。所以，民族绘画的传统在这方面的要求是生动活泼、生意盎然。它内在的精神是向上的、积极的。清代邹一桂要求一位花鸟画家要"四知"（知天、知地、知人、知物），而最后才可以达到写生。因此，中国的花鸟画，在世界艺坛特别受人欢迎和敬佩，主要的原因即在于此。外国的静物画，怕与此不同。我想说，我们是"动"物画。

（己）我在1955年写过一本《山水人物技法》的小册子，曾提出民族绘画传统对不同的对象有不同的要求，但是表现形式和表现技法却是多种多样的。

人物——传神（写神，写真）。

山水——写意。

花鸟——写生。

1959年5月18日，南京

中国绘画"山水""写意""水墨"之史的考察

一

中国绘画到了第3世纪末叶，已渐渐从辅助政教的意义下显示了喜欢自由、爱好自然的倾向。这种倾向的产生，当与晋室的东迁和六朝时代的干戈扰攘具有密切的关系。约至第6世纪的中叶，无论"画体""画学""画法"各方面发展的途径，大致都已有相当的确定。

正是这个时期，佛教在中国发挥了空前的力量，对于绘画的影响，部分的自也不能说不够严重，但从整个中国美术史来考察，固无所谓什么西域或印度技法的笼罩；即纯就绘画的领域而论，也未尝因此而稍稍失去自己的色彩。因为这时候刚刚具备着诸种必要条件的绘画，正获得它自身民族的形式，没有必要也没有方法抛弃自己，而去完全接受外来的东西。所以除了雕刻，建筑、工艺上的影响就稀薄了。绘画——除佛像以外——更难寻得任何显著的痕迹。可见许多美术史家或画史家说这个时期的美术是"西域美术东渐时期"或"印度美术东渐时期"是尚待商讨的。好像投一点颜料在扬子江里，波纹虽有，还谈不到改变水的色彩。

和佛教同时并盛而能给绘画以最深最巨的影响的，不能不推道家。自东汉以来，道家的思想在美术思潮上和儒家思想起了某种的交流，而深深潜入知识阶层的内心，这影响实在大得可怕。譬如说到今天还被一些画家非常愿意采用的"竹林七贤""兰亭雅集"等画题，溯其根源，未尝不是第三四世纪的产物。即就画学方面而论，这种思想也直接间接地反映着南北朝以来的绘画理论，我们若对于第8世纪张彦远的《历代名画记》或第17世纪石涛的《画语录》，研究它论据的根源来自什么，就不难知道个梗概了。

　　从画法研究，汉魏时代的画像砖及近年朝鲜乐浪发现的彩画漆箧，都是非常可珍的遗迹。自构成衣饰所用的线条的遒丽、活泼、生动这一点看来，实是当时代世界绘画史上所未有的奇葩！孝堂山、武梁祠乃至两城山的阴刻阳刻或浮雕的人物，自画像砖、漆箧的出世，可以更充分证明中国绘画在两千年以前的前后，即在"线""色""墨"的运用，尤其是"线"的运用上有着相当圆浑清新的发展。故无须乎再对于周、秦、西汉各时代缜密灿烂的铜器纹样，表示过分的惊异或怀疑了。因为美术的进展，大体上各部门是保持着平衡的，工艺和绘画虽难免必然的客观条件使有出入先后，但决不会相差太远。

　　这种"线"的高度发展，无论在建筑、雕刻、或工艺纹样上，几乎都有使人难于相信的伟大美丽。另一方面，伴着"线"的发展而起的"格体笔法"也同样造成了独特的民族的最初形式。我们试看现存于伦敦大英博物馆的顾恺之《女史箴图》（这是第4世纪末到第5世纪初的作品），诚如距制作时代不远，中国最初的画评家谢赫所云："格体精微，笔无妄下！"不特张华的原作意义发挥无余，只就每一段或每一个人物的构图或表情加以研究，那一种"静穆"而又"空灵"的美，真是莹然缣素之上的。顾恺之不仅是一位人物画家，他对于"画学"的建设，又是一位厥功甚伟的人。如流传于今的《论画》《魏晋胜流画赞》《画云台山记》三篇，虽脱讹误，今人不能卒读，而还拥有中国及世界的若干画史画论家们来作精深的研究。他《论画》中的最中肯的话，我觉得"迁想妙得"这四个字即已把中国绘画对于自然的态度、制作的历程，乃至绘画的基本思想都概括地顾到，他实在是道破并解答了"什么才是中国绘画"的一大课题。

　　后顾恺之约半世纪的南齐谢赫，他创立六种原则——六法，用以衡鉴绘画作品，本此原则而著《古画品录》一书。我们从这本书中可以看出中国画最初的精神——所宗的"格体笔法"，当时已经达到了饱和点。这不仅是理论上显著的事实，实际自当时期的社会意识研究，也有使纯写实的制作，不能不转变的原因存在。这种转变，到了第9世纪，真好似决了长江大川，一泻而汪洋恣肆，滂沱万里，谁也阻遏不了。所以中国绘画的真面目，应该是从这个转变的开始，逐渐形成的。这种转变给予后来的影响，我们可以从三方面加以考察：在画体上，由以道释人物为中心的人物佛像的描写，渐渐趋向大自然的酷好，因而招致"山水"画的抬头；在画学上，由注重格体笔法的写实画，渐渐趋向性灵怀抱之抒写，因而使写意画的旗帜逐渐鲜明起来；在画法上，由"线"的高度发展，经过"色"的竞争洗练而后，努力"墨"的完成。这三者混合交织、相生相成的结果，便汇成了至少可以说10世纪以后民族的中国绘画的主流。即是：中国绘画乃循"山水""写意""水墨"的轨迹，向前推进，达到其最崇高的境界。

二

当道释人物极盛的六朝，大家有曹不兴、卫协、戴逵、顾恺之……这许多人，对于人物画的各方面均有特殊的业绩。唯其如此，故仍脱不了狭义的传统的束缚，这在笔法和题材上都可以考察的。因为人物佛像已进至精美完善的地步，所以自晋以来为名士所钟好的山水，当然容易起而代替旧有的题材而成画家们唯一的、亲切的对象。南朝刘宋时的宗炳和王微，便首先奏出倾心山水的交响曲。宗炳《画山水序》说："夫圣人以神法道，而贤者通；山水以形媚道，而仁者乐，不亦几乎？余眷念庐、衡，契阔荆、巫，不知老之将至。愧不能凝气怡身，伤跕石门之流。于是画象布色，构兹云岭……"因为他"喜游山水，游辄忘归。凡所接览，皆图之于壁，以当卧游。"并说道："抚琴动操，欲令众山皆响！"这是何等境界？至于王微的《叙画》："古人之作画也，非以案城域，辨方州，标镇阜，划浸流。本乎形者融灵，而动变者心也。灵亡所见，故所托不动；目有所极，故所见不周。于是乎以一管之笔，拟太虚之体；以判躯之状，画寸眸之明……"又更进一步，高呼绘画是从于"心"的，不是政治的或伦理的，更不是"写实"便毕其能事的。

他这种说法，推论起来，固是后世中国绘画不求形似的张本，而在当时，他和宗炳的制作却未尝获得批评家的同情和赞赏。仅有萧梁的陶弘景、梁陈的顾野王，及北朝的冯提伽，冥冥中接受他们潇洒放逸的趣味，分途地从事山水画新苗的灌溉。这大概是人物佛像在社会间根深蒂固的原因。试看"六法"的创作者谢赫，他对这种潇洒放逸、冲淡天真的制作，自然认为和他所提倡的"六法"，尚有遥远的距离，故山水画的抬头，事实上的艰苦是可以想象的。以宗炳的"画象布色"而在《古画品录》的地位是第六品第一人，王微是第四品第四人；王微的先生史道硕，还被置于王微之下，第四品第五人，当时格位的低下，简直不能和写实的人物佛像比拟。

宗氏的作品，《宣和画谱》没有著录，可见自第12世纪以来，他即无作品流传于世。但第9世纪的前后，见于《历代名画记》的尚有七种。《名画记》的作者张彦远，是谢赫以后的著名批评家，也是中国画学上最应该纪念的功臣。他评宗炳的画说："飘然得物外情，不可以俗画传其意旨。"这无疑是非常赞仰的评语。所谓"得物外情"，所谓"不可以俗画传其意旨"，假使他是谢赫的话，决不会把宗炳贬在第六品的了。他对于宗炳、王微又曾评过："宗炳王微，皆拟迹巢由，放情丘壑……各有《画序》，意远迹高，不知画者，难可与论！"可知"意"远"迹"高的画品，到唐的张彦远，始得较高的评价。我们若以宗炳、王微为经，以谢赫到张彦远的时代为纬，从绘画鉴赏的心理研究，也未尝不可以明了若干从"写实"转而"写意"的曲折痕迹。这是中国绘画"意"的发展上最早期、最艰苦的成就。也就是中国绘画必须经过这艰苦的成就，才能够容受所谓"性灵""意志"的加工。譬如晋代的卫协吧！他本是顾恺之的师父，恺之曾评论他的《七佛及夏殷大烈女》为"有情势"，《北风诗》为"巧密于情思"。这是细密谨严，而且生动有情的卫协，但谢赫还是置他在第三位。说是"虽六法兼备，而形有所缺"，"形有所缺"当是被置于第三位的主要原因。直至成于宋代的《宣和画谱》说"卫协以画名于时，作道释人物，冠绝当代"，谢赫的话才被推翻，"写实"的礼赞才开始动摇。

三

从第7世纪到第9世纪的唐代，这将近三百年之中，山水画已正确地形成，"写意"的制作在"写实"的氛围中也构成了相当坚固的堡垒，虽然这时候"写意"尚不足和"写实"对立。至关于色彩，谢赫的六法，第四种即是"随类赋彩"。可知色彩和绘画的关系，不但密切而且渊源甚深，这用不着再引繁古的文献了。据遗物，近年乐浪发掘的漆箧，即有彩色的画像；顾恺之所作和《女史箴图》同时代的名迹《洛神赋图》，据《西清札记》的记载，也是"绢本设色"。在唐代实如其他艺术一样，色彩的利用，也曾有过最辉煌的成绩。我们不妨以"色"为中心，举出吴道子、李思训、王维三家来证明"线""色""墨"的蜕变。

据文献，他三家都是山水画家，吴道子并兼精人物佛像。而三家的技法，恰恰可以代表中国绘画三种不同的渊源和作风。吴道子和李思训曾同画四川嘉陵山水于大同殿，这是中国绘画史上一个非常有意味的故事，而这故事中所表现的吴道子和李思训，又足以做"吴装"和"金碧辉映"的说明。因为道子的"嘉陵江三百余里山水，一日而毕"，思训的"累月始就"，都获得唐明皇"皆极其妙"的御赏。这制作时间上一与三十的比例，也可说是"线"与"色"的比例，"写意"与"写实"的比例。我们更不妨说这时候五色的作品已开始和绚烂重色的作品并立了。笔法以吴道子的用笔如"莼菜"，即全体成于线描法和李思训取勾斫的斧劈皴，固绝对不同，即就画面推测也可想象两种调子的特异。李思训所赖以支持的，究竟是"色彩"，勾斫不过是支持色彩必备的条件，没有色彩，画面即不能成立。日人金原省吾说李思训可以代表"色"，未尝没有相当的理由。由此以言，吴道子可以代表"线"，王维应该代表"墨"。

王维有两点在山水画史——也可说中国画史——足称有绝大的意义和决定的影响。第一，许多人都说他变勾斫为"渲染"，始用"皴法"。第二，高呼"水墨"为画的"最上"。在我们无法一读可靠的遗作以前，这两点在资料上似乎均有怀疑的余地。说他用皴法渲染，并没有作品可以证明，说他说过"夫画道之中，水墨最为上，肇自然之性，成造化之功"的话，而《山水诀》明明是伪造的东西。但我们若就他的历史和当时代绘画思想加以考察，则他在中国画史上奠定"画中有诗"所谓"抒写性灵"的基础，实没有怀疑的可能。他的地位，若从"色"来看，应该不及吴道子，几乎找不到他怎样考虑过"色"的痕迹。若从"线"来看，他至少是自勾斫过渡到皴染最有力的一人。综合看来，这已是对于"墨"的贡献了。

倘若上面的考察可以成立，让我们再推下两世纪（北宋）或三世纪（南宋）看看。"山水"画经五代至宋，可谓将一切的障碍与束缚，摆脱得相当干净。李思训父子到荆、关、董、巨，这是明朝王世贞论山水画演变的第二变。他说："山水画：大小李一变也，荆、关、董、巨又一变也，李成、范宽，又一变也，刘、李、马、夏，又一变也。"除第一变，二、三、四变，都属于这个时期。我以为荆关董巨以下的变，应该用另一种眼光来看，即是应该认为这种变，仍是"写实"向"写意"、"重色"向"水墨"的变！山水画到了此时，在题材上几乎占据了画家作品中最重要的地位，本来源自第3世纪以来钟爱山水的山水画，此时是获得了广大的支持，虽然还没有人叫出中国绘画应以山水画为代表的口号，而事实上，人物、佛像、走兽、翎毛——尤其是前二者渐渐敛起过去曾非常伸张过的羽翼，不能不从旁仰望山水画的飞腾翱翔。不过，正当这山水画的黄金时代，同时也就显露了山水画在某点上将有僵化的危险，或许以后山水画永远不容易超越固定的"型"，其原因在此，也未可知。因为在摇篮时期的山水画，大半还是所谓"师造化"的制作，经过唐代的悠长时间，这种"师造化"的功夫，已为画家们所厌弃，至少不十分感觉兴趣。像王微一样，大家以为画应该是"心之声"，所谓自然，筌蹄而已。这种较急剧的抛弃造化（自然）、归依"心源"（性灵）的运动，多少还是宗炳、王微、吴道子、王维……诸人的影响，尤其是王维。王维是诗人而兼画家，苏东坡说他的画"画中有诗"，这句话无形中是有不可形容的魔力的。所以"写意"画的发展，要以第11世纪苏东坡、米襄阳父子的努力，才到达最高的峰巅。如东坡的画竹不画节，襄阳父子的"泼墨云山"，前者将"写实""形似"的那一套简直鄙弃得不值一顾；后者则对于"水墨"的运用，更开辟了美丽无伦的世界，装饰了水墨在中国绘画上一种崇高的姿态。米氏父子实在是王维精神的忠实实践者。

若反观这种运动的其他一面，自五代已有的画院，借着帝王的威力和政治的环境，的确有使人不能抹杀的成就。"楚王好细腰，宫中多饿死"，在这样的关系之下，画家们多少蒙受了画院的影响。试看南渡以后，画院中尚保持相当整齐的阵容，维持将近一世纪的时间。因此画院的制作，意外地也直接间接遭遇了"写意"运动的袭击。试把前述王世贞的话加以探讨，所谓"李成、范宽又一变也"的李范，已经视大小李为第三变；至于"刘李马夏"，则更是诸变中的一大变。我们不难读到这四家的作品或其影本，虽然刘李和马夏之间仍可看出相当的距离，而他们都是画院中的铮铮者，尤其马远、夏圭，在画面上敢于采取和"写意"比较接近的"水墨苍劲"的笔法，遥遥地从院体中伸出他们的手来向"写意"频频招摇，表示会心。《格古要论》评马远有几句话很重要，说他"下笔严整……以大斧劈带水墨皴，甚古。全境不多，其小幅或峭峰直立而不见其顶，或绝壁直下而不见其脚，或近山参天而远山则低，或孤舟泛月而一人独坐，此边角之景也"。这一段话，我们若从当时偏安的环境去体认，决不可把这"不见其顶""不见其脚""近山参天""一人独坐"的构图，仅仅从狭义的技法上加以解释。当时的人称他为"马一角"，怕他内心也有不少的感叹吧？他身居的朝廷，是不是一角呢？又如王士禛《居易录》评夏圭的《雪江归棹图卷》："于浦溆曲岸间，作麋眼短篱，丛竹蒙茸，雪屋数椽，掩映林薄中，极荒寒之趣。"这幅画给人的反应又是什么？他二人师承上，都是李唐的学生，而制作的不同，竟有如是之甚。我以为刘李马夏的这一变，写意水墨山水画，无疑是宗炳、王微……荆关董巨这一大行列，度过了马远、夏圭"水墨苍劲"的桥梁，才步入元代而收获结果。山水以外，北宋的文同（竹），南宋的梁楷（人物）、牧溪（人物）、郑思肖（兰）……也都是这大运动中的壮士。

如上所述，从"画体"和"画法"来研究南宋的迁变，已知"山水""写意""水墨"的进展各方面都获得了决定的优势。但这种优势，不是如无根之草，凭空一现，是有其社会的背景的。1279年，南宋最后的生命即被斩于中国最南部的崖山。在这百余年中，宋朝是处于求战求和皆不可能的艰险环境，这种环境的反应，在"画学"上自然有它的归趋所在。你想！国家到了风雨飘摇的时候，北望胡骑驰驱，谁还有心去作"五日一山，十日一水"的工作，谁还需要"繁缛美丽、金碧辉煌"的画面？在此意识之下，画学上不禁起了两种清晰的波纹。一种是"写实"的"形似"的根本打倒，一种是画家"人品"修养的强调。前者，把绘画完全看作抒写性灵的一种艺术，与"诗""画"并为知识阶级的事业；后者，是补充前者的必要，认为"人品"是画家的唯一原则，唯一生命。我们可举几位的话来证明，苏东坡的诗说："论画以形似，见与儿童邻！赋诗必此诗，定非知诗人。诗画本一律，天工与清新！"这予"形似"是何等坚决而有力的当头一棒？又如赵孟頫说"画者，无声之诗也"，邓椿说"画者，文之极也"，郭熙说"学画，无异学书"……都可看出宋人眼里的"形似"，是如何地被遗弃。因为他们已将"诗""书""画"视为三位一体了。又如《图画见闻志》的作者郭若虚所说："窃观古来的奇迹，多为轩冕之贤才，岩穴上士，依仁游艺，探赜钩沉。高雅之情，一寄于画。人品既已高矣，气韵不得不高，气韵既已高矣，生动不得不至。所谓神之又神，而能精矣。"他把画的生动，气韵，一本之"人品"，这种发展，怕只有中国才有的。从这段话，还可以证明：自南北朝（谢赫）经唐（张彦远）到宋（郭若虚）的鉴赏标准的移动，也和自宗炳、王微、吴道子、李思训、王维，到马远、夏圭的制作进展一样，在品骘笔墨优劣之外，更要顾及作家的人品。绘画鉴赏心理的如此转变，真是所谓不谋而合、殊途同归的了。

四

刚才说过，南宋在 1279 年为忽必烈的元朝所灭，这是中华民族历史上汉族政权第一次为少数民族所宰割，被统治了 89 年的汉民族，在 1368 年又光复了自己的故土。佛教的沉寂，禅宗的盛行，民族思想的澎湃，和宋儒理学的浸淫，在美术思潮上，就既成的倾向，渗入极浓厚的国家色彩。这虽是一种相当悲壮的心理，然正赖此种心理的潜在挥发，结果才把蒙古族驱之塞外。这样看来，13 世纪以后的中国画史，我们似乎不忍加以什么"衰退时期"或"停滞时期"的帽子的。整个的国家已为蒙古族主宰。只要看宋亡以后，死难忠义之多，可以惊天地而动鬼神！如此非常的遭际，敏感的汉族的画家们，焉能不受感动呢？譬如前已提及的郑思肖,他仅精画兰,似乎没有什么可以表现的了,但他的兰是和"诗"与"画"结成一环的。他是一位爱国诗人兼画家,亡国之后,就退隐起来,坐卧从不北向,自号"所南"。他题画的诗,迄今还是给予我们以非常新鲜的回忆,受着万万千千中华儿女的崇拜和敬仰。这种精神在中国画家们里是永恒地存在着的。如"一心中国梦,万古下泉诗","不知今日月,但梦宋山川","生得男儿骨,一死亦精神","宁可枝头抱香死,不曾吹落北风中"。真是一字一泪,千古不磨。中国绘画从这时候起,又显然从"性灵"的抒写渐进而为"意志"的表达了。再看元四家吧!他们都是画山水的,然他们的山水画则别存真意。较之唐与五代,固不必论,即较之不久以前的南宋于"山水""写意""水墨"所取的态度,也有进一步的认识和表现。元朝虽为时不满百年,而自山水画的本身上观察,这短短的时期,实在是中国绘画达到最有意义的完成时代。黄子久首先便唱出"画,不过意思而已"的口号,同时对宋以来的重人品、重修养,说是唯有这样才可以"代去杂欲"。这固是他有感而发的,同时亦深深影响着他以后的画家心之深处。再加上他技术上进修方法的正确,也是他为后人尊崇的原因之一。明的李日华说他:"终日只在荒山乱石丛木深筱中坐,意态忽忽!人不测其为何?"他随身并常带着纸笔作树木山石的速写,他虽在技法上相当地忠于自然,但他在元代画家中仍和倪云林、赵彝斋一样,把艺术看作精神上的桃源。

至于倪云林,他除在画法上创"折带皴"独树一帜外,并在画学上发挥了不少特殊见解,而这种见解,正是上接东坡、子久,极力强调作画是不应该顾及"形似"的。他说:"仆之所画者,不过逸笔草草,不求形似,聊以自娱耳。"这正好做东坡、子久论画的互相阐发。又说道:"余之竹,聊以写胸中逸气耳。岂复较其似与非,叶之繁与疏,枝之斜与直哉?"云林在《画竹》上虽和二百余年前的东坡相似,然云林的画竹却不是步东坡的后尘。同样云林的"聊以写胸中逸气"和东坡"见与儿童邻"的命意就不免有相当的出入。在绘画的外形上,虽同是使"线"与"墨"发展增加若干新的血素,愈益趋向简练,而在制作的意识上,因为时代环境的迥异,那么云林毕竟是14世纪的,不是东坡可以概括的了。

元四家的画所以能代表当时的画坛，据我的意见第一应归功于上述的黄子久和倪云林。他二人不但笔墨高雅，且都是有学问有节操的高士。吴仲圭，也是如此。所以他们的遗迹，千百载下仍是受人特殊的尊崇，画以品重，于此益信。我们熟知，元四大家以外尚有一位以文学艺术传家的宋宗室赵子昂，他的夫人管道昇，儿子仲穆，都精书擅画，不但并辔驰驱于当时的艺苑，事实上，他是七百年来在画道上影响最大的一位家喻户晓的人物。但在民族思潮日渐高涨的画史家及批评家们对于这位文学书画的天才，从没有人加以尊敬的称誉，只说他的字"娟好如女子"。这是什么话呢？不是因他委身事元而明白地对他表示了轻慢吗？他的外甥元四家之一的王叔明，也曾一度仕元，除作画以外什么也没有表现，可说是四家中最无精彩可言的。我们悬想黄倪吴三家一定有不愿与之并驾之感吧。

四家外的山水画家，多是超然物外的文人，或栖心世外的道士。钱舜举、曹云西、张伯雨、方方壶等诸家的笔墨，也直接间接与子久、云林共鸣，借水墨以寄胸中的不平之气。因此元代89年的画坛，只有让上述诸家的山水作了盟主。又另一面我们不可忽略的是始自第10世纪即与"山水""写意""水墨"分途颉颃的院体画，到此则感觉着严重的寂寥。

五

现在试进而一探自14世纪末叶至18世纪明及清之初期的画坛如何？在元代已发挥了最高意想的"山水"写意……"水墨"的成绩，因明代前半期长时间的安定，反而看不见如何特殊的发展。这原无足怪，据明太祖定鼎之初那从事恢复的画院而论，其气焰与影响均远不及两宋。嘉靖以前，戴文进的浙派，即较院体受人欢迎。但两种都自然地渐渐没落下去。我以为到了明中叶直至亡国的一个时期，衰歇了相当时间的绘画精神开始又慢慢地复活起来。画史上通称的沈石田、唐六如、文衡山、董玄宰明季四大家，按时代的次序来研究他们的作品，也容易感觉好像是有循环性似的。本来明初戴文进的浙派也是根源于水墨苍劲的马、夏，技法上虽然加意地收敛，而无心脏的东西终易陷入定型的束缚，无法与时代共呼吸，结果非没落不可。若看沈石田，石田的山水，较之黄子久、吴仲圭或倪云林，任何人都易了解，石田的严整遒劲，是非盛世不能的产物，充溢着一种从容肃静的情绪。六如的秀逸，衡山的淡雅，也未尝不可作如是观。董玄宰就颇有些不同了，他是明亡前八年死去的人，他的画虽然云烟苍茫，恬淡秀润，用墨到了化境，然而反过来倒和子久、云林的笔墨甚为接近。清朝人说他在山水上有承先启后之大功，细味其旨，的是一句不刊的评论。

　　四家以后，画坛就不感觉寂寞了，像徐天池、王季重、李长蘅、陈眉公、程孟阳、倪天汝、黄幼元、邵僧弥、崔青蚓……诸家大半是水墨写意山水画的继武者。当这些画家倾其心血于艺事的时候，明代的社稷则于1644年被颠覆了。和宋末经历差不多的明末画家，在此大悲运中所表现的则不亚于南宋。因为画家的民族思想已比宋元普遍为高，画家的数量也比宋元为多，民族意识的觉醒，经过宋元诸家的倡导，也更是深入每个作者的内心。所以明亡以后，画家的一山一水、一草一木和反抗满族统治的精神，织成一幅壮烈无比的画面。直至18世纪，我们还可以接触到这种精神的光辉。不少的画家，将绘画上的主张，扩展这种精神而应用在行动上——如起义，殉国——较之仅视绘画为精神桃源的元代诸家，又更有富于意义的发展，这种发展，完全是一种忠于民族国家的表现。清朝找不到赵子昂样的人物，不是足以证明么？中国绘画既自宋的"理性"变而为元的"意志"，现在又变而为明清之间的"忠节"，不惟是完成了民族主义的庄严形象，而且顺着"山水""写意""水墨"的自然发展，射出过去所从未有过的光芒。言山水，这时期的山水在题材上几乎没有哪一部门足以抗衡，"画有十三种，而以山水为首"的话出于明代人的口中，并非夸大阿好之论。言写意，文唐沈董以下诸家，谁没有特殊的美迹？即著述上，自《明画录》以后，也无一不从这方面一倾秘蕴的。言水墨，更是无问题地实行了"画道之中，水墨最为上"的最高原则，院体到此时，仅残留在少数人的笔底，毫无影响可说。试读汪珂玉的《画则》，他把"线""墨""色"的次序定得最切合实际，同时又最切合中国绘画三种错综交互激荡奋斗的自然结果。他分画体（即画则）为七种，第一"白描"，第二"水墨"，第三浅绛色，第四轻笼薄罩，第五五色轻淡，第六吴装，第七大著色。董玄宰说："读万卷书，行万里路，胸中脱去尘俗，自然可到。"这虽是指"气韵"而言，但中国画的精神实即在此。又李日华说："画但得形，则沦于匠事。"沈颢说："目意所结，一尘不入，似而不似，不似而似，不容思议！"这虽是指"临摹"而言，但中国绘画精神，亦不外是。此外尚有一流人，从出世或民族的思想出发，来解释书画，表面上似乎和董李……诸人的观点大有出入，实际是先后呼应的。查伊璜论画说："画家而不善画。则空千古之缺处，盖画醒时之梦也。梦虽无理，而却有情；画不可无理，又必不可无情，是其妙处也。故非多读书，负上慧，能作奇梦者，不可望涯涘也。"傅山论自己的书法，曾说："余弱冠学晋唐人楷法，皆不能肖，及获赵松雪墨迹，爱其圆转流丽，稍临之，遂能乱真，已而自愧于心，如学正人君子，苦难近其觚棱，降而与狎邪匪人游，日亲之不自觉耳！更取颜鲁公师之，又感三十年来为松雪所误，俗气尚未尽除。然医之者，惟鲁公《山坛记》而已。"查伊璜的话，虽感稍玄而实具至理，所谓"画不可无理，又必不可无情"，真是抉透了天地自然之秘。至傅山，将赵松雪与颜鲁公对比，尤其钩着中国艺术的真谛；我们从两人的话深察，可以知道，这时候对于一个画家的最低要求，是有"人品"（着重节义）有"学问"（读万卷书，多读书），还要有"聪明"（负上慧）。这三原则的实现，我想是经过明末诸贤的努力才确定的。中国画史甚至为世界艺坛所推崇的画家，也多是这一时期的人物。如萧尺木、陈老莲、石溪、张大风、渐江、石涛、八大山人、龚半千……除陈老莲外，都是水墨山水（包括浅绛）的巨匠，他们的杰作，现在是片楮兼金，为世界所宝，如萧尺木、石谿、石涛的谨严幽邃，张大风、八大山人的兀傲峭拔，渐江、龚半千的淋漓冲远乃至陈老莲钢铁般线条所构成的上古衣冠，无一不充沛着民族的精神，足垂后世以大法。因为他们都是身经亡国之痛的画家，所谓山水而外，别无兴趣，诗酒之外，别无寄托，田叟野老之外，别无知契，人品既高，笔墨当然造其绝境。但他们的深意，是在笔墨之外的。

若把这时期诸名贤的著述参照品迹加以瞻对，便可以感着人们的精神较之元代诸家更为伟大，更为积极，因之给予后人的影响，也更为深刻，更为普遍。其间虽不无可以认为近于"伤感"或"退隐"的情调，然这种情绪一到了相当的时候即如燎原星火，一变而为"兴奋"为"前进"！宋人真德秀有四句诗说得好："草枯根不死，春到又敷荣。独有愁根在，非春亦自生！"这种精神之与中国绘画好像水墨山水上"线"与"点"的交响，是永远分不开的。18世纪后的中国绘画，无可讳言地在民族观点上是步入衰退的深秋，丝毫无用其悲观。而且将来的前途必然仍沿着"山水""写意""水墨"为伟大的途径发展。

1940年9月5日，四川重庆

国画特征

中国绘画之精神

诸位先生：

我个人爱好绘画，同时也正在研究学习中，并没有多大的收获和成就，今天不过把平时所感觉的约略说说，也许是各位先生平时也已感觉到的。因为我们都是中国人，我们都知道中国有几千年的文化和几千年的历史，自然会有同样的感觉。假定说，美术是可以充分表现文化的大部分的话，那么绘画这个东西，也可以说是代表了美术的大部分；照这个推论，今天的题目可以说是中国美术之精神，也可以说是中国文化之精神。我们知道世界上无论哪一个国家民族，都有他的美术，也就是都有他的绘画，每一个国家民族他们表现于日常生活风俗习惯乃至于许多为自然环境所陶冶的气质，我们多多少少可以从他的美术品上观察出来。因之，我们在讲中国绘画之精神以前，先要研究一下什么是中国画。

什么是中国画？中国画的内容和条件又是什么？请先就几种构成中国画的基本条件，作一粗浅的考察。

1. 中国画是完全根据线条组织成功的，无论是山水、花卉、人物，里面都是线条，即是古人所谓的"笔"。线条是中国画最显著的基本条件，这在中国画史上可以找出充分的证明。

2. 中国画以墨为基本，与水彩画、油画等以色彩为基本者不同。当然中国古代的画，也有重着色的，如同现代画一样，但主要的还是墨，纵然看到点颜色，也极稀淡，墨在中国画是当作一种非常复杂和非常珍贵的东西的。所以古人有"墨有五彩""泼墨成渖""惜墨如金"一类的话，可知其重要性了。我们平常称赞人家的绘画，说是某先生的"笔墨好""笔墨高""笔墨过人"也就是这个缘故。

3. 中国绘画上的色彩，虽然有一个时期极被重视，可是千年来它渐渐褪落，没有和墨一样的重要，在构成中国画的条件中，颜色已不是主要的条件。

4. 中国画是画在什么物质上面？这是与其他国家不同的。在今天我们还可以看到两千年前公元前后的画，可是，它是画在壁上的，即所谓壁画是也。最近三四十年许多专家研究的结果，认为在后汉到三国时，壁画在私人厅堂、官邸中却是相当多的，而且是有色彩的，相当精彩的作品。在这个时候，今天我们所意识到的中国画还没有产生。壁画的时代一直延长到5世纪至8世纪的中唐时候，都是相当盛行。在张彦远《历代名画记》中，对于壁画也有许多记载，证实着中古以前的画家，大部精力都费在壁画上面，这是近代的画家们认为奇异的。但是天灾人祸的关系，壁画不容易保存，至今仍保存的，只有在中国西北部的石窟和古墓里可以看到。像甘肃的敦煌，东向经过山西大同、河南龙门、北响堂山、山东云门山及驼山，一直伸到朝鲜大同江附近的汉墓群，这应是现存壁画东向路线的情形。至于绘画所用的布绢（文献上所指的绢，和现在习见的绢不一样）最确实的，在东晋时候，顾恺之曾著有《论画》一篇，内述模画和攀（矾）绢的方法。其他书上有关绢的记载也很多，一直到七八世纪初唐中唐时，用纸作画还不十分发达。纸画盛行大概是在10世纪五代时候，那个时候，因为政治中心移在江南，江南为产纸之区，南唐时"澄心堂"纸是最有名的。纸画虽渐盛行，但北宋时用绢仍相当的多；南宋以后，也许纸的产量丰富，用纸作画就越来越发达。及至明清，用绢的日渐减少了。自安徽的宣纸被认为是书画的最优良的材料而普遍以后，宣纸就成了决定中国画最重要的东西。几百年来中国画样式的形成，多少被它支配了。

5. 中国画的工具，也是很特别的。唐朝的王默，是用头发画画，张璪用手掌抹色；此外有用刷子或用其他工具的。最有趣要推秦朝的烈裔，他口喷颜色而成画。自采用纸绢，毛笔就成了唯一的工具。毛笔有硬性的狼毫和软性的羊毫，不拘软硬，都特别适宜于线条。

6. 中国画的形式。以我所想到的，第一是可以悬挂的，像一般俗称中堂、单条、横披之类，这些东西可以卷可以挂。第二是可以卷而不能悬挂的，如手卷是只能摊开来看的。第三是册页式的，有八开、十二开等的不同，这种至今仍为人所爱的，其他如扇子之类也是我们所特有所习见的。中国画形式的变迁，我们在宋初热河林西县之辽兴宗等陵墓中的壁画，可以窥见一斑。墓是蒙古包式的，壁画四周有如幔帐之装饰，这或是后来国画装裱形式之先河。此画曾经专家用特殊方法加以摄照，若干日本版的画册中间引用过。但是壁画在壁上，毕竟不太方便，既不易画（读顾恺之的《画云台山记》可以知道设计之苦）又不能移动。为补救起见，因而有屏风之产生。屏风近代在中国已不盛行，而在日本反较易见。屏风因为可以移动，所以有的书上名之为活动壁画。可是屏风虽较壁画方便，却不能卷折，不便携带，即不便收藏，还是不方便。于是绢纸的应用就应运而起，这是相当自然的变迁。现在比较起来是挂的多而卷的少。

7. 中国画的题材是什么？中国画与西洋画不同，西洋画是画苹果风景人体之类，中国画是以人物山水花卉为主。世界上任何民族的绘画，最先盛行的多是人物画，中国也是一样。在10世纪以前北宋时，人物画还是非常盛行，山水画是后起的。山水画最初是做人物画的背景，画了人于是就画树，画桥又画水，到后来渐渐地发展到山水占了主要画面，人物逐渐缩小，反成了陪衬。山水画的开始是在5世纪时，这个时候虽还不盛行，但是已有相当的地位。六朝时代有若干画家遗留了论山水画的文章，至今读来，仍是非常精彩。所以直到现在，山水应为中国画之主体，花卉次之，人物又次之。

根据上面的考察，可知凡是用纸、笔、墨或淡色所作的画，可以卷或挂的，内容以山水花鸟居多，这些东西加起来就等于中国画。今天世界上只有日本和朝鲜是用我们相类的工具和材料的。至于中国画的精神，我想不妨分为三部分来研究。

一 超然的精神

1. 中国画重笔法（即线条）。中国人用毛笔写字，作画也用毛笔，书画的工具方法相同，因此中国书画是可以认为同源的。古人说，画是补助文字的不足，字有许多人不懂，在今日尚且如此，在古代我想不识字的人一定更多。所以为了达到政治上、教育上或道德上的目的，常用画来补救它。孔子看了周代明堂的墉画就叹着说："此周之所以盛也！"我们从这个立场看来，中国的字和画，实在没有什么特殊的不同。但是，从历史家的立场来看，人类在没有文字时代，早就有了画，有了美术的活动。中国出土公元前一千余年的东西，没有文字而画已是相当精粹。故从文化的进展来观察书画产生的程序，画是先于文字的，西欧亦然。中国讲究书画，外国朋友是认为很奇怪的，外国人写字用钢笔，写出来的字没有显著的分别，即有，也不是引人发生兴趣的唯一条件。中国人则不然，每个人写的字，各不相同，假定写一"天"字，二十个人写，结果是二十个样子，二十种不同的精神在焕发着。这也许是外国朋友认为不可思议的。因之，中国人对于书画往往联想到其他许多东西，一个人的个性认为可以从他的书画上加以推断，而且据古人说这是相当准确的。明朝的傅青主先生，他说他写一辈子字，被赵子昂害了，赵子昂的字容易学得像，好像是小人，易亲易交；后来改学颜鲁公，便不同了。颜鲁公如正人君子，不轻易交朋友，非常难接近的。这话就是从书画的笔法中去看一个人的人格。记得在华很久的美国福开森先生说过，"中国一切的艺术，是中国书法的延长"，要了解中国的艺术，起码的条件要对中国方块字发生兴趣，这话我认为是很对的。中国的画和字是这样结成不解因缘，它们同根同源，这是中国绘画超然之第一点。

2. 中国画重气韵。六朝时南齐有一位人物画家谢赫，他是中国画最早的一位批评家，著《古画品录》一书，批评自陆探微以后的二十七个画家，提出了六个批评标准，即后世所谓的"六法"：一、气韵生动；二、骨法用笔；三、应物象形；四、随类赋彩；五、经营位置；六、传移模写。他认为六法齐全者只有陆探微一人。这个六法，于数百年来，一直为中国的画家、学者所乐道，同时也成为中国画史上的一个大问题。我们称誉人家的画好，就说某先生精于六法。盖六法实在是谢赫的六种评画的尺度。譬如这个画的线条好，就够得上骨法用笔，着色好就够得上随类赋彩，构图好就够得上经营位置。我们应该知道，他那个时代是人物画盛行的时代，他的六法在原则上是专指向人物画的。这六个标准在今天看，最重要的还是在第一标准——气韵生动。气韵生动究竟是什么东西呢？千余年来，多少学者、画家，被这个问题苦恼，因为这里面有种种的看法，有种种不同的感觉。我们看图画的时候，常会说这个画气韵盛，但是，气是什么东西，气在哪里，就很不易说明了。我认为气韵与形体是有着连带关系的，同时形体在中国画上又别具意境。顾恺之曾著有一篇《魏晋胜流画赞》，论时代，这应是中国绘画批评史的第一篇，谢赫的《古画品录》，就是循这途径而产生的。他批评戴逵的《稽兴像》说："如其人。"如其人三字是很有道理的，就是指形体与精神的关系而言。他评《壮士》说："有奔腾大势，恨不画激扬之态。"又评一仕女，他说："是美女而非烈女也。"因为他对于人物画，主传其神气，而神气是应该出自写实的。譬如中国人画像谓之写真，写真就是传其神气。谢赫的气韵之说，最初的含义或是指能出诸实对而又脱略形迹，笔法位置一任自然的一种完美无缺的画面，这是中国绘画超然的第二点。

3. 中国画重自然。中国几千年来，以儒教为中心。虽然儒教思想在政治上非常深厚，但是，促成中国艺术之发展和孕育中国艺术之精神的应该是道家思想。这一点我们从中国历史资料中可以很清楚地看出来。在后汉时代壁画盛行，但是画孔子像的只有四川成都和山东曲阜两个地方规模较大。一般壁画的题材，多是道家中的人物，如西王母、太乙真人之类。不仅公家的壁画是如此，就是私人的壁画也是如此。《汉书》中记载，在皇帝的宫殿里，也多是道家题材的绘画，这不是偶然的，因为道家的思想，主要的是崇尚自然，主张虚无而又富于玄想的。你看看中国没有一张画是把纸画满的，每一张画都有空间，这空间的控制比什么还重要的呀！单就四川雅安、新都等地墓阙的雕画论，都是线条组成的，动物、人物或建筑物，它的空间控制得非常好，我们不能不承认这一点优点。现代齐白石先生的画，也可以看得出来，一张长条，下面只画一只螃蟹，可是看起来一只螃蟹不以为少，空间则不以为多。其次的一种发展，即是东晋以后，政治中心迁移南方，士大夫纷纷南来，我们一翻《昭明文选》，可知这个时候的文人，多半是喜欢游山玩水，像王微、谢灵运等都是喜欢吟咏山水的。江南的山水宜人，一般人对之，自然就特别爱好。中国人除了道家思想关系以外，我以为多与爱好山水有关。如果我们一个人整天住在亭子间，偶尔跑到燕子矶去，极目远眺，看大江之东流，胸襟为之豁然！气概也就不同了。所以爱好山水与中国人之性情关系甚大，假如中国人是喜欢花卉的，也许我们对于许多事情的看法会有不同。《文心雕龙》中说："老庄告退，山水方滋。"就是指这个时候北方士大夫到南方来的一种精神生活的转变。有这么美丽的山水，自然要把它收之于笔头纸卷之上。刘宋时，有高士宗少文者，他爱好山水，遍历名山大川，一直到老，因为有病，不能再游，于是在家里四壁画诸山，坐卧其间，名曰"卧游"，意谓："抚琴动操，欲令众山皆响。"各位想想，这是一种什么境界呀？由此看来，可知士大夫之崇尚自然，应该相信是山水画发达之原因，同时也是道家思想发展中之美景了。我个人还有一个偏见的看法，中国人如果永远不放弃山水画，中国人的胸襟永远都是阔大的。这是中国绘画超然之第三点。

二　民族之精神

中国画另有一种精神便是民族精神。当然上面所说的多少与民族有关，这里所说的是大约相同于孙中山先生三民主义所讲的民族意义。在这个意义下，中国画重人品，重修养，并重节操。北宋以后绘画益盛，文人如黄山谷、苏东坡、沈存中等，都主张画是人品的表现。黄山谷论李龙眠的画，有"画格与文章同一关纽"之语。苏东坡画竹不画节，人问何故，他说你何尝见竹是一节一节生的。这种重人品弃形似的思想，影响以后中国的绘画，非常重要，所以有人说："人品不高，用墨无法。"画家一定要多读书，必须有书卷气，否则就一文不值。仇十洲的画，至今为中外所重视，但是在当时，唐寅、文征明，尤其以后的董其昌，都看不起他，就是因为他不是读书人出身。这种重修养、重人品的条件，本是中国画一贯的精神，尤其在北宋以后特别抬头。这东西，西洋画家看起来也许不以为然，但在中国却变为衡量之标准。赵子昂本是一个艺术的全才，文章、音乐、绘画都好；但是，他是宋朝宗室之后，却做了元朝的官，就不惜说他的人正和他的字一样，娟好特甚，没有骨头。元之四大家，个个都好，只是王叔明不幸是赵子昂的外甥，而且一度做泰安知州——这是相当误会的——因为这样，他的作品，终还有人不满。像这种事实，特别在元代，更有急遽的转变。他们认为文即是画，画乃文的最高一层，所以一般文人士大夫多借绘画抒写性灵，或发扬志节，只求达意，并不在乎工不工、像不像。譬如南宋偏安江左，文人士大夫作画多不用颜色而改用水墨，于是纯水墨或浅绛之类的画更是盛行。站在中国画史的立场看，墨是中国画最重要的因素，可是在一千四百年以前，墨在画的地位并不重要，所以，谢赫批评二十七个画家的"六法"中，没有谈到用墨。如上所讲，墨是北宋南宋之间才开始盛行的。这个时候，刘松年、李唐、马远、夏圭，所谓"南渡四家"，他们的作风，尤其马、夏，可说完全是水墨作风，所以有"水墨苍劲"之称。我们看故宫藏的《长江万里图》，真是水墨淋漓，可以想象当时作画的时候精神之紧张。南渡后的宋朝很不安宁，一般士大夫自然没有心情去作工笔画。我们看这时期"册页"和"手卷"的盛行，画风乃至样式的转变，是有其所以然的。马远画画总是画景物的一个角落，于是人都称他为马一角，他的意思，或是表示宋朝的天下只剩东南一角了。还有郑所南画兰花不生根，不画土，就是表示宋朝的江山已被元人占领，没有土地了。他取名思肖，思肖者，思赵（宋）也。赵家天下"走"了，不是"肖"么？中国画在元朝的八十余年中，就艺术讲，比较萧条。当时画家极少画绚丽的颜色画，或大规模的工笔画。他们的目的，无非在对蒙古族的宰制的抗议，所谓"萧疏淡泊，寄托遥深"。像倪云林，他画竹不过是"逸笔草草"，胸中逸气。他的画上很少画人，据说只有二三张画有过人物。他为什么不画人物？明代的元卓林代他说了："不言世上无人物，眼底无人欲画难。"中国画的这种转变，完全是借笔墨来发挥伟大的民族精神啊！

三 写意的精神

我们常听见人家问话，先生是画工笔的还是画写意的。这写意两字,好像面包蛋糕一样成为一个专门名词了。中国画画一个人,不只是画外表,而是要像这个人的精神,一般人所谓"全神气",即是要把这人的精神表达出来。所以中国画要画的不是形,而是神。不是画得精细周到,而是要把握每一个特殊的重点。画人不一定要画眼睛,他需要删削洗练,使画出来是精彩的东西,缺一笔不可。不必细细去描,换句话,它不是要说明这个东西,而是希望用最简练的手法来代表这个东西。这种写意的精神,我个人认为是产生于中国画的工具和材料尤其是中国人的思想。因为中国的绢纸笔墨,只能够写意,也最适宜于写意。在这种工具短绌材料不健全之下,能够担负这样伟大的任务,已经就是了不起的了。明朝的查伊璜论画,他说是"白日做梦",而且是醒时之梦。梦虽无理,而却有情,画不可无理,却必不可无情,画家要画得好画,就要打开眼睛做梦,能做奇梦的人,才能画好画。这种说法,当然道破了此中之秘,但也是工具材料及传统思想,全力包围下一种无可奈何的前途。不过时至今日,环境已经不同,绘画的工具材料可能渐趋改进,对于中国画的传统精神,将来会变成什么样子,现在很不容易预料。不过有一点可以说,假如中国人用毛笔的习惯不取消,中国的线条画是不会变的。譬如说如果将来有一种材料,比现在的纸更健全,那么,中国画的写意精神,也许会动摇。在实现之前,写意是该大书特书的。

最后,我想将中国画和西洋画极肤浅地比较一下,它们的不同之点,也许就是它们精神之所寄。

1. 西洋画是宗教的,中国画是人事的。西洋的绘画多半是以宗教为题材,中国画不然,中国虽然也有所谓"道释"的画,自山水盛行以来,究竟不普遍;中国画是写人事的,教育人、勉励人、警戒人、纪念人或诱导人。

2. 西洋画是写实的,中国画是写意的。前面说过,中国画的写意,不是画家不行,而大部分是工具材料的限制。晋代顾恺之画人像是面对其人,观察其人的一举一动;元代黄子久则带了画本到山水处摹写山水,这些本来也是如西画一样是一种写生、写实。但是,中国人的写生写实,是看作学画的基础,目的在于写意,而不是把写实当作绘画最高境界,只是一种手段。

3.西洋画是积极的,中国画是消极的。中国画令人看了睡觉,像一般的画面,画一个老头子,拿了一根拐杖,逍遥自在,很少机会可以看到两个武士比武。所以中国画比较不是积极的而是退隐的,不是前进的,而是听天由命的。

4.西洋画是动的热的,中国画是静的冷的。西洋画好像是属于春天夏天,中国画则是秋冬之画,一股萧疏淡泊之气,充满纸上。

5.西洋画是科学的,中国画是哲学的、文学的。所以中国画是抽象的、象征的。

6.西洋画是说明的,中国画是含蓄的。中国画看起来总是又像又不像,犹如乡下姑娘进城,总怕看得一清二楚似的。中国画家唯一的目的,是如何找掩护,不像西洋画一目了然。

7.西洋画是年轻的,中国画是年老的。我们称赞人的画,普通说用笔苍老,"老"的意思,包含很广,这不是一个简单的问题。

8.西洋画是客观的,中国画是主观的。外国朋友常批评中国人没有公园,极少旅行,其实中国人不需要公园或旅行的。因为他们对着中国的绘画,可以自得其乐。

今天因为天气和时间关系,对于本题,很遗憾,未能详为阐发。以上所讲都是些"卑之无甚高论",希望将来有机会再作一有系统而较为深入的讲述。

中国绘画思想之进展

一

中国绘画是中国民族精神的最大表白，也是中国哲学思想最亲切的某种样式，它的起源和最初的衍变，虽号称荒远难稽，然而有文献——甚至若干实物的工艺文样——可征的，已能追溯到三代或其以前。这绝不是臆断，是有其确切根据的。

中国古代的绘画，在我们足以相信的资料中，到了西周，即能就绘画的种种影响，加以适当的应用，这当是配合着西周的社会而不得不然的结果。我们不难根据众多的理由，说明绘画在周代，似乎已完成了宗教（巫术）的阶段，而负荷政治上很重要的使命，并造成了不少的业绩。

绘画在西周既有如是之发展，在周秦诸子的著作中，便可以察知对于绘画是怎样一种看法。他们当时是学术思想最活泼最自由又最光辉的时代，真好似逞红斗紫百花齐放，像庄子、韩非子、淮南子等。尤以庄子的绘画观，是纯然认为和"天"一致，他所尊崇的画家是"解衣般礴"，以作者的道德世界为作品的世界，而这世界须与"宇宙"相合，后世所谓的笔墨，不过筌蹄而已。《外篇》云：

宋元君将画图，众史皆至，受揖而立，舐笔和墨，在外者半。有一史后至者，儃儃然不趋，受揖不立，因之舍。公使人视之，则解衣般礴，裸。君曰："可矣！是真画者也！"

他认为画家透过创作的历程而成作品，其实是浑然一事，不必分也不可分画家和作品时间或空间的某种不同。这种"物我两忘"的境界，即是"解衣磅礴"的真画者，亦即是"天人合一"。

原来庄子当时的"文艺观"也可以说是当时的"天道观"。宇宙万物，以为都受一定的自然法则所支配而不断地动着，谁也不能违反这个原则，谁也不能不遵守这个原则。《易传》云"天下之动贞乎一"，"动"就是"变"，是从一而变的。如《齐物论》云：

一受其成形，不亡以待尽，与物相刃相靡，其行尽如驰，而莫之能止，不亦悲乎？

《天下篇》云：

建之以常无有，主之以太一，以濡弱谦下为表，以空虚不毁万物为实。

都是这个道理，所以绘画上"氤氲化生"的原理，应该合乎宇宙（天）。这消息，自绘画思潮里去窥察，最是深刻著名。孔子说："志于道，据于德，依于仁，游于艺。"把"道"与"艺"来完成这一体系是值得我们沉潜的，同时也值得我们自豪，因为这是中国文艺的基本思想。"道"与"艺"，既像是体用的相须，又像是形质的相成；"艺"的进展到了相当境界便是"道"，"道"的某类型的孕蓄便是"艺"。职是之故，"艺"即是"道"。

这思想，大体说来，它已支持着中国数千年的绘画发展，虽然因历代种种的客观环境而不能不相当地变质，但无疑地仍隐然居于世界多种迁变的主流，一直到清初为止。唐符载评"张员外"的松石说：

观夫！张公之艺，非画也，真道也。当其有事，已知夫遗去机巧，意冥玄化，而物在灵府，不在耳目……气交冲漠，与神为徒。

——《观张员外画松石序》

宋董迪论画说：

论者谓：丘壑成于胸中，既寤则发之于画，故物无留迹，累随见生，殆以天合天者邪？

由一艺以往，其至有合于道者，此古之所谓进乎技也……积好在心，久则化之，凝念不释，论与物忘……故能尽其道也。

——《广川画跋》

董氏前一段是评吴道子的《大同殿图》，后一段是评李咸熙（成）的山水，然和符氏的话均可视为古代绘画思想具体而有力的诠解。所谓"遗去机巧，意冥玄化""物无留迹，累随见生""久则化之""论与物忘"，这种境界，诸应是绘画的最高境界，因为它合乎道的原则，换句话，这就是"道"。韩拙说得好：

夫画者，笔也，斯乃心运也。索之于未状之前，得之于仪则之后，默契造化，与道同机。

——《山水纯全集》

画家应把自己（人）和造化（天）浑然融解，无所谓我，也无所谓造化，天人合一，物我两忘，运之于笔，即是画。至于人物、松石、山水……俱不过是这种变动中一种不同的遗留。

二

这种文艺观、天道观二位一体的思想，经过秦汉的长时期，渐渐显示了某种程度的变化，好像一株盘根老干从旁茁发了一枝新的嫩枝，到了东晋，至少这嫩枝上快要开花了。

我们在这爱好清谈的东晋画史上，可以觉察两种非常重要的变迁：一种是伴着人物而起的"事实"的创造，另一种是伴着酷爱自然而起的山水画的产生。后者虽是画体上的问题，而关系着中国整个的民族文化。中国人的胸襟恢廓，我看和这山水画的发展具有密切的关系。自然界所给予我们的教育是活的，伟大而无异议，而以南京为中心的江南山水，更足以洗涤身心。绘画思想上，写实和自然的适切配合，再根源于前期的传统，就非常灿烂地开辟了另一境界。这一时期的影响，大体可包含六朝和唐代。

这时期内，无论从哪一方面研究，思想上足以代表的画家，便是东晋的顾恺之，其次是南朝宋的宗炳和王微。人物画家顾恺之的"三绝"，为稍习画史者所熟知，然他的绘画观，粗浅地看来，必不以为他是一位尊崇写实的画家。同时，今日以前，更没有意识到他还是一位中国山水画的开拓者。他最精人物，"传神阿堵"的名言，虽是他的口号之一，但还不是他绘画思想之全体。他认为作画，是"以形写神"的工作，所以重要的是"实对"，若用近时的话解释，"实对"大约即是"写生"。然光依样葫芦是不是绘画的极诣？这又不是的，因为依样葫芦是写形，他曾提出"迁想妙得"四个字说明这个道理。

　　凡画，人最难，次山水，次狗马。台榭一定器耳，难成而易好，不待迁想妙得也。此以巧历不能差其品也。

——《论画》

　　这首先标出画人最难，继之山水狗马，意即说画这些是要"迁想妙得"的，所以这四个字是绘画的精义所在。本来韩非子和汉代的张衡，曾经说"狗马最难"，他决然地把"狗马"放在"山水"之后，这一点，也都没有人注意过，是相当重要的。我们很容易理解他看"山水"较难于"狗马"的原因，就是写大自然的景物，同画人一样，也是以形写山水之神，可见这时期的"实对"，绝不是复写。

　　若轻物宜利其笔，重宜陈其迹，各以全其想……有一毫小失，则神气与之俱变矣……凡生人亡有手揖眼视而前无所对者，以形写神，而空其实对，荃生之用乖，传神之趋失矣！

——《魏晋胜流画赞》

　　他认为"传神之趋（趣）"固在"实对"，但尤在于"全其想"。若"空其实对"则"荃（全）生之用乖"，绘画即未能完成它的使命。这"全其想"的"想"字，即是"迁想妙得"的"想"字，我以为若从这"想"字着眼，去体会他的思想，那么"迁想"者，也就是"全其想"，不过前者指的作家，后者指的对象，实际仍然是一件事情。他对于山水，愈加发挥了这一点：

　　凡画人，坐时可七分，衣服彩色殊鲜，微此"不"正，盖山高而人远耳……对天师所"临"壁，以成祠。祠可甚相近，相近者，欲令双壁之内，凄怆"澄"清，神明之居，必有与立焉！……其西石泉又见，乃因绝际作通冈，伏流潜降，小（水）复东出，下祠为石濑，沦没于渊。所以一西一东而下者，欲使自欲（然）为图。（《画云台山记》，据拙作《晋顾恺之〈画云台山记〉之研究》所考定。是篇刊于《学灯》民国三十年四月七日、十四日两期。）

　　这是他关于山水之设计，云台山虽有所指，而这幅画，写的是道家的题材，张天师及其弟子的故事。所以处处顾到这题材所应有的精神，同时也处处顾到"自然"，即所谓"欲使自然为图"。中国绘画到了他，可谓建立了相当稳固的基础，在人物画完成了前期的最高理想，在山水，更开启了后世康庄的坦途。

自顾恺之始，绘画思想的进展是从庄子以来的天道观转向"自然"的"实对"，即是"以形写神"，也即是从人物的描写转向山水的经营。踵他步武的，有前面已提及的宗炳和王微。宗炳《画山水序》云：

夫圣人以神法道，而贤者通；山水以形媚道，而仁者乐，不亦几乎……且夫昆仑之大，瞳子之小。迫目以寸，则其形莫睹，迥以数里，则可围于寸眸。诚由去之稍阔，则其见弥小……是以观画图者，徒患类之不巧，不以制小而累似，此自然之势……又神本亡端，栖形感类，理入影迹，诚然妙写，亦诚尽矣！

王微《叙画》云：

夫言绘画者，竞求容势而已。且古人之作画也，非以案城域，辨方州，标镇阜，划浸流；本乎形者融灵，而动变者心也。灵亡所见，故所托不动；目有所极，故所见不周。于是乎以一管之笔，拟太虚之体；以判躯之状，画寸眸之明。

宗炳、王微两篇高论，真已把山水的一切价值阐发无余。顾恺之以"实对""全其想"的办法设计着山水，他们则进一步倡导山水乃是"以形媚道""竞求容势"。"实对"毋宁是不可能的，这其中已潜伏着轻弃形似的机运，同时对于画家的修养，也流露了甚为重要的呼声。所谓"贤者通""仁者乐"，笼统说来，这应是君子的事业。北宋的郭熙有一段话很可以作这种思想的解释：

君子之所以爱夫山水者，其旨安在？丘园养素，所常处也；泉石啸傲，所常乐也；渔樵隐逸，所常适也；猿鹤飞鸣，所常亲也；尘嚣缰锁，此人情所常厌也；烟霞仙圣，此人情所常愿而不得见也……然则林泉之志，烟霞之侣，梦寐在焉，耳目断绝。今得妙手，郁然出之，不下堂筵，坐穷泉壑，猿声鸟啼，依约在耳，山光水色，滉漾夺目；此岂不快人意，实获我心哉？此世之所以贵夫画山水之本意也。

——《林泉高致》

三

顾恺之、宗炳、王微三人把中国绘画从人物移转为山水的倡导。这个契机，我们极应该珍视它，应该认为这是中国绘画最重要的进展，尤其是关于画家修养的提示，奠定了中国绘画的特殊性。到了五代及宋，思想上是更加缜密，更加精粹，对于自顾恺之以来的"写实"，一变而为公开的鄙弃"形似"、从事"精神"和"性理"的宣扬。虽然这一期前半期的作品还是相当谨严，而不久便叫出画家"人格"的重要。这打倒形似、崇尚品格的思想，经北宋名贤们的努力以后，于是使中国画家及其作品之伟大表现，乃得与民族精神同其消长。

苏东坡与黄山谷虽不以画家名，而他们对于绘画的见解，是可以代表时代的。东坡有四句名诗，说是："论画以形似，见与儿童邻。赋诗必此诗，定非知诗人。"这不啻给予专求形似的当头一棒，他认为诗画本来为一，只要有"理"，不必斤斤于"形"似，但这并不是易事，是非高人逸士不办的。他说：

余尝论画，以为人禽宫室器用，皆有常形。至于山石竹木，水波烟云，虽无常形而有常理。常形之失，人皆知之；常理之不当，虽晓画者有不知……虽然，常形之失，止于所失而不能病其全，若常理之不当，则举废之矣！

——《东坡集》

山谷则从"文章"来看绘画，他自谓："参禅而知无功之功，学道而知至道不烦。"（《山谷集》）以为一有神悟，便头头是"道"了。他说：

往时李伯时为余作《李广夺胡儿马，挟儿南驰》，取胡儿弓引满以拟追骑，观箭锋所直发之，人马皆应弦也。伯时笑曰："使俗子为之，当作中箭追骑矣！"余因此深悟画格，此与文章同一关纽，但难得人人神会耳。

——《山谷集》

他们这种性理观，当然有社会思想做背景，解诗说画，多少带点玄味。米南宫曾问东坡画竹何以一直画到顶，不逐节分开。东坡答得颇妙："竹生时，何尝逐节生？"这和李龙眠为山谷画《李广夺胡儿马》同一卓解。同时要握得"天"趣，亦即要握得"性""理"之"真"。"真"和"似"是极有距离的。有人问五代山水巨匠荆浩说："何以为似，何以为真？"荆曰："似者，得其形，遗其气；真者，气质俱盛。"（《笔法记》）可见"真"是活泼而有生命，而"似"是"死"的。因为人为万物之灵，所以合于造化。"若悟妙理，赋在笔端。"（李澄叟《画说》）张怀说得更好：

造乎理者，能画物之妙；昧乎理者，则失物之真。何哉？盖天性之机也。性者，天所赋之体；机者，人神之用，机之发，万变生焉！惟画造其理者，能因性之自然，究物之微妙，心会神融，默契动静，察于一毫，投乎万象，则形质动荡，气韵飘然矣。故昧于理者，心为绪使，性为物迁，泪于尘坌，扰于利役，徒为笔墨之所使耳，安足以语天地之真哉？是以山水之妙，多专于才逸隐遁之流，名乡高蹈之士，悟空识性，明了烛物，得其趣者之所作也。

——《画苑补益·张怀论画》

张氏亲切的述说，把"性""理"分析得相当明白，而结论还是归趋于画家学问品格的修养。关于这一点，宋代画家是极度注重的，这大约与北宋政府提倡忠义的影响不无关系吧？如：

韩拙："且人之无学者，谓之无格。无格者，谓之无前人之格法也。"

——《山水纯全集》

邓椿："其为人也多文，虽有不晓画者寡矣！其为人也无文，虽有晓画者寡矣！"

——《画继》

刘学箕："眸子无鉴裁之精，心胸有尘俗之气，纵极工妙，而鄙野村陋，不逃明眼。"

——《论画》

郭若虚："人品既已高矣，气韵不得不高。"

——《图画见闻志》

四

自南宋到元，中国绘画又起了很大的变化，笔墨的表现，前期（盛唐北宋）的谨严一变而为荒率。同时山水人物之外，花卉翎毛也以没骨写意的姿态出现，极为画家所爱好。名僧独任说：

> 画家重人物，以唐及六朝习尚也。后代多重山水，视前一变。宋南渡后，剩水残山，不堪图画，然而文人墨士，非朝朝染翰，无以寄闲情。
>
> ——邓实《谭艺录》

我们看独任这几句话，可知这时期的绘画思想，是从"性""理"的明悟，变而为"情""意"的伸张，于是愈益脱略形迹，浸淫肺腑，它的发展，约有两种不同的趋势，一类是借笔墨以写其胸中磊落不平之气；一类乃借绘画为陶冶性情之具，今日所谓的"为艺术而艺术"仿佛近乎此类。前者郑所南的画兰，倪云林、吴仲圭的画竹；后者则如黄子久辈，把生命寄在富春山里，首先呼出"画，不过意思而已"的口号。董其昌说："寄乐于画，自黄子久始开此门庭耳。"然两者仅仅是程度上的差别，都是积极的，可谓殊途同归。子久曾说："松树不见根，喻君在野。杂树喻小人峥嵘之意。"

这伸张"情""意"的思想，是更合乎民族的。中国绘画本不可以形迹去求，用笔墨的外形来论断，可说是舍本逐末的工作。像郑所南吧！他为什么名叫"思肖"？姓"赵"的宋室河山，不是被蒙古人逐"走"了吗？他誓死不向北方，他思"赵"宋，是以"所南"。至他的题画诗句，几乎全是民族精神的表达。如："不知今日月，但梦宋山川。""宁可枝头抱香死，不曾吹落北风中。"至于以"逸品"为后世尊崇的倪云林，《论画竹》说：

> 以中每爱余画竹，余之竹聊以写胸中逸气耳。岂复较其是与非、叶之繁与疏、枝之斜与直哉？或涂抹久之，他人视以为麻为芦，仆亦不能强辨为竹，真没奈览者何。但不知以中视为何物耳！
>
> ——《倪云林集》

相传他画山水不画人物，和郑所南画兰不画土一样。有人问他，他说："现在还有人吗？"这故事我们不必去推究它的真假。因为伸张"情意"的绘画，故对于画家更重"人品"的陶咏，这从当时看起来，毋宁是极其根本的问题。我们只要看写兰写竹的盛行，郑所南、赵子固、赵子昂、柯九思、倪云林、吴仲圭……诸名贤俱好此道，便不难探知他们所自期的是些什么。仲圭题画的五古一章云：

  我爱晚风清，新篁动清节。
  号号空洞乎，抱此岁寒叶。
  相对两忘言，只可自怡悦。
  惜我鄙吝才，幽闲养其拙。
  野服支扶筇，时来苔上屐。
  夕阳欲下山，林间已新月。

  仲圭这诗，我以为足以代表当时画家的思想，因为环境的突变，五日一山、十日一水的工作，是无法从事的，画面上必然地会流于"荒率"。同时，兰竹以及不画人物的山水，遂成这时候中华民族的象征了。

本文于 1940 年 4 月 23 日写于重庆。

中国画的特点

一　线描是中国画的造型基础

中国画有人物画、山水画及花鸟画。人物画发展最早，山水画次之，花鸟画最晚。虽然它们都有各自的表现手法和造型手段，但共同特点都是以线描为基础。

人物画最早的优秀代表作品是东晋顾恺之的《女史箴图卷》。他的表现手法主要是线描。古人称赞他的线描像春蚕吐丝一样优美、轻柔。他运用这种高古游丝描刻画人物形象千姿百态，衣纹变化多端，动态古朴厚重。画面的艺术形象和艺术效果完全依靠线描来表现。发展到唐代，如张萱的《捣练图》以及五代顾闳中的《韩熙载夜宴图》。虽然他们的人物画技法在设色晕染方面有极大的发展和提高，但其造型手段仍是以线描为基础，并大大地加强了线描的表现力。我们从顾闳中对宫廷贵族豪华生活的描绘中可以看到作者运用各种不同的线描，成功地刻画人物的神情动态，服饰的质感也十分逼真。画家用线描的疏密、轻重、粗细、虚实交织成全图和谐的节奏和韵律，形成作品独特的艺术效果。人们赞扬唐代吴道子的人物画，用"吴带当风"来形容，更说明人物画的线描技法有了很大的发展。宋画《朝元仙仗图卷》是一幅白描作品，就其线描技法的表现力来看，可以奉为中国画线描的典型作品，它的线描技法可以说已登峰造极。画面上"朝元"行列众多的人物神采奕奕，前后穿插，顾盼有致，充满飘逸流动的仙家气氛。墨线有曲有直，有轻有重，有粗有细，有静有动，有虚有实，千丝万缕，千变万化，巧妙地表现朝元仙仗活动的内在旋律，像一曲交响乐，轻轻地奏鸣出线描的节奏和韵律，真是令人叹为观止。宋代又有石恪和梁楷的写意人物画，如

《二祖调心图》《太白像》《六祖斫竹图》等。用笔粗犷泼辣，纵逸挥洒，以粗笔泼墨来表现人物神采情趣。但就其表现方法来分析，仍以线为主，只是线的粗细、虚实变化更为丰富。再晚一些，明代的陈老莲，无论他的人物画或花鸟画，都充分发挥了以线描为基础的造型表现力。中国的许多历史名作，显示了历代艺术家在中国绘画造型技法方面发展的丰富经验，给予后代以极大影响。

线条在山水画的表现方法中所占地位也很重要。隋代展子虔的《游春图》，无论是树木、山石或是水纹波漪，均用线条勾勒描绘。展子虔的山水表现技法对唐代李思训有很大影响。唐代金碧辉煌的山水作品，极大程度地发展了重彩的表现手法。但从其造型基础看，仍是以线条造型为手段，先勾线，后填重彩。吴道子的"一日之迹"（大同殿壁画：《嘉陵江风景》。见《唐朝名画录》）以独创的奔放自如又基于写实的线条（笔法）表现雄壮绮丽、变化多姿的嘉陵江山水。这与他人物画"吴带当风"的表现方法相一致，并更大程度地发展了线条的变化，强化了线描在造型上的表现力。不同的是李思训在线描的基础上着重色彩的运用，而吴道子则在线描的基础上独创地发展了水墨渲染的方法，这对后代山水画技法影响极大。五代的荆浩、关仝、董源、巨然和宋代的李成、郭熙、范宽、刘松年、李唐、马远、夏圭等诸家，他们画树、树干、树枝都用线勾勒。树叶除用点法外，表现夹叶和寒林仍需用线条勾勒。山石皴法，无论披麻、卷云、折带、荷叶、解索、斧劈各种皴法都靠正锋侧锋用笔的方向变化而成。山石皴法的线条多短而粗、干湿并用。这种变化丰富的皴法是山水画技法中主要表现方法之一。从历代山水画遗迹看，除米家山水（较少用线，多用"点"）外，其他诸家多以线条为造型的基础。

工笔花鸟画以线条为主是显而易见的。写意花鸟的线条运用虽较少，但勾花、勾干、分枝勒脉仍少不了线条。中国画中有"没骨"的表现方法，但只是表现方法的一小部分。应该说花鸟画同样是以线描为造型的基础。

中国画技法，归纳起来分"勾""皴""染""点"。"勾"就是勾线，总是放在首位的。中国画的线条，是从画法的用笔中发展而来，张彦远的《历代名画记》中就提到"书画同源"的观点，同时非常肯定地说"无线者非画也",这就说明远在唐代中国绘画就奠定了以线条为造型的基础了。中国文字的书写,发展成世界上独一无二的"书法艺术"。中国书法艺术完全是线条的变化构成的,而中国绘画以线条为造型基础,这其间确实存在渊源关系。因此我们在中国画基础训练中,把书法练习作为基本训练的组成部分。

在客观形体中,实际上并不存在"线"。"线"只是面与面的交界。人的头发,表面看是线,实际是缩小了的圆柱体。绘画中的"线"是画家主观想象创造出来的。中华民族很早就创造性地运用线条来造型,如远古的彩陶图案、铜器纹样、晚周的帛画、墓室壁画和砖画等。后来绘画水平不断提高,发展成用彩色和水墨作画,但作为造型基础的线描,在中国画中一直沿用、发展、提高,从简单到复杂,从低级到高级。现代中国画对线条的运用要求更高,通过毛笔的灵活运用,如中锋、侧锋的变化,运笔的快慢、转折、顿挫,压笔力量的轻重以及墨的干湿浓淡,巧妙生动地表现出绘画对象的体积、空间、重量、质地、形状、动态。中国画的独特之处是对用笔用墨的要求极高。每幅画的艺术情趣全靠笔墨来体现。作为造型基础的线条,通过虚实、疏密、粗细、轻重、浓淡、长短等无穷的变化,表现出笔墨形式的节奏、韵律感和笔墨情趣的艺术境界,作者的思想感情能够跃然纸上。中国画的线条有别于其他画种的线条,区别正在于此。中国画的笔墨技巧与中国书法一样,需要经过长期严格的训练才能掌握。

二 墨分五色

唐代张彦远在《历代名画记》中曾说:"草木敷荣,不待丹碌之采;云雪飘扬,不待铅粉而白;山不待空青而翠,凤不待五色而综。是故运墨而五色具,谓之得意。意在五色,则物象乖矣。"从这段著名的论述可以知道,在唐以前较长历史时期,中国绘画已经采用以墨色为基调的造型手段,十分强调墨分五色这一观点。

中国绘画从初始发展即与书法结缘。书画同源之说起源很早。中国绘画的用笔用墨均从书法中来，要求基本相同。中国书法的艺术形式是通过墨色轻重，笔画粗细、转折等来表现的。中国画与中国书法相同，沿用了墨线造型，运用墨线的浓淡、粗细，用笔的轻重、转折、顿挫等变化来塑造物体的形象。后来逐渐发展，通过水墨变化来表现物象的向背、凹凸等形象的变化，同时又通过墨线的轻重、疏密变化来表现画面的韵律和节奏，逐渐形成以墨的黑色为画面的基调。宋代以后，中国画的水墨发展到极为成熟阶段，墨色的变化就更丰富了，追求"质有而趣灵"的境界。画家不仅用水墨去表现物象表面形象的变化，而且深入探索画境寓意的刻画，表现画面的意境和形式上墨韵节奏的变化，创造了水墨写意画，使"墨分五色"的要求得到更全面的发挥。

以墨色作为中国绘画的基本色调是世界上各种造型艺术中所特有的。它经过漫长历史演变和不断艺术实践而逐渐形成。在长沙一座楚墓中最早出土的一幅《晚周帛画》以及在另一座战国墓中出土的一支"笔杆细圆粗巧，长约五寸，笔锋长约五寸"的毛笔，都有力地证明我国在两千多年前的战国时代已经用毛笔写字作画，并且形成以"线描"和"墨色"作为绘画的造型基础。后来中国画受到外来影响，丰富了色彩的表现，但并未改变以墨色为绘画的基调。从唐代的艺术品中我们可以明显地看到两种绘画的表现体系：一种以色彩为主的重彩绘画，以李思训为代表；另一种以吴道子为代表的是"行笔磊落，于焦墨痕中略施微染，轻烟淡彩"的"吴装"，便十分强调水墨的造型作用。王维的"画道之中，水墨为上"的主张正表现了当时对水墨的重视。到了宋代，无论是人物画还是山水画，水墨技法均发展到登峰造极的地步。明代徐文长赞夏圭的山水卷说："观夏圭此画，苍洁旷迥，令人舍形而悦影。"评论董、巨的山水画为："江南董源僧巨然，淡墨轻岚为一体。"花鸟画中的"墨竹""墨兰"和"墨荷"更充分发挥了墨色在造型中的作用。墨色成为绘画中极为重要的造型手段。这是中国绘画独特之处。

三 中国画重在用笔用墨

中国画从技法角度来说，实质上就是怎样用笔用墨的问题。在中国，大约自11世纪始，笔墨两个字的含义已经不仅是工具的名称，而且成为中国绘画技法的代名词。

中国画的渊源和发展特征与中国书法相同。唐张彦远在《历代名画记》中谈到吴道子用笔时说："国朝吴道玄，古今独步，前不见顾陆（顾恺之、陆探微），后无来者。授笔法于张旭，此又知书画用笔同矣。"中国书法成为独立的艺术，这是中华民族所特有的。书法讲究用笔，起笔落笔都有一定规范，运笔转笔都有一定要求，不允许随便涂描添改。书法讲究笔墨韵采，气脉相连，正是"一笔而成，气脉通连，隔行不断"（《历代名画记》）。中国画也相同，一支毛笔在手，该如何握笔，如何落笔，如何运笔，徐疾转折都有一定路数，强调法度。中国画无论是人物、山水、花鸟的技法，实际就是用笔用墨的独特方法。这是历代绘画大师在师承前人的经验基础上，经过自身的创造经验的积累而成的。"有规矩始能成方圆"，用笔用墨的方法就是中国画的规矩。这些看来简单的道理，实践起来却并不那么容易。一条衣纹，一片花叶，一个山头，要达到如意的墨色效果，绝不是一蹴而就的，必须长期锻炼，不断实践，掌握用笔用墨的基本功才能达到超象立形、依形造境、因境传神，达于心物交融、形神互映的境界。

用笔可分中锋和侧锋。中锋是指握笔与纸面成九十度直角运笔，笔尖在所画线条的中央。侧锋则是手腕转动使笔与纸面成一定倾斜度，即小于九十度直角，笔尖在所画线条的一边，根据绘画所表现对象的不同要求，以不同的用笔去表现。中锋所产生的线条圆润厚重。由于运笔时快慢、转折、顿挫和手的压力大小，画出的线条便产生各种变化。侧锋所产生的墨线粗犷毛糙，有时一边光一边毛，有着笔势的飞白变化。书法宜用中锋；绘画则看需要，宜用中锋则用中锋，宜用侧锋则用侧锋。艺术的高低根据表现对象的艺术效果而定。中锋、侧锋的不同用笔在中国画中，本身并无高低之分。

用墨以用笔而定，是指用笔所产生墨色的效果。用墨必须掌握干、湿、浓、淡、清的变化。从方法上说，用墨又有破墨、泼墨、积墨等多种方法。归纳起来，用墨的方法就是通过巧妙用笔的方法，使笔上的水分与墨相融合反映在纸上所得的视觉效果。墨色要求光辉耀目，变化细微，充分表现对象形神刻画而又有形式上的笔墨情趣。

  由于中国画用笔用墨的技法要求极高，便形成了对中国画特有的工具笔、墨、纸、砚的特殊要求。

  笔 由于适应中国绘画多种用笔需要，从毫的种类分，硬毫有狼毫、石獾毫、山马毫等。软毫有兔毫、羊毫、描毫、鹳毛毫等。兼毫是多种兽毛混合制成。以笔头大小分，有特大、大、中、小四类。以笔头的毫锋长短分，有长锋、短锋两类。作画一般用硬毫与兼毫，渲染用羊毫。

  墨 由于墨对于画面墨色效果有直接关系，墨的质量直接影响画面墨色，因此要求较高。墨锭分漆烟、油烟和松烟三类。中国画一般用漆烟和油烟。烟粉细腻、和胶得当的则被视为上品。

  纸 有高质量的宣纸（又分生宣和熟宣）以及皮纸两大类。宣纸以檀树皮为原料制成。若用纯檀树皮制成质量最佳，称"净皮"宣纸。皮纸以桑树皮制成，亦以纯桑树皮制成的为最佳。

  砚 以石质细腻、不吸水、发墨为上。

四 独特的空间认识和空间表现

  中国画中人物、山水、花鸟三科与空间表现关系密切的是山水画。中国幅员辽阔，山峦逶迤，江河纵横，祖国壮丽的河山和数千年悠久的文化历史，是产生伟大艺术——中国山水画的客观条件和基础。作为造型艺术之一的绘画，如何在有限的平面上表现无限的空间感是一个很重要的问题，特别是表现千里江山自然风貌的山水画，更突出地存在着如何对待空间认识和表现的问题。在人物画中，人物活动所占空间极为有限，对空间的认识和表现不会成为对人物画技法发展的约束。山水画则不同，自然界极大的空间景象，要在画面上体现，若不从理论上和实践中解决空间的表现方法，必然无法表现山水画的咫尺千里。

  早在4世纪，南朝宋的宗炳和王微，在他们的艺术实践过程中，对空间的认识和表现已从理论上提出了极为重要的看法。宗炳在《画山水序》中说："夫昆仑山之大，瞳子之小。迫目以寸，则其形莫睹；迥以数里，则可围于寸眸。诚由去之稍阔，则其见弥小。"这就是透视学中最根本的理论问题，"近大远小"的原理。这比意大利建筑家勃鲁纳莱西（Brunelleschi，1377—1466）研究的以几何方法平面表现主体的透视规律以及阿伯提（Alberti，1404—1472）在1436年出版的《画论》中正式发表透视学理论早一千年。宗炳又说："今张绡素以远映，则昆阆之形，可围于方寸之内。竖画三寸，当千仞之高；横墨数尺，体百里之迥。"他完整地阐述了今日透视学的平面塑造立体概念的远近高低比例关系。宗炳所述的"今张绡素以远映"与今日透视学所用玻璃板取景原理多么相似啊！今日的美术家看来是最普通的常识，但出之于一千五百年前古人的认识，这是多么令人惊奇！古人不仅能够处理远近高低比例关系，而且提出对表现空间的更高认识。王微在《叙画》中说："古人之作画也，非以案城域，辨方州，标镇阜，划浸流。本乎形者融灵，而动变者心也。灵亡所见，故所托不动；目有所极，故所见不周。于是乎以一管之笔，拟太虚之体；以判躯之状，画寸眸之明。"这就对中国山水画提出了更高要求。他不满足于把现实山河如实地、局部地、像画地图似的客观反映而已。由于"目有所及，故所见不周"，因此要求更全面地、更丰富地表现客观存在，要求作者能够高瞻远瞩，由表及里，使客观与主观精神相联系，以"一管之笔，拟太虚之体"。宗炳和王微共同对中国山水画提出了追求"畅写山水神情"的艺术境界，提出了中国山水画的意境要求。这样便给中国山水画对待空间的认识开拓了新的蹊径，远远超出了几何学、透视学所能解决的空间表现，把客观与主观结合，把景与情结合，产生"胸中丘壑""意境"，追求笔墨的变化，通过虚和实的对比使画面的空间更宽阔，更丰富。《南史·萧贲传》评介萧贲在扇面——很小的画面上画山水，能够达到"咫尺之内便觉万里为遥"的艺术效果。他表现空间的技巧达到了惊人的地步。以表现山石、树木、峰峦、云水为内容的中国山水画，在空间表现方法方面，确实远远超过运用几何方法的透视学的规律所能达到的空间视境。透视学以实际的几何图（六面体、多面体等）构成为依据，固定一点为出发点，受时间的限制，以阳光为光源，即定时定点为前提。在描写自然景物时，若以几何透视学的规律去分析一棵树的透视变化，必须将树变成规则的伞形才能找出无数透视消失线来确定树枝在空间的变化,那是极不现实的,在实践中也是行不通的。

中国山水画对空间的认识,不局限于客观空间,同时还存在"胸中丘壑"的主观空间的问题。中国画的远近关系非常强调感觉、强调虚实以取得空间效果。为了表达作者的思想感情,画面上常运用把远景拉近或者把近景推远等各种表现空间的手法,加强景深的变化,强化虚实对比变化,达到空间的塑造。这些认识早在5世纪,宗炳和王微在他们的著作中已经阐述。比之稍后的顾恺之曾提出的"迁想妙得"和唐张璪"中得心源"的论述都具有相同的含意,要求"景"和"情"相结合,"形"与"神"相结合,对于表现空间来说则要求客观空间与主观空间相结合。

宗白华先生在《中国诗画中所表现的空间意识》一文中有一段精确的阐述:"用心灵的俯仰的眼睛来看空间万物,我们的(中国的)诗和画中所表现的空间意识,不是像那代表希腊空间感觉的有轮廓的立体雕像,不是像那表现埃及空间感的墓中的直线通道,也不是那代表近代欧洲精神的伦勃朗的油画中渺茫无际、追寻无着的深空,而是'俯仰自得'的节奏化的音乐化了的中国人的宇宙感。《易经》上说:'无往不复,天地际也。'这正是中国人的空间意识!"中国画家应该确立这样独特的空间意识。

中国花鸟画中兰花和墨竹,不像西画中的静物,画时须固定站在一定位置,依照对象在特定光线下所占有空间形成的明暗色彩的透视变化进行描绘,中国画为了突出主要描写对象,可以舍弃一切背景,舍弃一切代表局部的明暗和投影变化,把注意力集中体察兰竹在自然生态中的形象特征,"融会于心""胸有成竹"地以中国画用笔用墨的特有技法,描写出兰竹的生命神韵,用墨的浓、淡、干、湿变化表现出兰竹的向背前后,充分描写出兰竹的生命运动的空间。

中国绘画无论是人物画、山水画或是花鸟画,都不满足于客观的描写,它更高地要求以形写神,形神兼备,以景写情,情景交融。因此在画面上不仅要求表现客观世界,同时要表现主观世界。在画面的空间表现上,不以客观的、表面的准确性表现为满足。中国山水画的"咫尺千里"也不是单纯依靠几何透视规律所能解决的。北宋郭熙在《林泉高致》中,用高远、平远、深远的三远法来表现山峦的空间感。韩拙在《山水纯全集》中阐述阔远、迷远和幽远三远法,从技法上丰富了郭熙的三远法,结合起来成为六远法。这些都是表现山水画空间感觉的理论性创造。

中国画表现空间感觉不仅在客观的实体对象表现上,同时存在主观意识的想象之中。这二者是结合的。中国画的表现技法,强调对比手法的运用。中国画以墨色为主调,因此就利用空白与墨色对比,墨是实,白是虚,虚实对比,以实带虚,虚中有实,虚实结合,化实为虚,把客观真实化为主观的表现,构成艺术形象,产生意境,给艺术品以无限的生命力,造成无穷的空间,给人以咫尺千里的美感。清人笪重光在《画筌》中说:"实景清而空景现","真境逼而神境生","虚实相生,无画处皆成妙境"。这些理论上的阐述都是说明中国画化景物为情思,客观与主观相结合,实和虚相结合的艺术过程。中国画家常常把白纸想象成一个辽阔的空间,在其中创造新的美的境界。西洋的几何透视规律是无法给中国画家以帮助的。中国画家打破在视点、时间、光线和地理位置上的约束而自由驰骋在万里江山之中,产生了《长江万里图》《重山叠翠图》等无数伟大的东方艺术品。中国画可以有长数丈的手卷形式,也可以有高丈余的长屏条形式;可以把春、夏、秋、冬归之于一壁,也可以形成中国特有的中堂和通景分幅的特殊形式。画面中的"留空"或"留白",是中国画家以主观的空间意识表现空间感的创造性手法。中国画画山不画云,把空白变成无际的云海;画岸不画水,把空白变成广阔的江湖;画鱼不画水,空白就是鱼儿嬉游的水域;画鸟不画天,空白就是鸟儿翱翔的地方。人物画的室外天地、室内素壁都可以利用虚实对比的手法,通过实景和虚景的联想,通过画面和画幅外的联想,创造出主观意识上的空间感觉。

清代画家方士庶在《天慵庵随笔》中说:"山川草木,造化自然,此实境也;画家因心造境,以手运心,此虚境也。虚而为实,在笔墨有无间。"这说明艺术创造境界尽管取之于造化自然,但在笔墨之间表现的千里山河,都是在意识中想象的、美的、生动的艺术新境界和新的理想空间感觉。中国画由于有了独特的空间意识,打破了空间、时间的约束,便有了极大的艺术创造的自由天地。中国画具有极为丰富的艺术表现力。

五　中国画的分类和各画科的要求

中国民族绘画经过数千年的发展，以表现内容而分，逐渐形成了人物、山水、花鸟三科，每科都有自己的特殊要求。

（一）人物画

1. 工笔人物。又叫工笔重彩人物。用墨勾线成形，色彩浓艳厚重，年画常用此法表现。

2. 写意人物。有大写意和半工写之分，以墨色为主，设色为辅，也有墨色并重的。

3. 没骨人物。直接用墨或色塑造人物，不用线描或较少用线。

4. 白描人物。用工笔技法，不设色的人物画。有用写意的方法，用笔疏简，又叫减笔人物。

中国人物画要求"传神"或"写真"。晋代顾恺之提出"以形写神，形神兼备"，一直成为中国人物画创作的要求。

（二）山水画

1. 青绿山水。一般又叫工笔重彩山水，如果在色彩中加用金色，又叫金碧山水。

2. 浅绛山水。又叫半工写山水，写意山水。以墨色为主，色彩为辅，强调水墨效果。

3. 水墨山水。以水墨画成，不用色彩，强调墨分五色。中国山水画要求"写意"。"意"即"意境"，是"畅写山水之神情"的意思，以景写情、寓意于景，以情景交融为上。

（三）花鸟画

1. 双钩花鸟。一般叫工笔花鸟或院体花鸟。以墨线勾形，填以重彩。

2. 写意花鸟，包括没骨花鸟。

3. 白描花鸟。一般与工笔花鸟同，而只勾勒线描不着颜色。花鸟画无论是工笔或写意，在创作时要求"写生"。这"写生"的含义与一般绘画术语——写生的含义不同。这是要求表现花和鸟的生命神韵的意思。在描写花卉时，无论折枝或整株，都要充分表现它的自然形态、生命气息；鸟和其他动物也同样，要求生气盎然，并要通过花鸟的优美形象来抒发作者的思想感情，给人以丰富、充实的美的感受。

中国的人物画和山水画

引 言

  中国绘画的优秀传统是富于现实主义的精神和它的人民性的。这种现实主义的精神和它的人民性，是构成中国绘画发展主要的基础。现在想站在这个基础上，根据遗迹，结合资料，简单而又重点地谈谈中国人物画和山水画发展的痕迹及其辉煌伟大的成就。因为，从中国绘画的主题内容看，大致是：五代以前，以人物为主，元代以后，以山水为主，宋代是人物、山水的并盛时期。从中国绘画表现的形式和技法看：五代以前，以色彩为主，元代以后，以水墨为主，宋代是色彩、水墨的交辉时期。为了说明的便利，先谈人物画，再谈山水画。

  我准备从东晋顾恺之的《女史箴图卷》谈起。顾恺之是中国绘画理论的建设者，同时是一位划时代的杰出的人物画家。《女史箴图卷》虽是摹本，而就现存的古典绘画名作看来，它的内容和形式却比较具体而时代又比较早，是极富于研究价值的。我们从这幅作品中，很大程度上可以看到它和汉画的关系，可以看到中国绘画以线为主的人物画的发展和提高，特别值得提出的是某程度地看到了一千五百年前东晋时代贵族女性生活的面影。六朝时代，由于外来的和以西域地方为中心各民族的影响逐渐深化，内容和形式都有新的展开，特别是表现形式和技法上色彩的重视和晕染方法的采用，从而产生了像张僧繇那样杰出的大家。开元、天宝前后，宗教人物画上四种不同的表现形式先后辉映，形成了唐画的多彩多姿，健康、有力，最富于现实的意义。通过五代的半个世纪，使我们在宋代的画面上出现了民族的本色风光，绚烂夺目的色彩、生动流丽的线条、淋漓苍劲的水墨，辉映于各种画面。不但如此，罗汉和观音，已不再是"胡相梵貌"，而不少是地地道道的中国形象。更重要的，是不少伟大的画家倾心现实风俗、生活的描写，典型的如张择端的《清明上河图卷》，证明了中国画家无限的智慧、惊人的劳动和卓越的才能，因为它不是形象的记录，实在是高度的艺术创造。风俗生活的描写到此境界，我们没有理由不引以自豪。山水画是人物画的同胞弟弟，年事比较轻，大概在宋代他们俩举行了胜利的会师而"分庭抗礼"。这就充分说明了中国人民是如何热爱、歌颂祖国的锦绣河山，同时也充分说明了中国画家们创造性地解决了——至少是基本地解决了——怎样现实地、形象地来体现自然的问题。这不是一个简单的问题，这是有关山水画的命运也即是中国绘画发展的问题，而我们古代优秀的画家们确是天才地并相当完整地把它解决了。后来，由于水墨技法在山水画上飞跃的发展，不但丰富了山水画的精神内容，并为其他兄弟画种的发展提供了有力的武器，使整个中国绘画的面貌从此起了变化。对世界造型艺术的发展来说，这是中国人民伟大的贡献。当然，元代以水墨、山水为主流的发展，我们不能遽认为完全是主观的产物，它是和当时的社会关系具有密切的因缘的。请看文学（特别是诗、跋）、书法在画面上构成为有机的一部分——不可缺少的一部分，不仅仅是使得主题思想更加集中更加丰富，并从而形成了中国绘画的特殊风格。一般说，绘画、文学、书法，是应该有机地结合起来而成为一个艺术整体的。明代以后，变化渐减。特别是明清之际，形式主义的倾向渐趋严重，不少的画家——尤其是山水画家脱离现实、脱离人民生活，盲目地追求古人，把古人所创造的生动活泼的自然形象，看作是一堆符号，搬运玩弄，还自诩为"胸中丘壑"。我们必须承认这是一种恶劣的倾向。但这并不等于说，中国绘画现实主义的优秀传统便因此而绝。实际形式主义这玩意儿，各个时代都是有的，不只是明清的产品，若是脱离生活、脱离现实因袭模拟的勾当，都应该属之。我们不但有丰富的遗产证明，明清两代有过不少的画家不断地和形式主义者进行剧烈的斗争，并取得了一定的胜利；即当半封建半殖民地社会绘画上的形式主义最嚣张的清末——咸丰、同治时代，我们仍可以在南京堂子街太平天国某王府的壁画上，瞻仰到现实主义的伟大杰作——《望楼》。

一　从东晋顾恺之的《女史箴图卷》谈起

传为顾恺之所作的《女史箴图卷》（伦敦大英博物馆藏），是世界名画中杰出的作品之一。1900年在八国联军的暴行中为英人掠去以后，资本主义国家的所谓学者、专家们，尤其是英国和日本，对这幅划时代的中国人物画家的杰作，进行了不少有关的研究。截至最近的五十年代为止，对于《女史箴图卷》不是真迹而是摹本的看法是一致的。比较有力的意见，认为很可能是七世纪初叶即隋末唐初所临摹的。

原来《女史箴》是晋代张华所作的一篇文章。据李善《文选》注："曹嘉之《晋纪》曰：张华惧后族之盛，作女史箴。"顾恺之根据张华原作的主要内容采取了书画相间的横卷形式，一书一画地表现出来（前半已失，现卷自"玄熊攀槛"起）。从文字的主题思想看，目的是叫女性学习历史上的"典型"和生活上的注意一如化妆、说话等各方面都要"规规矩矩"，不可乱来，乱来就要犯法。若从图卷的创作手法——它的精神和方法——看，我以为至少有两点值得注意。

第一，是表现了生活。张华《女史箴》原文所涉及的尽是些有关女性的历史故事和一大堆教条式的格言，而顾恺之《女史箴图卷》所表现的则是结合了当时代的现实生活来创造画面，充分地传达了活生生的气息。今天我们若要考察四世纪贵族女性生活的若干场面，它无疑是值得注意的比较近于真实的资料，这也就足以说明画家高度的富于现实精神的创作手法。全卷有两段最突出最精彩：一是"人咸知修其容而莫知饰其性……"的一段，描写三个正在化妆的贵族女性，右边一女席地而坐，左手执椭圆的镜子右手做理鬓的姿势，镜中现有面影；左边一女袖手对镜而坐，身后一女俯立，左手绾坐女之发，右手执栉而梳，席前还置有镜台和各种化妆用品，一种所谓"宁静肃穆、高闲自在"的气氛，读了之后恍如面对古人。另一是"出其言善，千里应之……"的一段，意思是一切要满口仁义道德，否则，即使同被而睡的人也会怀疑你的。画一张床，右向，周围悬有帐幔（帏），下截有屏风一类的东西，向右有门及和床的高度相等的榻（几），榻的两端各承以五柱之脚。女性坐床上，男性坐榻，两足着地，面向左，作与女谈话状。这是一段私生活的描写，男女的神情，表现得相当生动，特别是那个男性似乎表现了非常满意的样子。这是顾恺之在创作主题要求上积极的一面，充分表现了那位女性是出了"善言"那一刹那的情景。

　　第二，是发展了传统。我曾经这样想过，倘若顾恺之不从现实的生活描写，那么——我主观的推测——面对这个主题只有一条路可走，就是取法汉代画像石的办法，把原作的历史故事主观地来设计来描画。倘如此做了，对中国绘画现实主义传统的发展，损失固无可衡量，但顾恺之也就并不是怎么伟大的一位画家了。由于他进行了现实生活的传达，首先便说明他之所以能够这样做，是实践了他自己所主张的形神兼备的理论，同时也发展了既有的优秀的传统。根据最近关于古画的情况，东晋以前的绘画遗迹是有相当一些的。如长沙附近出土的战国时代的帛画（在北京）和漆奁（在南京），营城子、辽阳等地汉代的壁画，朝鲜出土的彩箧和朝鲜大同江附近汉墓的壁画，加上为数甚多以山东、河南、四川为主的画像石、画像砖等，都是足以证实和启发现实主义传统的绝好资料。我们从这些作品当中，很明显地看到一个事实，即是中国人物画上线的运用始终没有改变，并且不断地有了发展和提高。特别是画像石和画像砖（大多数是属于后汉时代的作品），武梁祠和孝堂山因为经过了雕刻家的加工，还不能遽认为是直接的资料，可是武梁祠，比较起来还是迈进了一步。至于画像砖，就线描的活泼生动来看，又不是武梁祠和孝堂山的画像石所能比拟的。可惜三国和西晋时代现在还没有发现较为典型的作品。这就是说，《女史箴图卷》的表现，在一定程度上体现了人物画优秀传统的继承和发展，没有问题是大大超越了汉画的。

二　应该谈谈六朝时代

　　由于顾恺之能够从现实出发，继承并发展了人物画的优秀传统，我们认为他是尽了而且是出色地尽了一定的历史任务。次一阶段，据我肤浅的见解，应该谈谈六朝时代。

　　从顾恺之到阎立本，大约有三百年。在中国绘画历史上，在顾恺之所发展了的以线为主的优秀传统的基础上，这三百年间中国文化的变化是相当巨大的。东晋之后，经过南北朝的混乱到隋的统一，是封建经济获得恢复并开始发展的时代，同时也是外来文化影响不断加强、不断刺激和逐渐融化的时代。这些影响应是通过中国西部和南部而来的诸种外来影响，特别是佛教及其艺术的影响。首先在雕塑方面：黄河北岸敦煌以东，麦积山、天龙山、龙门、云岗……直到山东的云门山，印度犍陀罗式和笈多式的影响是在不同的洞窟里面不同程度地存在着。但我们今天亟须指出的是它们对于中国绘画的影响，主要是对于人物画的影响。就东晋时代论，在顾恺之当时，他的老师卫协，曾画过佛像，在当时这是新的题材和新的创作，对人物画是有过一定的丰富和启发作用的。后来由于佛教经典的译布，大乘佛教如《维摩诘经》《法华经》《药师经》……诸经典及其有关的艺术形式，在绘画上都有很大的发展和辉煌的成就。更重要的还在于佛教绘画表现形式和表现技法的影响，例如"经变""曼陀罗""尊像""顶相"等，对中国人物画（内容和形式）都引起了很大的变化。特别是佛教雕刻里面流行最普遍的"三尊像"的形式，也对中国肖像画有相当严重的影响。

总的说来，从表现形式看，佛教艺术（主要是绘画）输入中国之后，在以线为构成基础的中国人物画的表现技法上，被提出了两个相当重要的新的问题，一个是色彩的问题，一个是光线（晕染）的问题。

中国人民自始就是非常喜爱色彩的，在文献资料和绘画遗迹中都有充分的证明。如上面提到过的漆奁、漆箧，辽阳和朝鲜汉墓的壁画……都应该说是富丽绚烂。不过在表现形式和技法上有一点值得注意，那就是不管怎样鲜艳、复杂的色彩，在画面上必须接受线的支配和线取得高度的调和，即色彩的位置、分量，一一决定于线（多半是用墨画的）。试就顾恺之《女史箴图卷》研究，它突出的遒劲有力所谓如"春蚕吐丝"般的线和薄而透明的色彩，为了不致使线的负担过重，色彩被处理得很淡而大部分采用胶性水解的颜料。这样，画面便富于恬静柔和的气氛，以《女史箴图卷》为例是更适宜于主题的。这是中国绘画优秀传统基本的特征之———线和色的高度调和。

到了南北朝后期，由于外来和以西域为中心各民族艺术复杂、强烈的色彩刺激，现实的生活影响，逐渐产生了以色彩为主的新的画风。这种画风，非常受人欢迎。同时在重视色彩而外，还不同程度地采用了晕染的方法，企图解决画面上的光线问题。我们试就南齐谢赫的《古画品录》和陈姚最的《续画品》研究，即可显著地了解到这一点。《续画品》原是紧接着《古画品录》而写的，在谢赫尚居"六法"之一的"随类赋彩"，到了姚最时代，色彩（丹青）便一跃而代表了绘画。姚最在《续画品》序言里，劈头就说："夫丹青妙极，未易言尽，虽质沿古意，而文变今情。"这四句话的意思是说：绘画（丹青）是非常精妙的，不容易说得彻底，但现实的情况变了，传统也得变呀。大约齐、梁之际色彩在画面上有了飞速的发展，所以《续画品》所评介的二十位画家，举出了张僧繇、嵇宝钧、聂松、焦宝愿和三位印度的画家，并指陈他们最大的优点在于能够结合现实的要求——包括对色彩的要求——来进行创作。他评张僧繇说："朝衣野服，今古不失"（姚最《续画品》，下同）；评嵇宝钧、聂松说："右二人无的师范，而意兼真俗，赋彩鲜丽，观者悦情"；评焦宝愿说："衣纹树色，时表新异，点黛施朱，轻重不失。"从这些评语，我们不难想象姚最时代较之以前，特别是晋、宋时代的生活，是显然起着不少的变化，所以在绘画上必然地也要求有相应的变化。

　　张僧繇便是这时期的代表人物。因为他在既有的传统基础上，一面结合了现实，一面又从现实发展了色彩。可惜的是他没有可信的作品存留，只有根据后来某些传为模仿他的作品（如《洗象图》）和若干文字资料加以研究。他的重要性是在丰富了中国绘画的色彩和一定程度地使用了晕染方法，使画面美丽富赡，同时又适当地强调了形象的立体感。这种进步的手法，对于传统的以线为主以色为辅，是一种带有革命性质的改变，是面目一新的东西。他主张色彩是不须依赖任何别的东西而可以独立成画，即使取消了线也是未尝不可的。所以他从长期的实践中，创造了一种"没骨"的画法。所谓"没骨"，就是没有轮廓线的意思，完全用色彩画成的。这种画法——把"线"的表现引向"面"的表现，曾大大地影响并丰富了后来山水画特别是花鸟画的发展。

　　我们试将顾恺之的《女史箴图卷》和阎立本的《列帝图卷》并观，可以非常明显地察出它们的不同，它们中间是存在着若干具有桥梁性的画家的。我想张僧繇应该是这若干桥梁性的画家中重要的一位。此外还有曹仲达和尉迟跋质那,他们现实地、有机地把外来的某些好的成分(色彩和晕染方法)吸收、融合起来,从而丰富了中国绘画的优良传统和为传统的发展特别是为唐代的发展创造了更多更好的条件。

今天看来,这个时代外来的影响特别是兄弟民族的影响,对于中国绘画的发展是起了很大的丰富和推进的作用的。同时也产生了不少外来和兄弟民族的伟大画家,如融合中印度笈多雕刻形式创造新画风的曹仲达、隋唐时代善于重着色的大小尉迟(尉迟跋质那和尉迟乙僧)和"驰誉丹青"的阎氏一家。

三 刻画入微的阎立本《列帝图卷》

阎立本是非常佩服张僧繇的,唐裴孝源的《贞观公私画史》就有过"阎师张,青出于蓝"的话,可见张僧繇对他的影响特别深刻。现存的《列帝图卷》,是画的刘弗陵(汉昭帝)、刘秀(汉光武帝)、曹丕(魏文帝)、刘备(蜀主)、孙权(吴主)、司马炎(晋武帝)、陈蒨(陈文帝)、陈顼(陈宣帝)、陈伯宗(陈废帝)、陈叔宝(陈后主)、宇文邕(后周武帝)、杨坚(隋文帝)、杨广(隋炀帝)十三个封建主子的像。除了侍从人物,没有背景。一般说,是采用了自顾恺之以来富于现实精神的传神为主导,以紧劲的线条和适度的晕染方法,将每个封建主子的历史生活和思想活动生动地刻画出来。如画曹丕,刚愎自负,"威严"之中而尚有咄咄逼人的气概;画陈叔宝,这位"风流天子",好像举起右手正准备拭眼泪,活活地刻画出一副曾经荒淫无度到后来莫可奈何的样子,足令观者发笑;更入木三分的是画那位迷恋扬州、死于扬州的杨广,充分刻画了他那好大喜功、劳民伤财应有的下场。

像这样刻画入微的描写,是中国人物画高度的卓越的成就。我们不要忘记这是7世纪(初唐)的作品,较之《女史箴图卷》,因为两者之间经过了三百年的发展,接受了许多新的营养的缘故,无疑是提高了一大步的。特别是《列帝图卷》的构图和它的表现手法。若从主题看,《女史箴图卷》是描写了历史上关于女性的故事和生活,《列帝图卷》是刻画了每一个不同人物的心理状态从而体现了不同的生活历史,形式的构成和处理的手法是应该有分别的。《列帝图卷》所描写的十三人中,多数是立像,余为坐像,各有侍卫(男的或女的)自一人至数人不等,但以两人的为最多。侍卫的形象,略微小些,这决不能意味这是远近的关系,而是作者意图突出的强调主题人物的一种手法。这种"一主二从、主像大、从者小"的构成形式,我以为很可能是受了佛教雕刻"三尊像"的影响。例如最流行的"释迦三尊像",释迦居中(主位),文殊、普贤也一般是被处理得较小些的。

此外,《列帝图卷》比较突出的一点是画面上采用了一定程度的晕染方法,比较富于光的感觉,这是《女史箴图卷》所没有的。像陈顼(陈宣帝)一像(12世纪起就有人认为这像是阎立本的真迹),整段的气氛格外融和,衣服道具(扇、舆等等),则适度地施以晕染,这也充分说明了表现技法的发展的痕迹和提高的程度。

四　多彩多姿的唐代人物画

阎立本《列帝图卷》的成就,在只有卷轴物可凭的今天,我们不妨看作是顾恺之以后中国绘画现实主义传统进展中的一个重要收获,这个收获对于东晋以后的发展看来,是相当的具有总结性质的。我们知道,唐代(公元618—907年)是当时世界上文化最发达的帝国,它继续扩展了自隋代已开始发展的社会经济,农业、手工业、商业和对外贸易不断有显著的提高,增加了许多商业都市和新兴的富商大户。加上对外交通频繁,外国商人也大量到中国来做买卖,于是都市生活的一面就恣意享受、贪图逸乐,极尽豪华之能事。这样,也就必然地刺激着文学艺术的变化。特别是所谓开元、天宝时代,已经达到了饱和状态。从造型艺术之一的绘画看,这个时代却是有如满月的成熟时代。

不妨先站在初唐前后来检查一下。在人物画(宗教画占着重要位置)方面,准备过渡到新社会的是些什么呢?恐怕会出人意料的,它不是一成不变纯粹以线为绝对主位的旧的形式，而是能够吸取外来影响（主要是色彩）丰富和发展了的新的形式，因为时代变了，社会的关系变了，人民的生活变了，客观的要求也随着变了。所以只有新的富有创造性而又能反映现实的绘画形式，被欢迎、被发展起来。作为既有的——即是继承前期的，首先是梁的张僧繇重视色彩和晕染方法的形式，其次是北齐的曹仲达有关佛教绘画的形式，前者大致影响着一般性质的绘画，后者由于诸种宗教并存的唐代，曹仲达采取了印度笈多式雕刻的表现手法而移之于佛教的绘画。在当时，前者称为"张家样"，以色彩为画面的主要构成，它的极致，能够发展到可以不利用线而只要色彩；后者称为"曹家样"，主要特征是在人物的衣服，质软而薄，紧紧地、稠叠地贴着丰腴的肉体和没有穿什么的差不多。这原是印度笈多式佛像雕刻的特点，而把它移之于绘画的。所谓"曹衣出水"，就是指的这种新的绘画形式（关于"曹衣出水"，历来颇有异说，我认为应该是北齐的曹仲达而不应该是三国时代的曹弗兴）。

"张家样"和"曹家样"在初唐看来虽是比较新的，但还不足以满足日新又新的时代的需要。由于社会的变化和要求，伟大的画家们面向现实又创造地发展了两种画风，一种称为"吴家样"，是吴道子从线的传统发展而来的"吴装"画法；一种称为"周家样"，是周昉为了服务都市豪华生活而发展的"绮罗人物"和肖像画。

这四家——张家、曹家、吴家、周家的样式，色的、线的、宗教的和贵族的全备，于是组织成唐代人物画的多彩多姿，成为传统上健康有力而又富于现实精神的光辉阶段。

吴道子是一位卓越的画家，在中国绘画史上是被称为无所不能无所不精的"画圣"的。他所处的时代正当唐帝国的灿烂时期，客观上这新的时代也就为他的发展准备了许多有利的条件。可是遗憾的是没有遗留可信的作品。现藏日本传为他的几幅作品，如：《天王送子图卷》（东京山本悌二郎藏），就艺术——特别是线的感觉论，是有优点的，但值得研究的地方很多；《释迦》《文殊》《普贤》三幅（京都东福寺藏）和两幅山水（京都高桐院藏），问题就更多了。这并非说他没有可信之作就贬低他在中国绘画史上的重要性，这是另一回事情。因为就中国绘画的创作、鉴赏和使用的形式说，整个唐代，基本上是属于壁画的时代，卷轴物还不是一般的普遍的形式。他一生在长安和洛阳画了三百多间（幅）壁画、卷轴作品，传到唐末张彦远撰述《历代名画记》的时候，却只记录了《明皇受篆图》和《十指钟馗》两幅。

他给中国绘画，特别唐以后的中国绘画以无比影响的是对于线的发展和提高。他认为应该根据不同的主题要求把画面上的线提高到头等重要的位置，色彩应该服从线，甚至不加色彩而只用墨线也可以独立成画——"白画"。我们知道，汉晋六朝以来线的传统，一般说虽是画面构成的基本，但线的本身——如它的速度、压力——却还没有考虑应该怎样来予以充实和予以变化，例如顾恺之和阎立本。吴道子则不如此，他特别重视线的变化和力量，天才地把线发展成为一种富有生命、独立而自由的表现。他认为绘画的创作，线的速度、压力和节奏的有机进行是传达内容、情感的主要关键。相传他每次作画，往往把酒喝得醺醺然；又曾向当代大书家张旭学写草字，更喜欢欣赏裴将军的剑舞，目的都是为了帮助作画时使线能够活泼生动、变化多方。这样，线的内容丰富了，线的效果也大大地提高了。资料中称他画中人物的衣饰有迎风飘举的感觉，我以为原因便在于线的变化，也便是所谓"吴带当风"的真正意义。他曾说过："于焦墨痕中略施薄彩，自然超出缣素。"这种保证墨线成为主要表现技法的形式，当时称之为"吴装"，即是"吴家样"。它和张僧繇以色彩为主的"张家样"，从发展看，本质上是并立的也是矛盾的。张僧繇是色彩的发展者，他是线的发展者；"没骨"的画法代表了色彩，"白画"（白描）的画法代表了墨线。

周昉是学习杰出的人物画家张萱的。张萱在盛唐已负盛名，精于"鞍马贵公子"，是一位善于描写现实人物的画家。所谓"鞍马贵公子"一类的主题，实质是盛唐前后随着政治、经济的迅速发展而产生的新的题材和新的表现形式，和"绮罗人物"实际是一致的，都是为封建贵族、大地主和大商人服务的。宋赵佶（徽宗）摹过他的《虢国夫人游春图》（沈阳东北博物馆藏）和《捣练图卷》（美国波士顿博物馆藏）。两画都是描绘唐代贵族女性——前者是封建贵族的有闲生活，后者是劳动生活的典型作品，也是中国人物画现实主义的优秀作品。看那生气充沛健硕丰满的女性们，前者是悠然地、得意地游玩着，后者是紧张地、集体地工作着；但"遍身罗绮者，不是养蚕人"，豪华的气氛,不啻是时代的写照。

张彦远评周昉:"初效张萱画,后则小异,颇极风姿。"(《历代名画记》)所以"周家样"是张萱的延长和发展,我们只要看传为他的名作《听琴图卷》和《簪花仕女图卷》(沈阳东北博物馆藏),很容易理解他们的关系。但是在肖像画,周昉是当时最称拿手的。有一个小故事:郭子仪的女婿赵纵,曾先后请过韩幹(当时大画家,以画马著名)和周昉画像。一天,郭的女儿回家了,郭子仪就把韩幹和周昉的两幅画像分别前后陈列起来,问女儿:"这是谁?"女对曰:"赵郎也。"又问:"哪一幅最像呢?"答:"两画皆似,后画尤佳。"又问:"什么道理呢?"答:"前画者空得赵郎状貌,后画者兼移其神气,得赵郎情性笑言之姿。"(均见宋郭若虚《图画见闻志》)这几句问答,我想是值得玩味的。因为从郭子仪的女儿的答话里,可以体会中国绘画现实主义的高度表现,在"得赵郎情性笑言之姿",同时也就可以了解周昉的作风何以能在当代起一定的影响,受到广泛的欢迎。唐朱景玄在《唐朝名画录》中把他的地位列到仅次于吴道子,我以为是比较正确的。学他的人很多,如王朏、赵博宣兄弟、程修己等,主要是在肖像画,因为唐代的肖像画是特别发达的。还有一位"得长史(即周昉)规矩"(段成式《酉阳杂俎》)的李真,在中国的有关资料极少,除段成式在《酉阳杂俎》提过一下,还没有看到别的资料。但他在805年(永贞元年)应日本弘法大师的请求,和十几位画家画过《真言五祖像》五图,"五祖"都是肖像,图各三幅。弘法大师在806年携赴日本,现藏日本京都东福寺。其中《不空金刚像》一幅,可以称得上是唐代肖像画的代表作品,对于我们理解唐代绘画具有非常的价值,特别是"不空金刚"的神气——就如上面所说的情性笑言吧——一千多年以前的创作还是栩栩如生(尽管影本与原作有出入)。唐代郑符曾有过"李真周昉优劣难"的联句诗(清陈邦彦等纂《历代题画诗类》卷一百十九),我们可以从"不空金刚"来体会周昉,从而体会整个唐代的人物画,特别是肖像画。

五　民族本色的宋代人物画

　　五代（公元907—960年）的半个世纪，从多彩多姿的唐代和成熟的宋代看来是一个重要的过渡时期。大约有三个主要的"渡口"：一是开封，二是成都，三是南京。由于中唐以后发展的许多中心地区的文化，开封、洛阳、长安不必说了，就是南京、扬州、福州、广州，也有较高的发展。因此五代的文化活动就有了广大的群众基础。作为造型艺术的绘画，也就有了相应的发展。例如：各种画体的分工，也更加明确起来了。大体说，开封是山水画的中心，成都是花鸟画的中心，而南京是人物画的中心。同时，成都和南京还开始了"画院"的设置，御用的专业画家也逐渐加多了。

　　人物画家在五代的表现是比较精彩的，原因是山水、花鸟还比较年轻，还正在借鉴人物画现实主义的优秀传统创造经验。而人物画家即以南唐而论，周文矩、高太冲、王齐翰、顾闳中诸家的造诣，无论从什么角度看，较之山水、花鸟确是高一等的。作为周文矩的《琉璃堂人物图卷》和传为顾闳中的《韩熙载夜宴图卷》（北京故宫博物院绘画馆藏），都是祖国的瑰宝，杰出的名迹。尤以《韩熙载夜宴图卷》，绘影绘声，发挥了中国人物画高度的技巧。

　　宋代（公元960—1279年），特别是北宋中期（仁宗）以后，言心言性——理学的影响渐次代替了佛教，于是便有力地促成了绘画艺术的迅速转变和发展。就丰富的宋画遗迹来看，它不同于唐画，唐画是宾主分明的；也不同于五代，五代是纵横激荡的。它唯一的特色是净化了诸种外来的影响，出现了民族的本色风光，所以我认为宋代是中国古典绘画的成熟时代。画体方面，山水、花鸟由于正确地掌握并体现了现实主义的优秀传统，已经可以和人物画"分庭抗礼"，齐头并进，这是唐代所没有的。画法方面，在既有的优秀传统基础上创造性地发展了不少的东西，主要的是写生和水墨的重视。至于题材方面，范围也扩大了。单就人物画说，虽然道释人物的题材，为了适应客观的需要，还有相当数量的制作，但已一切中国化、真实化、生活化，创造了许多人民所喜爱的新的形象，例如有二十岁上下年纪的青年"罗汉",也有少妇式的"观音"。此外由于禅宗而盛行的祖师像(即肖像画),宋代也有很不平凡的成就,典型的如张思恭的《不空三藏像》(日本京都高山寺藏)。

值得重视的是宋代画院和宫廷收藏的影响。非常显然,画院培养了不少杰出的专业画家,基本上继承并发展了以写实为基础的现实主义的作风,从而提高了画家们的业务水平。老实说,今天丰富的宋画遗产,仍然是以画院画家的作品为主的。同时,我们也知道封建帝王的搜刮是不会放弃艺术品的,自宋代封建王朝的成立开始,不但各地的画家们大部分集中服务于王朝,就是散藏各地的封建贵族、大商人、大地主手里的书画名迹,到了赵佶(徽宗)时代也做到了空前的集中,据《宣和画谱》的著录,就有六千余件之多。虽然这些遗产可能真伪杂糅,却曾在画院的画家们中起过一定的启发作用。

宋代人物画的另一特征,是多数杰出的画家重视现实社会风俗、生活的描写。如苏汉臣以描写婴孩的游戏生活和货郎担(卖小孩玩具的担子)得名,他这种热爱儿童、关心儿童生活的感情,使他画出来的小孩子,个个天真无邪活泼可爱。他画了不少的《货郎图》,货郎担上的东西无所不有,都很真实地画出来。我想,这种题材在当时是一种新的题材,从作者的思想感情而来的一种新的尝试(以后的李嵩和元代的王振鹏、明代的吕文英都画过《货郎图》。根据王振鹏的《乾坤一担图》看,真是富于现实精神的杰作)。特别重要的是南宋名画家如李嵩、龚开等都画过街谈巷语、人民最乐道的水浒英雄。

在创作、鉴赏和使用形式方面,宋代也有显著的变化。壁画的形式,基本上已经不是一般的创作和鉴赏的主要形式。主要的形式是称为卷轴的,或悬挂或展现,从使用的情况看来,较之唐代也大大提高了。南宋前后,纨扇(大约宽广在一尺之内)与长卷又特别盛行,尤其是后者,使现实主义的创作和鉴赏得到了更有利的条件,即是说可以更好地为表现现实生活而服务。最为典型的长卷,在这里我想谈一下张择端的《清明上河图卷》(北京故宫博物院绘画馆藏)。

《清明上河图卷》是描写北宋首都汴京(河南开封)的清明日(俗为上冢的节日)那天的热闹景象——由城外到城内的一段繁华辐辏的场面。张择端发挥了高度的现实手法和无比的艺术才能,完成了这一幅震惊世界的作品。原来南宋时代，《清明上河图卷》是非常受人欢迎的，杂货店里都有卖，"每卷一金"（明·李日华《六研斋笔记》），所以摹本极多，宋代以后直到清初，也不断有人临摹、拟写。据张择端原作上金大定二十六年（公元1186年）张著的跋语，张择端还有《西湖争标图》，极可能是一幅描写临安（杭州）风俗的创作，可惜此图不传。

　　《清明上河图卷》的历史价值自不必论，在艺术上也是一件卓越的杰作。倘若有人怀疑中国绘画现实主义的优秀传统的话，那么，我想请他亲自鉴赏一番——除了诉诸目睹，是不会有其他办法的。请他只看大桥左边运河河面的一群船只。随便看过去，一共七只船，有五只先后停靠在河的南岸（图的下方），其中一只有几个人从跳板上下，有两只正在行驶。我想光是这七只船，我们就应该向这位伟大的现实主义的画家张择端致以崇高的敬意！五只靠岸的显然客货已经上了岸，客人参加各种活动去了，船身的分量很轻，好似浮摆在水面上；最精彩的也是最使人佩服的是正在行驶的两只，一望而知为装载很重，前船是几个人在拉纤，后船有几个人在摇橹，特别是正驶在运河的转弯处，一前、一稍后，都在走动着——永远不停地走动着。有水上交通的频繁，也有陆上交通的热闹，真是现实地体现了北宋盛时的首都面貌。据常识想，这样现实地、生动地把复杂万千的生活描写在一幅二十五点五厘米乘五百二十五厘米的面积上，不但所谓科学的焦点透视的构图方法办不了，就是20世纪的今天用航空照相也办不到的。

　　长卷形式的特别盛行，说明了宋代绘画的使用和鉴赏的发展。它是使用和鉴赏上一种特殊的"动"的形式，和壁画、挂物等"静"的形式具有本质的不同。这是中国伟大的画家们天才地创造了和使用、鉴赏实际相结合的移动的远近方法（曾有人称之为"散点透视"）。这种方法提高和扩大了现实主义表现的无限机能，使之能够高度地服务于场面较大、内容较复杂的主题。这样就大大超越了过去的图说式（大致如《女史箴图卷》）或段落式（大致如《列帝图卷》）仅具长卷形式的原始办法，从而有可能不受空间（甚至时间）的限制，全面地同时集中地突出主题，为主题服务，使内容和形式生动地成为一个有机的艺术整体。

宋代人物画的表现形式和技法的发展是多方面的。假使以画院为中心，那么围绕这个中心的，比较突出的是线和色彩的净化。于是产生了李公麟的白描（淡彩）人物和梁楷的减笔人物；这两家风格上似和院体不同，但归根结底，却都是出发于现实主义的优秀传统，是殊途而同归的。

李公麟是画史上最有成就也最有影响的一位画家，不少的人说他是宋代第一位人物画家。他继承了特别是顾恺之、吴道子等优秀的线的传统，综合地、出色地开拓了新的画面，发挥着高度的艺术才能，在人物的精神刻画上，表现了又流丽又谨严而又具有强力的线条之美。他传世的名作《五马图卷》，有人物也有动物，确是自现实生活中体验得来，既有节奏，又富含蓄，读之真令人如啖美果，如聆佳奏。他画面上线的力量之发挥，谨严佳妙，可谓进入了最高境地。我们在这种画面之前，的的确确感觉到色彩的浓淡、有无，实在不关重轻的了。

《五马图卷》是写生的杰作，同时也是中国绘画优秀传统具体的表现之一，这是肯定的。画面上的每一个人和每一匹马，不只是形似地完成了人和马的外貌，而是通过高度的洗练手法——概括和集中建立起来的真实、生动而又美的形象，这形象既真且美而又永远是生动的。我想，只有既真且美而又生动的作品才是现实主义的作品。卷上有黄山谷的笺题和跋语，又有曾纡的长跋，他们都是同时期的人。说他画到五马之一的"满川花"（马名）的时候，刚刚完成而马死了。所以山谷说："盖神骏精魄，皆为伯时（李公麟字）笔端取之而去。"他还为黄山谷画过《李广夺胡儿马，挟儿南驰》的一幅画，他画的是李广取胡儿的弓箭，拟着追骑，箭锋和所指的人马作了密切的呼应。这画山谷大为叹赏。他却笑着说：不相干的人来画，当然画"中箭追骑矣"。我想他的人物画所以成为宋代的支配力量并给后世以严重的影响，不是没有道理的。

至于减笔人物，严格地说，也是白描（淡彩）人物某种形式的发展。它的根源或深或浅地可能受着禅宗和理学的影响，是倾向于主观描写的。从表现形式和技法上说，特征在于线的变化和线与水墨的变化，较之白描又是进一步地概括和进一步地集中，在创作的过程中，实在是最不容易掌握的一种形式。因为必须从不断的实践中逐渐地把许多不必要的甚至次要的笔墨予以无情地舍弃，只企图掌握住主要的必不可少的东西而要求现实地、生动地体现物象的精神状态。宋代人物画家之中，如梁楷、石恪……都是独树一帜的。梁楷原是画院中人，号称"梁风子"。他的杰作有《李太白像》《六祖斫竹图》《六祖破经卷图》，是大家所熟知的，特别精彩的是《李太白像》。李太白是唐代一位有名的诗人，他的诗篇，为后世所传诵。梁楷这幅杰作，以狂风暴雨电光石火般的线（笔法）草草几笔（全部衣服，大约只有四笔），却画出了面带微醺仿佛与自然同化的天才诗人的思想气质。

六　中国画家是怎样体现自然的

绘画的问题，从表现的形式和技法看，老实说，不过是一个如何认识空间和体现空间的问题。在山水画上，就是怎样体现自然的问题。

前面所谈的是中国绘画现实主义传统在人物画方面的成就。由于人物画——像曾经提及的那些杰作——一般的很少使用背景，道具也比较简单，从而所构成的空间的问题不会怎样大，所产生的问题也并不怎样严重。山水画则不然，我以为中国山水画的发生所以较人物画为迟，主要是这个空间的问题没有得到适当的解决。远的不谈，典型的例子可举《女史箴图卷》"道罔隆而不杀，物无盛而不衰……"的那一段，中作大山，冈峦重复，山上有各种鸟兽，山的左边，一人跪右膝，举弓做射翠鸟的样子……从表现的技术说，这是全卷最失败的一段。人物和山、鸟兽和人和山的比例，几乎不能成立，无论如何，是富于原始性的。由此可见，4世纪当时，在人物画特别是产生了像顾恺之那样划时代的大家，对人物的描写有高度的成就，而对自然的描写却显得非常不够。

"江山如此多娇，引无数英雄竞折腰。"（毛主席《沁园春·雪》）中国人民是热爱自然歌颂自然的。伟大祖国的一山一水、一草一木都永远是中国人民所热爱、歌颂的对象。《诗经·小雅·采薇》"昔我往矣，杨柳依依；今我来思，雨雪霏霏"，固然是情景并茂的描写，而伟大的诗人屈原的作品则进一步地把自然结合了人民的思想感情，更丰富了自然内部的精神内容。如《橘颂》《九歌》都是千古常新的作品。如《橘颂》的"后皇嘉树，橘徕服兮……淑离不淫，梗其有理兮"和《九歌·湘夫人》的"袅袅兮秋风，洞庭波兮木叶下"诸名句，两千几百年来，还一直为中国人民所喜爱所讽诵。因此，伟大祖国的自然对于人民的精神生活，关系是密切的，影响是巨大的。只要看中国人民，特别是劳动人民的心胸开阔、气度豪迈，便不难得知此中的关涉。

绘画是造型艺术之一，某些程度和文学具有密切的因缘，但从表现的形式看来，它们是有着基本的不同之点的。中国人民怀着无比的热爱来观照祖国的自然，而中国的画家们也是怀着同样的热爱来体现祖国的自然。尽管顾恺之时代还是人物画的时代，然有足够的资料充分地证明顾恺之时代是已经企图用绘画的形式独立地来描写祖国伟大的自然之美的。他的《画云台山记》是一篇最完美的山水画的设计书，今天倘若据以形象化，便可能是一幅动人的山水画。这篇文字里面，告诉我们有关怎样体现自然的若干极其重要的情况。这些情况，20世纪的我们看起来是会惊异不迭的，非常值得珍视。例如："凡天及水色，尽用空青，竟素上下以映……"天空和水面应该全用青（蓝）的色彩涂满它。这点，真是我们不能想象的，中国的山水画，竟也画天空和水面的么？但宋代山水画的遗迹中却还有保持这种作风的。又如"下为涧，物景（影）皆倒作"，应该画出水中的倒影来。这些——尽管不全面，却是从现实的观照中得来——说明了杰出的画家们是如何醉心于自然的观察和体会，同时也说明了中国的山水画，从来就是从真山真水出发，极富于现实的色彩。

由于中国人民对体现自然的迫切要求和画家们的积极而富于创造性的努力，以后渐渐地在理论和实践上初步地解决了若干具体的问题，即若干有关空间的认识和空间的体现问题。六朝刘宋（420—479）时代，有宗炳和王微两位画家，他们各有论山水画的文章一篇（宗炳的《画山水序》和王微的《叙画》，均见《历代名画记》卷六），都是创作完成了之后，总结经验谈谈体会的意思。

他们酷爱祖国的山水，华岳千寻，长江万里，如何能用绘画的形式去描写它们呢？宗炳具体地说明了在绘画的造型上是可以而且必须以小喻大的（即以大观小），因为"迫目以寸，则其形莫睹，迥以数里，则可围于寸眸"；这是"去之稍阔，则其见弥小"的缘故（宗炳《画山水序》）。王微则殊途同归地从线的传统出发，认为画家的"一管之笔"是万能的，可以"拟太虚之体"，可以"画寸眸之明"（王微《叙画》）。他们明确地对山水画提出的要求是"畅写山水之神情"——即要求体现自然内在的精神运动和雄壮美丽而又微妙的含蓄，认为这才是山水画主要的基本的任务，而不是"案城域，辨方州，标镇阜，划浸流"似地画地图。由此可见，中国山水画的发展自始就是妙悟自然富于现实精神的艺术创造，而不是单纯地诉于视觉的客观的描写。必须如此，才可能"咫尺之内，便觉万里为遥"（《南史·萧贲传》），和中国人民伟大的胸襟相应和。

"人间犹有展生笔，事物苍茫烟景寒。"（宋·黄山谷题展子虔烟景，《珊瑚网》下，卷一）我们万分幸运，新中国成立后由于党和政府重视民族遗产，看到了传为6世纪隋代展子虔《游春图》春意盎然的绚丽画面和精细描写。这一流传有绪的名迹，虽还不是没有可供研究之处，但它的出现，就算摹本吧，也解决了不少山水画上的重要问题。特别是关于中国山水画青绿重色的系统渊源，我们不再会相信明末董其昌辈所说的那样，什么"北宗""南宗"地抬出唐代李思训来做王维的陪客而平分秋色，各"祖"一"宗"。我们可以通过《游春图》正确地来理解青绿重色的山水画是发展于重视色彩的六朝时代，和人物画的关系是特别密切的。展子虔原是一位精于画建筑物的画家，空间的掌握已高人一等。所以《游春图》的表现，在宽阔、浩渺的两岸，远近的关系处理得相当完善，从彼岸来的游艇，比例也相当合理，看去十分自然。这就足以证明中国的山水画发展到了隋代，对于怎样体现自然的问题，肯定地说，是获得初步的解决了。

8世纪中叶，即以开元、天宝时代为中心的唐代，在中国的造型艺术史上是可以看作分水岭的。山水画在这个时代的飞跃发展，可以完全理解为必然的发展。当然，应该注意到唐代绘画的主流还是人物画，好像十五夜的月亮那么饱满的也还是人物画。可是山水画，由于它是新兴的画体，生气勃勃，创作者和鉴赏者（壁画已有山水的题材）都在高速度地走向祖国的自然。

盛唐时代李思训、吴道子先后图画嘉陵三百余里山水于"大同殿"壁，是一幕精彩的表演，也是一个富于启发性的故事。四川省嘉陵江的风景，雄壮美丽，变幻多姿，是极其动人的。难怪李隆基（玄宗）满意地说："李思训数月之功，吴道子一日之迹，皆极其妙。"（朱景玄《唐朝名画录》，《佩文斋书画谱》卷四十六引）这话怎样解释呢？我以为是容易理解的。吴道子是中国绘画线的发展者，像他表现在人物画中那样；而李思训（和他的一家人）则以"丹青"擅长，以色彩为主要的表现，所谓"金碧辉映，自成家法"，实际是展子虔式青绿重色山水的发展。一个崇尚笔意，一个崇尚色彩，一个疏略，一个精工，自然而然地会产生"一日之迹"和"数月之功"的不同结果。这就是张彦远所说的"若知画有疏密二体，方可议乎画"（张彦远《历代名画记》卷二《论顾陆张吴用笔》）。虽然这不一定是指山水画而说的。

原来线和色彩本是人物画传统中两种不同的路线，反映在山水画方面也就形成了不同的发展，像吴道子的对于线和李思训的对于色彩。但被后世视为较典型的同时给后世山水画以巨大影响的则不能不推诗人兼画家的王维（在这里我必须再三地声明几句：中国山水画是没有所谓"南北宗"的，王维也绝不是什么"南宗"画祖。这是明清之际，一班地主、士大夫阶级的"文人"画家模仿禅宗的形式而凭空杜撰的。他们的目的在攻击从真山真水出发即以自然为师的山水画家和山水画，莫是龙、陈继儒和董其昌诸人是"始作俑者"。但我们应该承认王维对山水画的发展特别是和文学相结合这一点上有特殊的积极的影响）。他的创作，加强了绘画和文学的联系，从而更扩大和丰富了山水画的精神内容，虽然在现在他和李思训、吴道子一样没有可信的作品遗留。苏轼（东坡）曾说过："味摩诘（王维字）之诗，诗中有画；观摩诘之画，画中有诗。"他这样有机地把文学和艺术结合起来，在中国绘画史特别是中国山水画史上，实在是一件大事情。对李思训、吴道子说来，又大大地迈进了一步。

经过残唐而进入五代，山水画得到比较满意的收获。杰出的山水画家荆浩，曾经写生过太行山的松树"凡几万本"，才认为"方如其真"。在他有名的《笔法记》中，一再地把"真"和"似"明确地区别着解释着，他认为"真"是形象真实同时又有气韵，应该"气质俱盛"的，而"似"则仅仅是"得其形，遗其气"的形似。他要求山水画不只是映于眼帘的山水外形的描写，而是通过正确、生动的形象来传达山水的精神内容。他批判了"执华为实"空存形象的作品，也批判了"花木不时，屋小人大，或树高于山，桥不登岸"远近关系处理错误违反真实的作品。他对于山水画，一方面要求不断地写实，一方面更要求"图真"，像他画松树那样，通过长期不断地写实，才能"贵似得真"的。他主张"画有六要"（即山水画的创作，有六个必要的条件）——气、韵、思、景、笔、墨，而归之于"图真"。我们初次看到了"思"和"景"是山水画的必要条件。同时也看到了"墨"成为"六要"之一。"六要"较之"六法"，也像山水画较之人物画一样是发展的、进步的。因此，五代的几位山水画家，如荆浩、关仝、董源、巨然，从传为他们的许多作品看来，我们应该承认他们对于自然的体现，在隋唐的基础上又积累了许多宝贵的经验和掌握了若干实际可行的表现方法，大体说，是比较成熟的。

从相当丰富的五代山水画遗迹（大部分虽是传为某家的）研究，"三远"——高远、深远、平远——的方法，毫无疑义是中国山水画卓越的天才的创造。这样来处理画面上的空间——远近的关系，实在是体现自然唯一合理而正确的道路，也是现实主义传统的表现形式和技法道路。人在大自然中，除了平视，不外是仰观和俯察，"三远"的方法，恰恰就很完整地具有这些内容。宋代有一位山水画家郭熙，曾经明确地解释过"三远"，他说："山有三远：自山下而仰山巅，谓之高远；自山前而窥山后，谓之深远；自近山而望远山，谓之平远。"（郭熙《林泉高致》，《佩文斋书画谱》卷十三引）"三远"的方法不仅仅是单纯地解决了空间关系的基本问题，重要的还在于以此为基础发展并解决了许多使用和鉴赏形式的问题，亦即如何更好地表现主题的问题。我们了解，直幅和横幅，一般的横幅（所谓横披）和长卷，它们的处理方法是不同的。特别是长卷的形式，彻底地说，它的空间关系，是以"三远"为基础同时又是"三远"综合的发展。像前面所谈到的《清明上河图卷》，作为山水画看，也是可以的。若机械地使用"三远"的远近方法，绝不济事，必须灵活地融合创作、鉴赏的实际为一体，一切为主题服务，才能够把大千世界变为现实主义的艺术品。

郭熙曾经具体而严肃地号召山水画家一切向"真山水"学习，要画家们走到自然中去，这是中国山水画发展的基础。他认为只有不断地从真山水观察、体会之中，然后"山水之意度见矣"。所谓"意度"，当然不是指的"以形写形、以色貌色"的客观描写，而是指作者的思想感情和自然的融合乃至季节、朝暮、晴雨、晦明……诸种关系的总的体现。同时，这总的体现又必须是内容和形式高度的一致。他说"远望之以取其势，近看之以取其质"，因为山水是"每远每异""每看每异"的，"山近看如此，远数里看又如此，远十数里看又如此……所谓山形步步移也。山正面如此，侧面又如此，背面又如此……所谓山形面面看也"。他要求山水画须具有"景外之意"和"意外之妙"（以上均见《林泉高致》），即山水画必须赋自然以丰富的内容同时又必须赋自然以真实、生动的形象。

因为山水画在宋代有了很大的发展，它的成就是空前的。自此以后一直到清代，它的发展道路基本上是循着现实主义的优秀传统前进的。虽然元代开始了以水墨为主流的局面，清代形式主义的倾向也以山水最为严重，可是，也有不少杰出的山水画家坚持并继承了向真山水学习的优良传统，反对陈陈相因地临摹古人。

七　水墨、山水的发展

自董源把"淡墨轻岚"的作风带到了宋代，以李成、郭熙、范宽、米芾、李唐、牧溪、莹玉涧、李嵩、马远、夏圭……诸家为代表的山水画，既继承并净化了色彩绚烂的优良传统，也发展和提高了水墨渲淡的表现，不少优秀的遗迹，还充分地证明了色彩和水墨的高度结合。一般说，墨在山水画上就慢慢显得重要并逐渐地发展起来，使得中国绘画的面貌开始起了新的变化。李成的"惜墨如金"，就充分说明了他对墨的理解和对墨的重视。同时，这"惜墨如金"的过程，也就是画家高度洗练——概括和集中的过程。韩拙也说过"山水悉从笔墨而成"，这话等于说山水画是由线条和水墨构成的。可见宋代特别是南宋时代的山水画，水墨的基础是相当稳固的。杰出的马远和夏圭，就水墨美的发挥来说，他们卓越地做到了淋漓苍劲、墨气袭人的地步。

水墨山水画是萌芽于多彩多姿的唐代而成熟于褪尽外来影响的宋代，特别是南宋时代，是一种什么力量影响着支持着它们呢？换句话说，它们又反映了些什么呢？据我肤浅的看法，宗教思想的影响主要是禅宗的影响，增加了造型艺术创作、鉴赏上的主观的倾向，而理学的"言心言性"在某些要求上又和禅宗一致，着重自我省察的功夫，于是更有力地推动了这一倾向，如宋瓷的清明澄澈，不重彩饰。这是比较基本的一面。另一面，还在于中国绘画传统形式和技法的本身存在着相当严重的矛盾。基本上是由线组成的中国绘画，色彩是受到一定的约束的，色彩若无限制地发展，无疑是线所不能容忍的，像梁代张僧繇所创造的"没骨"形式，虽然有它一定的进步意义，而结果只有消灭线的存在。张彦远说："具其彩色，则失其笔法。"（《论画六法》，《历代名画记》）又说"运墨而五色具"（《论画体工用拓写》）。因为色彩的发展变成为对线的压迫，所以唐代吴道子便提出了一套办法向彩色作猛烈的斗争。他处在张僧繇、展子虔、李思训诸家青绿重色的传统氛围之中，高举着"焦墨薄彩"的旗帜，立刻获得广大群众的支持，称誉他是"古今独步，前不见顾、陆，后无来者"（张彦远《论顾陆张吴用笔》，《历代名画记》卷二）的"画圣"。这一场斗争，肯定了吴道子的胜利，同时也肯定了线和墨的胜利。中国绘画为什么不走西洋绘画那样单纯依靠"光线""色彩"来造型的路线，而坚决地保持着以线为主，理由就在这里。

唐末五代，当线和色彩的矛盾尚未很好地得到统一的时候，墨又以新的姿态随着山水画飞跃的发展加入了它们的斗争，于是色彩的发展就不仅仅是威胁着线，同时也妨碍了墨。加以工具、材料，宋代有了很大的改进和提高，特别是纸的广泛使用，纸碰上了墨，它的内容就越是丰富了。换句话说，水墨性能的高度发挥，有了客观的基础。通过米芾米友仁父子、牧溪、莹玉涧、马远、夏圭为首的诸大家们创造性的努力，在作者和鉴赏者的思想意识中，在广大的读者中，几乎是墨即是色，色即是墨。所以水墨、山水便有足够的条件顺利地经过"不平凡"的元代而成为中国绘画传统的主流。

因此，我认为水墨、山水的发展，是辩证的发展。

元代（1271—1368）是整个社会生产陷入衰微的时代。在这样的时代里，作为意识形态之一的造型艺术的绘画（它的内容和形式），向何处走呢？从时代看，赵孟頫（子昂）是一位过渡性的人物，他是封建贵族，竭力鼓吹复古，认为绘画应该以唐、宋为师。董其昌曾恭维他的《鹊华秋色图卷》"有唐人之致而去其纤，有北宋之雄而去其犷"，可是绝大多数的画家不是开倒车的保守主义者，连他的外孙王蒙也不感兴趣。他们认为绘画应该抒发自己的感情和意志，所以形式则采取水墨淡彩，内容则最亲切的是山水。后世称为"元代四大家"的黄公望、王蒙、倪瓒、吴镇，全是水墨画家，同时是山水画家。

元代封建主子对南宋人民特别是以临安（杭州）为中心地区的人民，是恨之入骨的，给予了难以想象的残酷待遇。同时分"蒙古人""色目人""汉人""南人"（指黄河以南及南宋遗民）四种人，而南人是最低的一等。元代代表时代的四位画家，都是距长期反抗外族的中心临安（杭州）不远的"南人"（黄是常熟人，王是吴兴人，倪是无锡人，吴是嘉兴人）；他们在绘画上所以会产生剧烈变化，我想是容易理解的。山水画的头等任务，原是描写我们可亲可爱、可歌可颂伟大的祖国河山，当外族施行残酷统治的时候，谁不仇恨河山的变色？谁不爱护自己的田园庐墓？反映在他们的画面就必然是采取水墨、山水的道途。

八　山水画的卓越成就

明代王世贞曾说过："山水：大小李（唐，李思训、李昭道父子，称大小李将军），一变也；荆、关、董、巨（五代·荆浩、关仝、董源、巨然），又一变也；李成、范宽（北宋），又一变也；刘、李、马、夏（南宋·刘松年、李唐、马远、夏圭），又一变也；大痴、黄鹤（元·黄公望、王蒙），又一变也。"（王世贞《艺苑卮言》）我认为在某种意义和某种程度上说，这段话是相当符合中国山水画发展的真实情况的。

根据现存的传为展子虔《游春图》的卓越成就，我们似乎没有理由怀疑李思训、吴道子在"大同殿"壁所画嘉陵山水的时代意义，虽然今天仅仅空存着文字资料。王维是没有到过四川的，他晚年住在陕西蓝田的辋川，最爱那"漠漠水田飞白鹭，阴阴夏木啭黄鹂"的积雨和"返景入深林，复照青苔上"的斜阳，可惜的是"清源寺"辋川山水的画壁，早已无存。不然的话，这位诗人兼画家的大师杰作当为唐代中期中国山水画生色不少。

董源是"淡墨轻岚"的发展者，画的都是建康（南京）附近诸山，和他的弟子巨然，都精于表现光，尤其是江南水乡的气氛，这是中国山水画最困难最可珍的一件事情。所谓"江南董源僧巨然，淡墨轻岚为一体"（宋·沈括《图可歌》，《佩文斋书画谱》引），我看多半指的是这一点。传为他的《平林霁色图卷》，据我看来便是"一片江南"的充分证明。

粗粗地说来，中国北部山岳，多为黄土地带的岩石风景，树木稀少，和长江流域特别是长江的中下游不同。我们看宋代郭熙、李成、范宽和李唐的山水画，和董源的作品比较一下，他们所描写的多是四面峻厚、充满着太阳光的干燥的北部山岳，和董源《平林霁色图卷》草木葱茏、拥翠浮岚的山水有着基本的不同（李成所以工写寒林窠石，是有道理的）。郭熙曾概括地提出过几座北方名山的特征，说"嵩山多好溪，华山多好峰……泰山多好主峰"（郭熙《林泉高致》），可见北方的山水是以峰峦见胜。但南部特别如扬子江中下游的山水，却和北部不同，崇山峻岭比较少，一般说是平畴千里、茂林修竹；山水画上是最适于横卷形式和平远构图的。

在宋代山水画获得普遍重视的形势下和山水画家积极劳动之下，以平远为基础的山水描写有了较突出的表现。我认为这种发展是比较正确的比较科学的。最工平远山水的宋迪创造了八种主题，即："平沙落雁、远浦帆归、山市晴岚、江天暮雪、洞庭秋月、潇湘夜雨、烟寺晚钟、渔村落照，谓之八景"（宋·江少虞《皇朝事实类苑》，《佩文斋书画谱》卷五十引），大大丰富了平远山水画的主题，并启发了不少的山水画家。请看看八景的画题，不难想象宋代山水画家们的表现能力和艺术成就到了什么境地。原因之一，是宋代的画家不像后世——特别元代以后的分工那样孤立，至少是人物、山水，或山水、花鸟各体并精的，所以能够产生并发展像八景那样所描写的景色（从时间说，"山市晴岚"之外几乎全是下午六点钟以后）。这是一件简单的玩意儿么？老实说，中国绘画的工具和材料，今天讲来，还是很不够，它们的性能，还是有一定的局限的，可是画家们高度的智慧和艺术修养，却是无限。宋画——尤其山水画的画面，都是美的原动力的集中，动人心脾的佳构。

米芾和他儿子友仁的山水画，在中国山水画的发展中是独树一帜的。所谓"米家山水"给我们的印象是善于表现风雨迷蒙的景色，峰峦树木多半由"点"而成。这种画法，有不少人怀疑它，甚至讥讽它，所谓"善写无根树，能描懵懂山"（明·李日华《六研斋笔记》），你看，真的山水中哪有什么一点一点的？我们可以分别来谈谈。首先我们应该肯定米家山水的表现是有一定的进步意义的，例如关于"云"（或水）的描写，它打破了像工艺图案那样用线条表现云的轮廓而采用比较接近自然的水墨渲染的方法，这在当时，实在是一种新的表现方法。其次，他们的画面并不是完全由点来构成，实际是轮廓、脉络非常真实，非常清楚，"点"（即所谓米点）只是用来表现一定程度的水分的。同时，他们又善于用绿、赭、青黛诸种色彩，如米芾的《春山瑞松》，的的确确就是春山。他们这种表现的技法的形成，无疑是由于真山水的启发。就米芾说，他曾久居桂林，而"桂林山水甲天下"，很可能是由于桂林山水的影响。他四十以后才移住镇江，北固、海门的风景又和桂林相仿佛。他自题《海岳庵图》——是他最得意的作品之一——说"先自潇湘得画境，次为镇江诸山"，可见桂林的风景是他印象甚深、念念不忘的。董其昌曾携米友仁的《潇湘白云图卷》游过洞庭湖，"斜阳蓬底，一望空阔。长天云物，怪怪奇奇，一幅米家墨戏也"（董其昌《容台集》，《佩文斋书画谱》卷八十三引）。

赵令穰、赵伯驹、王希孟诸家的青绿重色的山水，发展了从展子虔、李思训、李昭道以来的以色彩为主的优秀传统。特别是赵伯驹那一手处理大场面的本领（人物和山水），画史上是少见的。他的《江山秋

145

色图卷》（故宫博物院绘画馆藏）和王希孟的《千里江山图卷》（故宫博物院绘画馆藏），都是较突出的典型作品。他们体会了祖国锦绣河山的雄壮美丽，气象万千；传到千百年以后的今天，水光山色还是那样青翠欲滴。质重性滞的矿物性的颜料，控制得那么调和，真叫人佩服得五体投地。尤其值得注意的是天空和水面，两幅全用青的颜色（类似"二青"）描绘而成。这样的表现，前面曾提到的顾恺之《画云台山记》中，已经有过同样的设计。可见他们是一面继承了优秀的传统，一面更结合着深入的观察，在高度的技术之下表现了惊人的业绩。

马远、夏圭是成长于杭州（临安）的画家，大致说，他们山水画面上描写的主要对象是杭州附近的山水。由于他们主要的表现形式是以水墨苍劲为主，在当时还是一种比较新鲜的作风。他们的画往往一幅之中近景非常突出，聚精会神地加以处理成为画面最主要的部分，也是最精彩的部分；而远景则较轻淡地但极其雄浑地使用速度较高压力较大的线、面来构成；因此画面的感觉特别尖锐、明快而又富于含蓄。马远的《寒江独钓图》，是一件小品而为举世称赏的，广阔的天地间，仅有一叶扁舟，我们绝不觉得单调，相反的使人有浩浩荡荡、思之不尽的境界。《长江万里图卷》是传为夏圭的真迹，也是世界性的名作，由于它的规模惊人（这是指的故宫博物院所藏的那一帧），给人的印象是特别深的。这幅伟大的作品，和前面曾经提过的张择端的《清明上河图卷》，有几点是共同的。从它们的使用形式看，都属于长卷形式；从它们的内容看，都是南宋时代人民所深切关心的"汴京是故都，长江即天堑"的问题。因此，两幅作品的摹本特别多（据厉鹗《南宋院画录》，夏圭《长江万里图卷》就有多种不同的本子），这充分说明了南宋时代广大人民是爱好描写他们最关心的现实内容的作品的。就《长江万里图卷》看来，这个主题的创作，并不自夏圭开始，据文献资料，夏圭所作也并非实境的描写（话是这么说，自然主义者坐飞机去画，也不可能的），他是继承了过去山水画大师们热爱祖国河山的优秀传统——巨然、范宽、郭熙都画过《长江万里图卷》——发挥现实主义手法结合爱国人民的思想感情，经营成图的。原作大约成于绍兴（1131—1162年）年间（可能不止一本），那时正当和议已成，封建统治阶级认为"天下太平"的时候。所谓"太平"

就是指金人的铁蹄不会渡过长江来，因为长江是"天险"，是封建统治唯一的安全线，那么夏圭的奉命而作不是没有原因的，"良工岂是无心者"，"却是残山剩水也"（钟完《题夏圭长江万里图》，见郁逢庆《续书画题跋记》）。

南宋亡于1279年，赵孟頫在1303年（大德七年）画了一帧《重江叠嶂图》（故宫博物院藏）。所谓《重江叠嶂图》仍以表现所关怀的长江为主要内容。我们一读元代虞集"昔者长江险，能生白发哀"的两句题诗，对这位充分暴露了封建贵族弱点的作者，真是不无感慨。在绘画上，赵孟頫原是一位不只以山水见长的画家，他的人物和马画都负盛名。虽然如此，但也遗留了描写山东境内有名景色的《鹊华秋色图卷》。

黄公望是一位对后世山水画影响最大的画家，常常携带纸笔到处描写怪异的树木，认为如此才"有发生之意"（黄公望《写山水诀》，《佩文斋书画谱》引）。他久居富春山，创作了有名的《富春山居图卷》。这幅画，在清朝曾因"刘本"（明代刘珏所藏）、"沈本"（明代沈周所藏）的不同，伤过乾隆的脑筋，可是两本都着重地刻画了江山钓滩之胜和富春江出钱塘江的景色。现在我们倘若过钱塘江乘汽车到金华去，凭窗而望，西岸的山水就极似他的笔墨。传世的名作，除《富春山居图卷》外，还有《江山胜览图》《三泖九峰图》和《天地石壁图》，都是从实景而来的杰作。

王蒙的画本，则在杭州迤东的黄鹤山。黄鹤山从天目山蜿蜒而来，虽不甚深，而古树苍莽，幽涧石径，"自隔风尘"（日本纪成虎一《宋元明清书画名贤详传》卷二）。他是倪瓒最佩服的一位画家，"王侯笔力能扛鼎，五百年来无此君"（倪瓒《题王叔明岩居高士图》），没有再可说的了。董其昌曾在他的《青卞隐居图》（现藏上海市文物管理委员会）写上了倪瓒的诗，并题为"天下第一王叔明"。这幅画的树石峰峦，充分地表达了自然的质感，而又笔笔生动，图画天成。我常常想，他和黄公望的作品，为什么能够统治以后为数不少的山水画家而成为偶像？实在不是偶然的。

倪瓒和吴镇，从他们的作品论，使人有"不期而至，清风故人"之感。特别是倪瓒，他在中国画史上也是别树一帜的。他画山水极少写人

147

物，而所写的又多是平远的坡石，枯寂冲淡，寥寥几笔。我们不必研究他为什么如此画，只看他自己坦然说过的"余之画不过逸笔草草，聊以写胸中逸气耳"，便不难从这几句话里去索解。他是生于元代（公元1301年，大德五年）而死于明代（1374年，洪武七年）的人；明初的元杰题他的《溪山图》有两句诗可以帮助我们的理解，即："不言世上无人物，眼底无人欲画难。"以他这样的一位山水画家，只有摆在正确的历史观点上才有可能给予正确的评价，难怪明代以后不少的画家们形式主义地来学他都碰了壁了。吴镇的作品，某点上是和他不同的，也是和黄公望、王蒙不同的。但他的山水画特点在于表现了一种空灵的感觉，空气中好像水分相当浓厚，真是"岚霏云气淡无痕"（倪瓒《题吴仲圭山水》）。他是嘉兴人，有名的南湖烟雨，若说丝毫没有关系，恐怕是不现实的。他又最喜欢也最精于墨竹，墨竹是中国绘画传统中具有特殊成就而且是人民所喜闻乐见的一种绘画，就他的墨竹作品来看，很少画败竹而多是欣欣向荣、生气甚盛的新竹。有句老话是"怒气写竹"，我以为在他说来，这句话的解释，一半属于形式、技法，重要的一半，还应该属于思想感情。

　　随着元代水墨、山水的发展，中国绘画的整个面貌也随着起了相应的变化。如大家所周知的，宋代以前的绘画，一般是不加题署或是仅仅在树石隙处题署作者的姓名和制作的时间。到了元代，由于现实的影响使作者不能不进一步提出更高的要求来，因而画面上所体现的，不只是孤立的形象，而是——必须这样——绘画、文学（诗、跋）、书法有机的——一个内容极其丰富的所谓"三绝诗、书、画"的艺术整体。这任务，元代是胜利地完成了的。四家都是精于诗而同时都是善于书法的，突出的如倪瓒，如吴镇（黄公望、王蒙这方面自也有深邃的造诣，比较的，倪、吴在这方面的影响较巨），他们的诗和他们的书法，都是和他们的绘画不能分开的。这种把和绘画具有血肉关系的文学、书法，作为一个完整的艺术品来要求来创作，使主题思想更加集中、更加突出和更加丰富起来，应该是中国绘画优秀传统的特殊成就。明清以后，又有新的发展，在绘画、文学(诗、跋)、书法之外，还要加上篆刻(印章)，就是"四绝"了。

　　明代（1368—1644）初叶以后，大抵仍是属于所谓"文人画"的范畴。沈周、文征明、唐寅、仇英四家，除仇英的技术系统是工笔重色，系统继承宋代而外，其余都是以水墨为主的。同时，也基本上开始了以"卷轴"为师——即盲目追求古人的倾向。虽然，文、沈、唐、仇四家，毫无疑问，他们是各有千秋的。

明末清初之际，中国山水画形式主义的倾向开始严重起来，如上所述，画家所追求的是前人的作品而不是现实的真山水了。"四王"（王时敏、王鉴、王翚、王原祁）的所以形成也说明了一定的情况。这并不等于说中国绘画的现实主义传统从此中断，不过它们的发展遭受到形式主义者们的严重阻碍，却是无可争辩的事实。我们知道，有不少的画家向形式主义者进行了顽强的斗争；有不少的画家虽在严重的形式主义的影响里，仍然坚持着优秀的现实主义传统，努力地进行创作，而留下了不少精彩的重要作品。

明初有位以画华山得名的画家王履，他在《华山图序》（现藏上海市文物管理委员会）里很尖锐地批判了所谓"写意"（主要是山水画家），说"意在形，舍形何所求意？故得其形者，意溢乎形，失其形者，形乎哉？画物欲似物，岂可不识其面"（王履《华山图序》，《佩文斋书画谱》卷十六引《铁网珊瑚》），这是针对盲目地打倒形似、追求"写意"的恶劣的形式主义倾向而提出的。像他画华山："……苟非识华山之形，我其能图耶？"（同上）他这样坚持从现实出发来画华山是正确的，可是形式主义的倾向明初已经抬头，所以他在"序"的最后好似指着《华山图》厉声地叫着："以为乖于诸体也，怪问何师？余应之曰：吾师心，心师目，目师华山！"

明末清初杰出的山水画家很多，如梅清、石涛的描写黄山，萧云从的描写太平山水，都在中国山水画史上贡献了精彩的一页，特别是石涛对形式主义者的斗争是值得大书特书的。他看不起当时一班陈陈相因、亦步亦趋的画家，在他的题画诗跋和《苦瓜和尚画语录》中常常痛快地骂他们一阵。他认为绘画（笔墨）是应当追随现实（时代）的，传统（古）是必须变（化）的。可惜保守的人太多了。拿石涛的话说，真是"具古以化，未见夫人也"（石涛《苦瓜和尚画语录》，前江苏国学图书馆藏稿本，下同）。传统（古人）是要学习（师）的，却万万保守（泥而不化）不得。他无限感慨地说道："古人未立法之先，不知古人法何法？古人既立法之后，便不容今人出古法？千百年来，遂令今人不能一出头地也。师古人之迹而不师古人之心，宜其不能一出头地也。冤哉！"这一段话不啻为形式主义的画家们写照。确是"冤"得很。他最爱游山水，尤爱黄山的云海，"黄山是我师，我是黄山友"是他题《黄山图》的起句。中年以后多在扬州、甘泉、邵伯一带的景色，也往往对景挥毫收之画本。他的作品上有一颗最常见的印章，刻着"搜尽奇峰打草稿"七个字。

太平天国革命军队是一百年前（1853年）3月19日到南京的。1951年南京堂子街发现了太平天国某王府的壁画约二十幅，这些壁画是以水墨淡彩的方法画在石灰壁面上的。有花鸟、走兽而以山水较多。山水画壁中，有一幅以"望楼"为主题，把当时革命军事上重要的建筑物（望楼）矗立在长江的南岸作为全画的中心，江边上画了许多军用的船只，船樯上飘着太平天国的旗帜，江中还画了三只船，扯满了篷顺风向下游驶去；充分体现着革命秩序的稳定和革命首都的巩固。……太平天国革命时代，是中国绘画形式主义最嚣张的时代，然而解放了的以"天京"（南京）为中心的画家们，却发挥了高度的拥护革命的热情，继承了现实主义的传统，把造型上极难处理的高层建筑——望楼作为壁画的主题，为中国绘画现实主义的优秀传统创造了极其光辉的范例。

| 国画创作 |

我的作品题材（节选）

……

三

先说题材的来源。自题材来检讨一番。

拙作题材的来源，很显著地可以分为四类。即：

1. 撷取大自然的某一部分，作画面的主题。
2. 构写前人的诗，将诗的意境，移入画面。
3. 营制历史上若干美的故实。
4. 全部或部分地临摹古人之作。

这四条路线，可以说都是既有的路线。中国画无论人物、山水、花卉，本来是重写实的，这在画论或若干名作上都有充分的证据的。尤以山水画，东晋顾恺之画《云台山图》有极其精美的布置，而目的在"欲使自然为图"；刘宋时的宗炳，曾把他所游履的名山画在壁上，以当"卧游"，他说："抚琴动操，欲令众山皆响。"假使画匡庐而似黄山，岂不是忘怀五老而糟粕云涛吗？唐明皇幸蜀，扈从的画家不少，山水大家吴道子、李思训俱各奉诏写过嘉陵江景色。元四家是文人画家尊为嫡祖的，影响后世最巨的黄子久（大痴），他便随身带着一本像现在的"速写簿"，不断徜徉于富春山中。再说遁世的石涛，他在有名的《画语录》中对于"山川"曾说"测山川之形势，度地土之广远，审峰峦之疏密，识烟云之蒙昧"，他众多的遗迹上有一方用得最多的印章，是"搜尽奇峰打草稿"。所以他的画，充满了生发之趣。早期之作，多在湖南，晚年之作，多在皖南。画家与自然倘若完全脱节，那画面是低温的。

着眼于山水画的发展史，四川是最可忆念的一个地方。我没有入川以前，只有悬诸想象，现在我想说："画山水的在四川若没有感动，实在辜负了四川的山水。"我在一幅画中，题过下面一段话：

蜀道山水，即使山水画发达，故唐以来诸家多依为画本。观历代所著录名迹，剑阁栈道之图特多可知也。元季而还，艺人集江淮间，平畴千里，雄奇遂自画面退走，富春虞山，清初已挥发无余，而山水亦开始僵化，胸中丘壑，究有时而穷，识者诟病，岂无因也。昔张瑶星题石溪上人画云："举天下人言画，几人师诸天地？"瑶星非画家，正以为非画家方能道出此语耳。

我为了职务和家庭的拖累，最有名的青城、峨眉，还尚未游过，无法为它写照。然而以金刚坡为中心周围数十里我常跑的地方，确是好景说不尽。一草一木、一丘一壑，随处都是画人的粉本。烟笼雾锁，苍茫雄奇，这境界是沉湎于东南的人胸中所没有所不敢有的。这次我的山水的制作中，大半是先有了某一特别不能忘的自然境界（从技术上说是章法）而后演成一幅画。在这演变的过程中，当然为着画面的需要而随缘遇景有所变化，或者竟变得和原来所计划的截然不同。许多朋友批评说，拙作的面目多，几乎没有两张以上布置相同的作品，实际这是造化给我的恩惠。并且，附带的使我为适应画面的某种需要而不得不修改变更一贯的习惯和技法，如画树、染山、皴石之类。个人的成败是一问题，但我的经验使我深深相信这是打破笔墨约束的第一法门。

不过在这里发生了一个问题，即是山水画为什么不百分之百地写真山水。关于这，不是简单的话可以解释，牵涉太多。我觉得百分之百地写真山水，原则上是应该成为山水画家共同努力的目标，现在有许多条件尚没有具备，倘若行之太骤，容易走入企望外的一个环境。同时中国画的生命恐怕必须永远寄托在"线"和"墨"上，这是民族的。它是功是罪，我不敢贸然断定，但"线"和"墨"是决定于中国文化基础的"文字"之上，工具和材料，几千年来育成了今日的中国画上的"线"与"墨"的形式，使用这种形式去写真山水，是不是全部适合，抑部分适合？在我尚没有多的经验可资报告。日本是接受中国文化较早的国家，绘画方面他们许多大家都承认中国画是日本画的母亲。你看日本画是用

"线"用"墨"去写实的，日本画是中国画吗？像中国画吗？就是他们把部分的"南画"作品，纸绢、印报、装背，一切都模仿母亲，然而一见面，便知道它是冒牌的。因此，我们是以明了中国画的重心所在，在今日全部写实是否会创伤画，是颇值得研究的一回事。拙作中有一幅《初夏之雾》即是我在这意念下尝试的制作，我对这幅的感想是"线"的味道不容易保存，纸也吃不消，应该再加工。

距离稍远的只有这《初夏之雾》，其他还有几幅，都是把某种的自然景象限制在画面的主要部分而加以演化。

四

第二条路线是构写前人的诗，将诗的意境，移入画面。这是自宋以来山水画家最得意的路线。诗与画原则上不过是表达形式的不同，除了某程度的局限以外，其中是息息相通的。截取某诗的一联或一句做题目而后构想，在画家是摸着了倚傍，好似译外国文的书一样，多少可以刺激并管理自己一切容易涉入的习惯。同时，使若干名诗形象化，也是非常有兴味的工作。东晋时，顾恺之曾画过曹植的《洛神赋》，即《女史箴图卷》也还不能抹杀张华的缀辞之美。近世以来，唐诗宋词，尤为画家所乐拾。这似乎过于陈套的一条路线，说起原无甚稀奇，然它的好处是只要人努力去开发，并非绝不可获得的。但若临以轻心，则一不留意，便陈腐无足观了。因为当前有这么一个似自由而相当不自由的题目，制作上的危险虽不怎样严重，如何处理它，是宜注意的。石涛有一首五绝：

盘礴万古心，块石入危坐。
青天一明月，孤唱谁能和？

这诗有许多人爱读，我也爱读，尤其明了石涛环境的人一定更爱这首诗。我曾画过若干次，有两次的记忆尚新。三月间在中大，有一天宗白华先生到艺术系来，送拙著《大涤子题画诗跋校补》还我，当时他指出这一首，说："太好了，我最喜欢，你把它画出来吧！"

我说："我也喜欢此诗，将来准备试一试。"第三天，我乘滑竿到柏溪分校去上课，从大竹岭过了嘉陵江，沿着江边迤逦起伏的小冈峦前进，距柏溪不远了，忽见巍然块石，蹲立江滨，向前望去，薄雾冥茫，远山隐如屏障。我想：若把这块石作中心，画一人危坐向远山眺视，下半作水景，不就是"苦瓜诗意"吗？高兴！高兴！回家后，急忙如法炮制，下午四时许便题印完了，钉在壁上反复地看，总觉还没有充分表达那诗的意味，尤其是第一句。隔了几天，乃不取水景，而取深邃的山谷，技法上稍稍注意石涛的样式，再作一幅，结果我虽还不十分满意，倒比用江水作背景的好，于是决定用它，这就是展品中的一幅。不过我心目中的一幅，总以为不应该像那样的结果而止。六月七日天雨，光线沉暗，我又想起石涛这诗，用宣纸重构一图，为第二句所限，不能不把人物和块石做主体，不画月，傍晚便完成了。看来看去，这幅大部分我尚满意，然而还是未曾把整个的诗境恰到好处地写出，因此我只题第一句"盘礴万古心"。

程穆倩仅有的遗句"帝王轻过眼，宇宙是何乡"，我也非常爱好，不知画过多少次，总遇不到一幅令我十分满意。展出的一幅是最近画的，也是我认为勉可成立的一幅。我这种困难当然是我的技术和胸襟的不够量，追不上自己想弋获的目标，然亦可见写前人诗句，欲避落窠臼，实不是容易的工作。

龚半千的《与费密游》五律三首，其第二首：
登眺伤心处，台城与石城。
雄关迷虎踞，破寺入鸡鸣。
一夕金茄引，无边秋草生。
索驼尔何物，驱入汉家营。

这诗我还是民国二十六年底在宣城编译《明末民族艺人传》（民国二十八年5月商务初版）的时候，就开始想画了。不消说，当时的南京是国人最关心的。半千此诗充满了民族的意识，在今天把它画出来，必更是一番滋味。最初我构的是以半千和此度斋主人徜徉于枯枝之下，背作钟山，山的左边，隐隐地勾勒几笔使一望而知为明孝陵。画完了，写上第一二首，这幅某点上是适合的，但若把三首的意思综合来看，则感觉画面太单调，不足以烘托半千的诗境。于是我便另外经营一幅，撷取三首诗中可以表示和必须表示的，构成山水方幅，薄以浅赭，把"台高出城阙，一望大江开"做主要的部分，半千和此度画得很小，怅然台上。此幅画法与渲染，我都非常地注意它可能有对画境的反映。这也是参展的一幅。

拙作中属于这一类的不少，另有两幅画的是闵华的一首诗《过石涛上人故居》。

五

第三条路线我须特别声明，这是人物画家一条主要的路线，虽然部分地也使用于山水画家而画面的表现是变质的。我原先不能画人物薄弱的线条，还是十年前在东京为研究中国画上"线"的变化史时开始短时期练习的。因为中国画的"线"要以人物的衣纹上种类最多，自铜器之纹样，直至清代的勾勒花卉，"速度""压力""面积"都是不同的，而且都有其特殊的背景与意义。我为研究这些事情而常画人物。其次，我认为画山水的人必须具备相当的人物技术。不然，范围必越来越小，苦痛是越过越深，我常笑着说，山水上的人物，倘永远保持它的高度不超过一寸，倒无甚问题，一旦非超过这限度不可的时候，那么问题便蜂拥而来。结果只有牺牲若干宝贵题材。我为了山水上的需要，所以也偶然画画人物。

我比较富于史的癖嗜，通史固喜欢读，与我所学无关的专史也喜欢读，我对于美术史的研究，总不感觉疲倦，也许是这癖的作用。因此，我的画笔之大，往往保存着浓厚的史味。

我对于中国画史上的两个时期最感兴趣，一是东晋与六朝（公元4世纪—6世纪），一是明清之际。前者是从研究顾恺之出发，而俯瞰六朝，后者我从研究石涛出发，而上下扩展到明的隆万和清的乾嘉。十年来，我对这两位大艺人所费的心血在个人是颇堪慰藉。东晋是中国绘画大转变的枢纽，而明清之际则是中国绘画花好月圆的时代，这两个时代在我脑子里回旋，所以拙作的题材多半可以使隶属于这两个时代之一。

处理这类题材，为了有时代性，重心多在人物，当我决定采取某项题材时，首先应该参考的便是画中主要人物的个性，以及布景、服装、道具等等。这些在今天中国还没有专门的资料。我只有钻着各种有关的书本，最费时间，就是这一阶段。

我搜罗题材的方法和主要的来源有数种，一种是美术史或画史上最重要的史料，如《云台山图卷》；一种是古人（多为书画家）最堪吟味或甚可纪念的故事或行为。这种，有通常习知的，如《赚兰亭》《赤壁舟游》《渊明沽酒图》《东山逸致》等，题材虽旧，我则出之以较新的画面。譬如《兰亭图》，是唐以来的人物画家的拿手戏，北宋的李公麟、刘松年乃至明季的仇英，都精擅此题。据各种考证，参加兰亭集会的人物，有画四十二个的，有画二十七个的，这因为王羲之当时没有记下到会的姓名，所以那位是谁，究有多少，无法确定。我是大约想，画三十三个人，曲水两旁，列坐大半。关于服装和道具，我是参考刘松年。就全画看来，从第一天开始，到第六天完成，都未尝一刻忘记过这画应该浸在"暮春"空气里，我把兰亭远置茂林之内，"惠风"虽不敢说画到了"和畅"，然一种煦和的天气，或不难领略的。

从生活入手

板桥究竟是一位杰出的画家，四十多岁，中进士以前，就在扬州卖过画；六十左右从潍县回到扬州，"三绝诗书画，一官归去来"，依然卖画为生。他画的东西，种类并不太多，只是竹、兰、石、菊几样。就是这几样，特别是竹和兰，今天已遍布全世界，受到世界人士的喜爱和重视。

过去我曾经想过一个问题，他为什么专画竹、兰、石、菊呢？原来扬州及其附近多竹，到处成丛；扬州人是爱好花木的，即在今天还保留着相当清晰的痕迹。自然的环境如此多娇，这是一点。"八怪"之中，有几"怪"是擅长画竹石的，如李晴江和金冬心，特别是比"八怪"稍前的石涛，同道的互相影响，可能也是一点。但是板桥的画竹，却与诸家不同，他往往把竹、兰、石生动地组合在一幅画面上予以尽情地发挥，给人笔墨之外的许多感受。

"梅、兰、竹、菊"，自宋以来，尤其自南宋以来是被称为"四君子"的。作为封建社会知识分子的文人士大夫，当国家民族受到迫害而自己又软弱摇摆、无力抵抗的时候，就把这几种自然界的东西，通过形象、位置、笔墨，赋予某些新的思想感情，表示对现实的不满和对统治阶级的不合作。在"清高""幽洁""虚心""隐逸"等等特定的基本内容以外，无疑地又丰富了许多别的东西。这是中国画史上爱国主义画家的优秀传统，是值得我们注意的。板桥所以专画这几种，我看正因为是符合了他的思想感情的要求。他在题跋里，不断地推崇郑所南、徐青藤、陈古白、白丁、石涛几位画家，绝不是偶然的。

值得重视的——和他的文学作品一样——是关于艺术创作的思想、方法问题。他的绘画，没有孤立地从形式笔墨——临摹古人入手，而是首先从生活入手。

余家有茅屋二间，南面种竹。夏日新篁初放，绿荫照人，置一小榻其中，甚凉适也。秋冬之际，取围屏骨子断去两头，横安以为窗棂，用匀薄洁白之纸糊之。风和日暖，冻蝇触窗纸上，冬冬作小鼓声。于时一片竹影凌乱，岂非天然图画乎？凡吾画竹，无所师承，多得于纸窗、粉壁、日光、月影中耳。

——《题画》

　　一面从生活入手，一面也不废汲取传统的优秀经验，两者结合起来。这种方法，我以为在今天也还是具有一定的现实意义的。他曾题巨幅《兰竹石图》说：

平生爱所南先生及陈古白画兰竹。既又见大涤子画石，或依法皴，或不依法皴；或整或碎，或完或不完，遂取其意构成石势，然后以兰竹弥缝其间，虽学出两家，而笔墨则一气也。

　　我以为这段跋里透露了一个如何学习传统的重要问题，他是略其迹而"取其意"的。在跋另一幅画上也说过：

郑所南、陈古白两先生善画兰竹，燮未尝学之；徐文长、高且园两先生不甚画兰竹，而燮时时学之弗辍，盖师其意不在迹象间也……

　　板桥的画竹，不管是大幅还是小幅，或者和兰、石结合着，都突出地体现出一种欣欣向荣而又兀傲清劲的精神。这和他"如今再种扬州竹，依旧淮南一片青"的思想愿望完全一致。但他的画竹，又绝不是自然的翻版，是通过了概括、提炼的加工过程的。他有过一段最精辟的话：

江馆清秋，晨起看竹，烟光、日影、露气，皆浮动于疏枝密叶之间。胸中勃勃，遂有画意。其实胸中之竹，并不是眼中之竹也。因而磨墨、展纸、落笔，倏作变相，手中之竹，又不是胸中之竹也。总之，意在笔先者，定则也；趣在法外者，化机也。独画云乎哉？

——《题画》

　　的确，不仅绘画如此，其他文艺的创作，也应该如此。画家从生活、从自然中得到感受，得到激动，于是"胸中勃勃，遂有画意"，在胸中便形成了一幅画。这幅画虽是从眼中得来，却不等于生活中自然的再现，而是通过"胸中勃勃"——概括、提炼的结果。作为一幅画来说，比眼中的更为具体了。到了实际创作的时候，又必须通过当时的思想、情绪乃至笔墨等条件的综合、变化，挥洒于纸、绢之上。这时候，意多于笔，趣多于法，所以"手中之竹"——即画上之"竹""又不是胸中之竹"了。动人的作品，往往成功就在须臾。我们从形象上看，同是一幅画竹，而作者所赋予的思想感情则有所不同："写取一枝清瘦竹，秋风江上作渔竿。"这是一种写法。"若使循循墙下立，拂云擎日待何时"，这也是一种写法。"丛篁密筱遍抽新，碎剪春愁满江绿"，这又是一种写法。

他画兰、画石也是一样。绝不是仅仅追求它们的形似，而是通过饱满的情绪、生动的笔墨，赋以新的意境。他喜画盆兰。如题《破盆兰花》："……而今究竟无知己，打破乌盆更入山"；题《盆兰》："……阅尽荣枯是盆盎，几回拔去几回栽"；题《半盆兰蕊》："盆是半藏，花是半含。不求发泄，不畏凋残。"都是耐人寻味的作品。他喜欢画丑石，"丑而雄，丑而秀"，和画竹、画兰一样，已经不是一般肉眼中的东西，而是"介于石，臭如兰，坚多节"，作为一个道德标准来衡量，来发挥，来鼓吹。

为什么毕生从事作画？他自己答复得最是痛快："凡吾画兰、画竹、画石，用以慰天下之劳人，非以供天下安享之人也。"

我深深以为这就是板桥的可爱、可敬，值得今后不断研究和学习之处。

东北写生杂忆

一

今年六月，我因创作任务得到一次去东北旅行的机会。先后访问、游览了长春、吉林、延边朝鲜族自治州、长白山、哈尔滨、镜泊湖、沈阳、旅大等地。九月底返回北京，为期近四个月。回来以后，深深感谢同志们的关怀和鼓励，把我带回的几十幅不成熟的素材性的东西，作为工作汇报在南京展出，真是既光荣又惭愧，感到很大的不安。

一路上，匆匆忙忙画了百来幅画，观摩、座谈约十来次。不少的同志问我："这些画是怎样画成的？""现场画的？""回到旅馆画的？""画稿勾得仔细吗？""有没有色彩稿子？""先画浓的还是先画淡的？""先用墨还是先敷色？""勾稿子用什么样的笔？""'雨'是怎样'下'的？"等等有关笔墨、技法的问题。

我初步的、浅薄的体会是，这些全不成问题。各人随自己的方便行事就行。据我所知，有的人喜欢并强调现场写生，有的人就不习惯；有的人画底稿特别仔细，有的人就画得粗糙些，有的就像"张天师的符"，只有自己明白。譬如我自己，显然是属于后一类。我从来没有在现场画过，我的稿子很少完整的，有时比"张天师的符"还要草率，要是日子稍久，连我自己也莫名其妙。

那么，问题在哪儿呢？我想起了古人说过"意在笔先"的一句话。我认为这句话对画山水的人，具有特别重要的意义。不知道对不对。这句话对我的影响比较深，我也喜欢到处谈谈。什么是"意在笔先"呢？就是先要立"意"——首先考虑的是应该画什么，什么主题，内容是什么。把主题内容初步地确定下来，然后动"笔"，才去考虑形式、技法——怎样去画它的问题。一幅画从立"意"到动"笔"的全部过程里面，对画家说来，应该相当鲜明地经过这两个——酝酿和制作的阶段。很大程度上它们的主次是相当分明的。先后是不容颠倒的。但必须注意，"意"和"笔"又是不容分割的完整体，是两者的高度统一。既具新"意"，又出以妙"笔"，"笔""意"相发，才有可能画出满意的作品来。

所谓应该画什么，绝不是说有什么规定，有哪些题目。今天的画家们，谁不一笔在手，挥洒自如的呢？我的意思是：当画家们深入到生活里面，面对着今天日新又新、气象万千的现实生活，能够无动于衷、没有丝毫的感受？不能，这是绝对不会的，也是不合常情的。我认为，画家的这种激动和感受，就是画家对现实生活所表示的热情和态度，对现实生活的评价。另一面也是画家赖以创作、赖以大做"文章"、大显身手的无限契机。我们知道，每一个人的素养、兴趣、爱好乃至笔墨基础都是不同的，所以每个人对现实生活的感受和评价也各有差别，正因为这样，才能充分发挥每个人的擅长和每个人的创造力量。

至于怎样去画它，乃是指的从现实生活中在酝酿、确定了主题内容之后，所考虑采取的形式、风格、技法的问题，也就是艺术处理的过程。这个过程，从一幅作品的样式构成来看，仿佛它是独立的、完整的一个处理过程。若是正确地予以理解，那么它不过仅仅是构成作品的一个重要组成部分。因为它是从属并决定于主题、内容的需要和与之相适应的。绘画究竟是造型艺术的一种，它之所以成为绘画，就是依靠通过形象的艺术加工，其重要性是不待言的。古人为了画一株松树，尚不惜在深山幽谷之中往来多少年。很显然，笔墨不高，还谈什么艺术呢？但是，它必须从生活出发，从主题内容的要求出发。仅仅认为只有掌握了传统的笔墨技巧便走遍天下画什么也有办法，果真有此人的话，我想此公的笔墨，也就不容易提高的了。

上面接触到的，是我近年来在外面跑跑所感到的点滴体会，是极不成熟的。为了更好地就教于同志们，故意借这次东北之行的某些画稿，扼要地谈谈制作当时的一些情况。

二

先谈谈长白山吧。长白山是祖国东北的名山之一，海拔 2744 米。最高处有驰名世界的"天池"，稍下有瀑布，瀑布之雄伟，远在一、二里外就可以清楚地看见。它又是"东北抗联"的主要根据地。我永远不会忘记，在高约 2200 米"冰场"附近，一棵苍老的松树表皮上，留下当时抗日英雄金银松刻的"抗联从此过，子孙不断头"的革命豪语。

我们一行二十多人在 6 月 13 日从延边出发，当晚宿旧安图县城。这一天，只感到边走山势边高，还没有看到连绵不断的林区，也没有看到长白山。第二天就不同了，出发不久即进入了林区。过了"二道白河"，汽车在浓荫蔽天的森林中连跑几个小时，"真是走不完的'松树胡同'（同行画家史怡公老先生语。他是老北京，因北京有'松树胡同'）"；下午五六时，才到距"天池"十公里的冰场歇下来。大家虽经受了整天的劳顿，却精神振奋，情绪饱满，准备明天攀过去所不敢梦想的长白山巅，一览"天池""林海"之胜。可是，据陪我们同游的安图县委林业部长联系，山上昨天还下了一次雪。

第二天，天气好得很，霭霭朝暾，闪烁着霞光万道，大家兴奋极了，肯定可以上"天池"了。冰场距"天池"虽不过短短的十公里，却费了近两个小时。这天的天气实在好，据说一年之中难得有这样的几天。刚走了不久，只见两边山上的白桦树，屈曲夭矫，奇态横生，远远望去，好像盆景展览一般。原来这是高山气候变化的关系。再走几里，又突然一根草也看不到了。而脚底下铺满了云锦般的带嫩黄色的杜鹃花和一些不知名的小花，又软又厚。大家说这张"地毯"太舒服、太美丽了。将近"天池"的时候，满地积雪，间着大大小小的石块。主人解释着，这些石块，是火山爆发的岩浆凝结而成，每一块全是蜂窝似的小洞，可以说是玲珑剔透，但拿在手上，又好像纸糊的那么轻。为了难得的纪念，大家带了不少回来。谁知，当天夜里，天气突然变了，风雨交加，还杂着雪子似的。第二天怎么办呢？不能出去做任何活动，只有穿着皮大衣坐在房间里烘火、谈话、下棋，同时，更担心下不了山。

我们后来知道，上"天池"那天正是端午节的前一天。而端午节，却是大家穿着厚羊皮大衣围着火炉子过的。记得头一天将要接近"天池"的时候，青壮年同志兴奋得在积雪上乱跑，古人"振衣千仞岗"的诗句，到这儿也觉得并不稀奇了。呈现在我们面前的是雄壮、奇特而又嶙嶙峋峋的"天池"和无边无际郁郁苍苍、浩浩瀚瀚的"林海"。同志们禁不住高呼："祖国真伟大呀！""富饶美丽的东北呀！"于是作画的作画，摄影的摄影。

游长白山确不容易，能到"天池"更不容易。对我来讲，真是"兹游奇绝冠平生"。饮水思源，不是新中国成立后的今天，能有如此的幸福吗？我从这天开始，老是琢磨着"长白山！""天池！""林海！"……的问题，也就是我应该画什么的问题。很肯定，"长白山"我是要画的，"天池""林海"，我也是要画的。

怎样画呢？"不识庐山真面目，只缘身在此山中。""长白山"是不以峰峦取胜的。雄浑阔大，山顶积雪，的确气象非凡。主山以外，尽是一望无际的林海。孤立地来突出它，我觉得应该考虑。因为山的起伏不大，曲折不多，加上寸草不生，除了白的积雪，无非是黝黑的石块，恐怕画起来画面易流于干枯，流于琐碎。"天池"原是个火山口，若处理不当，则又画成一个"破脸盆"。我曾经画了好几次以"天池"为主的画面，为了避免画面上摆全完整的"椭圆形"，画过左一半，也画过右一半，全部失败了。不但表现不出"天池"的气概，反而连长白山的雄浑也被大大削弱了。但是我还不死心，回到长春，把我的愿望请教吉林省委到过长白山的同志，得到不少的帮助与鼓励，经过不断商量讨论，思想上明确了许多问题。为了及时征求同志们的意见，决定用长卷形式（大约一比七）来尝试经营。"天池"位置在偏左方较高的地方，满山积雪，作为主峰；顺势经"气象站"向右下倾，作次峰一二，以资拱卫，在位置上渐渐接近全画的右边，同时，也就渐渐露出森林的顶部，将到靠边处，紧紧地和整个山峰背后苍翠的"林海"相接。这样，"林海"既环抱着"长白山"，而"长白山"又突出了"天池"。大家觉得，这幅画，长白山的气势是有一点点了。历时五天，这就是《天池林海》（图卷）那一幅。此外，还先后画了《天池飞瀑》《呵！长白山》《白山林海》《长白山冰场》《长

国画创作·东北写生杂忆

165

白山再见》（因在京制版未能展出），《白山温泉》《林海雪原》等。

三

"镜泊湖"的那一段创作生活，也是令人难忘的，湖在黑龙江省牡丹江市宁安县（旧宁古塔）境，作不规则的狭长形，南北有一二百里，屈曲盘回，中多小岛，也是东北抗联的根据地。这儿接待客人，虽还是近一二年的事，但有些地区已经建设得可观了。我一到哈尔滨，主人就介绍，不几日前，陈叔通先生等几位去游过一次，并写下了不少的好诗。可想它的风景之胜了。叔老有一首诗是这样的四句：

抱水皆山水抱山，置身如在翠屏间。

莫忘此乐从何得，游击当年历百艰。

镜泊湖从前也是个火山口，形势曲折，水平如镜，好似群山抱着一块透明的碧玉，又好似碧玉盘中摆着大小苍翠的宝石。叔老第一二句，道出了镜泊湖山之美。这美丽的湖山之中，流传着许多美丽动人的传说故事，也流传着许多惊心动魄、惊天动地的游击时期抗敌斗争的故事，"莫忘此乐从何得"，又是大家心里的话了。

它和洞庭、鄱阳、太湖、西湖都不同。远看，有些地方疑是江南，而江南无此雄壮；某些山峰很像四川成都一带，而它们下面却又衬托着清澄碧绿的湖水。时而林业局的汽艇上下往来，所过之处，静静的湖面上闪着一道道的白光。时间正是关内大热天的七月中旬，而这里早晚却非穿毛衫不可，难怪同志们个个都说："我们做了神仙了。"

我游过一次湖，游过一次"飞泉"。镜泊湖的自然景色之美，对一个喜欢画山水的人来说，是寤寐求之的。我在那里完成了近十来幅小画，目的是试图通过美丽湖山的描写来反映今天新的面貌。如有关生产的《运木场》和《水产养殖场》；有关建设的《水电站进水口》和《镜泊湖在建设中》；有关生活的《镜泊夏日》《镜泊一角》等等。当然这样来画都是个人的主观企图，效果如何，还有待广大读者的鉴定。

这几幅小品，基本上是得自真山水的。但又不是如实地把真山水搬上画面。一般说，或隐或现，或成或败，我都动了几下手的。所以这样干，无非想尝试尝试、练习练习怎样把兀然不动的"山"和流转不已的"水"，变作我的"代言人"，或者说我是它的"代言人"。如《水电站进水口》的那一幅，因为游湖的时候距离较远，画得并不仔细。左下角那只小汽艇当时是没有的。然而有了它，我觉得既不是"空山无人"，而且工业化的气息也有了一点。又如《镜泊湖在建设中》的一幅，这是半截大型建筑物，静静地躺在明秀的山水之间。通过主人的介绍，那是一所未完成的疗养所。现在我把它画成工程正在进行的情景，看来忙得不得了。谁说这不是即将到来的"镜头"呢？

　　《镜泊飞泉》画过两幅，这是第一幅，是游了"飞泉"以后两三天完成的。我们去游的那天，正是雨后初晴，又是下午三点多钟，金色的阳光，正对着"飞泉"，澎湃雄壮，银花四溅，恍如雷霆万钧之势地冲岩而下。通过一段狭谷，水面开阔了许多，形成了深潭。潭边尽是石块，不少同志或坐或立，目送手挥，沉浸在那汹涌咆哮滚滚流入牡丹江的水声中。我则站在中间黝黑苔石之上，左右看看。实际是：向左，只看到上面的瀑布，看不到右边下面的深潭；向右，看到大部分的深潭，却又看不到主要的瀑布。我分别记录几个草稿。回到住处，怎么办呢？分别画，很自然的是两个画面（瀑布和深潭），稍加剪裁，便可拿出来见人。可是对于"镜泊飞泉"这样的主题来要求，分开来可能不是最好的办法。于是经营了两张稿子，一是横幅（一比二点五），把我当时所能看到的构为一图，"飞泉"仍是一幅之主。我以为这样处理或者比较完整些。一是直幅，把"飞泉"位置上半部，中隔崖壁，把瀑布转个弯从崖壁下面，注入下部的深潭。可惜因时间关系，直幅这张，始终未曾着笔。

四

　　其次，想谈谈关于煤都（抚顺）、钢都（鞍山）和海滨（旅大）的几幅作品。

煤都画了两幅，即《煤都壮观》和《煤都一瞥》；钢都只有《绿满钢都》一幅。我全不满意，特别是钢都，还有待今后付出更多的劳动，更多的体验来提高它。但是从酝酿制作的过程回顾一下，煤都和钢都都是我此行费心血最多、伤脑筋最深的两个题材。有的同志说："吃力不讨好的事，少碰些。"有的同志说："不入画的东西，是画不好的。"

抚顺我只去了一天，自然谈不上什么生活的体会，连感性认识也是极不完整的。我是仅凭那雄伟的西露天煤矿给我的震动，结合现场的一些草图来进行构思，进行创作的。现在我还清楚地记得，党委书记告诉我：这个矿的发展经过，"大跃进"以来每年不断增长的生产数字，一天能出多少煤，有多少工人，范围多宽……如数家珍地边走边讲，边讲边指，忽然指着对面一层层正在开采的煤层对我说："您看，这颜色多美呀！"我禁不住心里一怔！心想，这位书记同志实在不愧为一位高明的画家。谁不知道煤炭的颜色黑黝黝的，几十万人的露天矿，真是黑烟弥漫，尘土飞扬，而在我们党委书记的眼里会觉得它是多美的。我能不画吗？所以一回到沈阳，就动它的心思了。最初是技法上有困难，墨已是黑的，用墨去画煤炭，好像很方便，实则大大不然。由于我没有丝毫经验，暗地里糟掉了不少的纸头。就是《煤都壮观》这一幅，中间也动摇了几次，实在画不下去。可是我一想到"您看，这颜色多美呀"这句话，我又摸起笔来，坚持画完了它。虽然，这几幅，我始终不满意。

大连（旅大市）是我访问东北最后的一个城市。由于一路上羁延过久，预定只停留几天，看看市容，看看博物馆，便取海道一绕崂山再经青岛回北京的。感谢主人的盛意，结果住了二十三天。

大连是我国一座美丽的滨海城市。我大部分时间住在棒槌岛（现名东山村），从我住的房间内，就可以一览无余地看到络绎不绝的进出大连港的世界各国的商船。对我这个和"海"没有多大因缘的人，一切都是新鲜的。八月下旬，还是游泳的好季节，可是我，只打湿过一次脚，下水没有超过十厘米，引起了同志们的大笑。

"海水无风时，波涛安悠悠"（白居易《题观海图屏风》），问题在于我这个没有"海"的生活的人，怎样去画海和海边的生活呢？刚刚天气好的风平浪静日子居多，我就更少办法了。回忆一下，约三十年前坐过几次海船，几年前，碰上罗马尼亚海军节，画过几张海景。而这次一到大连，大连的老虎滩、星海公园……旅顺的许多胜景……都足以令人不断描写的。

在老虎滩，我采取了渔港的那一角（公园和疗养院也自可画），并且把它位置在傍晚的时分，一天的劳动，大家都归来了。在星海公园那天，正遇着大连市教育工会组织的教师休养活动。老年、青年的老师们，携着爱人、小孩，来这儿度过幸福的休假。我画上所点缀的人物，可能不清楚，而我是从他们来的。

有关旅顺海港的几幅，可以说是我的新尝试。非常可能在某些具体的东西上面，弄错了或者画错了。希望指出来将来可以纠正。

五

最后，还想提一下《将到延边》和《丰满道上》（因在京制版未能展出）这两幅小画。

这两幅都是捕捉旅途中刹那间的印象酝酿而成的。当我从吉林市乘火车去延边时，记得是六月十一日上午三时左右，天已有点亮了，我起来刚推开房门，只见霞光灿烂，满天满地一片红光，近处有几位朝鲜族妇女出来在水田边汲水。太动人了！原来这里多种水稻，由于季节较迟，绝大部分还没有插秧，所以天上的红霞把田里的水也照红了。我问列车员同志："这是什么地方？""将到延边了！"这印象深深感动了我，但画起来确有不少的顾虑。首先，满纸鲜红，怎样处理呢？特别是我这个过去极少用红色、不太会用红色的人，思想上一直摇摇摆摆，没有决心下手。可是那强烈的动人的形象我又忘怀不了。于是暗地里试试，在延边，在长春，都失败过几次。就是展出的这幅，我也到处请教，很不放心。

《丰满道上》则是构图上的尝试问题，也是我不放心的一幅。还是在去延边之前的六月四日，我去参观丰满水电站，听了有关工人同志们在解放时英勇机智地和敌人进行斗争的介绍，又游了风景宜人的松花湖。下午四时左右，我们一行在归途中汽车驰过水坝蜿蜒下坡的时候，我坐在驾驶员右边，向前（下）一看，山势起伏，风景绝胜，前面（小山岗上）和右边点缀了几座新型的建筑物；平坦的公路，曲曲折折地向前（下）伸展……抬头向窗外一看，无数的高压电线交织在我的头顶上……看着，想着，同时汽车在飞驰着……这一刹那，我觉得它告诉了我东北山水的雄壮美丽，同时，也在我面前展示出东北电气化的雄姿。于是在车上我就用笔在小本子上画了几道"符"，以后，几乎我每天都要翻翻，总觉得无法下手，像我这个本钱薄、框框多的人，想到这，想到那，也就算了。后来终于在镜泊湖的一天，和几位搞国画的青年同志谈到国画的构图问题，把我向前（下）看的景色画了出来。时间大约是七月中旬。但是交织在我头顶上的那些钢架电线怎么办呢？我一路上记录着各种不同形式的电架，总想试它一试，哪怕闹笑话，却非冒一冒险不可。

话虽如此说，一路上，哈尔滨、沈阳我都多次拿出来考虑过，先用木炭条在原画上打好位置，似乎还可以，换支毛笔，我又踟蹰了，又把它卷起来了。后来到了九月上旬快要离开大连，尽可能不带半成品回来，于是横下心肠，用秃笔蘸墨，画上了交错在我头顶上的高压电线，才完成了这幅《丰满道上》。

谈山水画创作

从中国绘画近二千年的历史来看，历代都有山水画名家出现。如果从他们的画迹题材来分析，可以归纳成两类画家：一类是专门拟写古人笔意，追求笔笔宋元，崇尚古意，提出"作画贵有古意，若无古意，虽工无益"的论点，如元代赵孟頫、清代四王。另一类画家是以师法自然为主，崇尚以自然为师，走写生的道路，提出"外师造化，中得心源"（唐·张璪）、"搜妙创真"（五代·荆浩）、"搜尽奇峰打草稿"（清·石涛）的主张。这一富于现实主义精神的优秀传统，推动了山水画的发展。但在具体朝代的历史时期中，这一类画家不一定是主流，有时还是孤立的少数派。坚持这正确主张，需要艰苦奋斗的勇气。今天，"师法自然"这一观点不论在理论上还是实践上，当然都已不成问题。上次谈话中，我曾经举过荆浩的例子，今天仍从荆浩谈起吧！荆浩隐居在太行山洪谷地方，那里有大片古松林，几十棵大小古松树，形态各异，"因惊其异，遍而赏之。明日携笔复就写之，凡数万本，方如其真"（荆浩《笔法记》）。这段记录，说明荆浩的写生态度是很严肃的。他十分刻苦勤奋，竟画了上万幅画稿，才自以为把古松树的"真容"表现出来。这就值得我们学习了。能不能在创作时有这种严肃认真、刻苦求进精神，是创作上取得成绩的先决条件。荆浩提出"搜妙创真"的主张，这与石涛所说的"搜尽奇峰打草稿"有极相似的含义。荆浩在《笔法记》中解释"真"说："似者得其形，遗其气。真者，气质俱盛。"这当是山水画创作艺术上的要求吧！

山水画创作，有时是如何在写生画稿的基础上加工提高的技术问题。我们从某地写生回来了，画了很多写生稿，首先要从写生稿中挑选在意境上、表现技法上都较成熟的一幅为基础。有时成熟的写生稿本身就是创作稿。那要看你写生过程中，对主题、意境的领会深浅而定。如果构思成熟，意境已经充分表达，那只需在形式笔墨上提炼加工就行了。构思不成熟，首先是意境深化的问题。一般的写生稿，多半是具体场景的记录，只达到荆浩所指的"似"。进一步就得在"似"的基础上，升华到"真"。它的先决条件，当是画家炽热的激情。情深意切是创作的灵魂，其次才是笔墨技巧。

在东北，我在镜泊湖住了十几天，便完成了十几幅画稿。不知怎的，思想上总觉得非画不可。有一天安排去看著名的镜泊湖瀑布。我喜欢瀑布，瀑布也是我山水画创作中的偏爱。一听说去看瀑布，心里就十分激动。大约下午三时光景，在汽车上先听到瀑布水流的声响，到达后看到了气势磅礴的镜泊湖瀑布的雄姿。金色的太阳正射在瀑布上面，银花四溅，汹涌澎湃犹如万匹白练凌空泻下，真是心为之悸，目为之眩。我目不暇接，手不停挥，一连画了好几幅写生草图。第二天，我用一整天时间，完成《镜泊飞泉》的创作。这一幅用竖构图，飞泉从上而下，以"飞"的泻势，取强烈的动感，构成李白诗句"飞流直下三千尺"的意境。这是我看到镜泊湖瀑布的第一感受。激动的情思，通过笔墨倾泻在纸上。我用粗犷的笔墨，表达飞瀑的动势。瀑布下泻的动势，是无法用精雕细刻笔法描绘的，只有粗犷地用笔，才能表达水流的动感。后来我又用横构图画了一幅，以表现镜泊湖的全景。瀑布只占画面三分之一，重点放在瀑布四周山岩的描写上，以重墨的山岩来烘托瀑布的水势，点缀以小人，反衬出瀑布的气势，同样取得较好的艺术效果。

山水画创作，可以把许多内容相同的写生稿集中挂起来，经过仔细思考，选择几幅写生稿中自己以为美的景物，集中后，重新构图，把数图的优点融合在一起，加以提高，使之成为新的景观。我的《井冈山》一画，中景山冈取之于一幅写生画，近景杉木林又是取之于另一稿。我把两幅的优点自然地结合在一幅画面中，确实表现出了井冈山特有的山景的情趣。当然有时选用三四幅写生稿，同样是可以的，应当根据主题内容构思的需要而定。

另一种方法，是在写生画稿的基础上，从意境上、笔墨技巧上、章法构图上加以充实，加以提高，使之成为一幅完美的山水画。意境上的酝酿是最重要的。我常常面对一幅画稿，认真地思索，从季节的春夏秋冬，从时间的早晨或晚间去选择，常是很重要的。我的一幅南京玄武湖的写生稿，是秋天画的，但我认为画成春景更能加深意境，于是我就强化了柳树的春意，创作成北京出版的那幅《初春》。我在东北写生时，正是夏天，长白山的积雪已消融，原始森林充满一派葱茏生机，但是为了表现东北的特征，便画成了一幅冬景，这就是我创作的《林海雪原》。除了季节、时间特征以外，气象条件也是山水画构思时考虑的因素。天气的变化，晴雨雪雾往往可以美化自然景物，增加画面的情趣。晴天可以使自然景物清朗明快，烟笼雾锁可以使自然景物朦胧空灵。我曾画过一幅《初夏之雾》山水小品，原来只是一幅四川金刚坡普通山景写生，笔墨平淡，后来我从强调季节气象特点着眼，加强笔墨浓淡对比，增加墨色层次，取得了苍茫幽深的艺术效果。至于雨景，那是我常喜欢画的。在四川生活时，雨景使我有特别的感受。从我住处金刚坡去沙坪坝的山路上，有一处大竹林，平时走路经过觉得平淡无奇，并不入画，可是有一次途中遇雨，在山径上看那一片竹林，真是美极了。我顾不得雨淋湿身，站在林旁观察了很久很久，满怀创作的激情，回到家中立即动笔画了出来。这就是很为大家赞赏的《万竿烟雨》。许多朋友喜欢我的雨景，美学专家宗白华先生曾说："风风雨雨也是造成间隔化的好条件，一片烟水迷离的景象是诗境，是画意。"确实，山水画中的云雾烟雨的处理，是完全合乎美学原理的。

六法中有"经营位置"一法，这在山水画创作时必须考虑到。"经营位置"就是章法，或叫"构图"。创作过程中，构思构图是不能分割的。一定的构思内容，必须有相适应的构图来体现。特别重要的一点是，中国画的构图有它本身的特点，章法贵求异，求变化，避免雷同。竖幅、横幅、长形、方形，多种形式可以在创作时试试，选择与构思内容相适应的形式。与章法密切相关的是透视问题，中国画有一套独特的表现空间关系的方法，这是山水画创作不能不引起重视的一个问题。在写生画稿中，最最容易出现的大毛病是以焦点透视的方法来写生，这对山、水、树、石等自然物问题还不大，一旦遇到建筑物就容易出毛病。许多人写生建筑物是根据焦点透视的规律来画的，其实中国画的透视不是焦点透视，也不是所谓的散点透视，而是"以大观小"之法。画家应站在一个理想空间全面地去观察景物，并根据需要移动位置，变化观察角度，以取其全貌。我在《中国画的特点》中已对中国画独特的空间认

173

识和空间表现阐述清楚了，这里只是提醒大家，以中国画所特有的透视方法去处理画面中的空间感问题。

构思构图都已经成熟，接着就是表现技法问题，即笔墨功夫问题。每位画家都有他自己的习惯和擅长哪一种技巧，应该力求既成技巧的发展。为达此目的，往往不惜牺牲其他一切，来丰富自己的笔墨功夫。因为画一树一石要做到纯熟而有自己的风格，绝非偶然可得，必须历尽艰辛孜孜不停，始能运用自如。熟能生巧，是靠勤奋得来的。因此一幅成熟的画稿，要不止一遍地去画、去写，直到笔墨表现满意为止。技巧要靠一点一滴地积累，才能趋于完善；要勤于实践，敢于实践，要充实头脑中的库存，丰富胸中丘壑，这都是一个山水画家所必备的条件。

大家都会遇到"眼高手低"的问题。写生过程中，看到美丽的风景，但是"手"无力描绘出来，创作过程中，想象中美的景观，手却画不出来，或表现得很不充分，达不到理想的要求，眼睛与手产生了不调和的矛盾，痛苦极了。我认为这是正常现象，在学习过程中必然要出现的矛盾。分析见到的客观景物，何者是美何者丑，要靠眼睛去搜索，靠思维去分析，还要受画家本身文化素养、审美情趣的制约。美的东西触动了感情，想把它表现出来，这就是创作激情。创作激情是我们赖以搞好创作的契机，对眼前的景物无动于衷，恐怕是很难画好创作的吧！手的动作存在一个熟练不熟练的问题，熟练的手一下子就可以把眼睛所见的"美"表现出来，不熟练的手画来画去，始终不能完成"大脑的指令"。手的熟练程度是靠技法训练，靠不断实践取得的。我们从事创作活动，不断地到风景优美的佳山胜水去写生，去游览，目的就是要提高我们的审美情趣和手的表现技巧。手的技巧靠不断地实践和训练来提高，审美情趣的提高则靠画家自我修养，靠文化素质，这一点是非常重要的。古人说的"读万卷书，行万里路"也就是这个道理。所以我说"眼高手低"是正常的，并不可怕，怕的是"眼低手不高，自我欣赏，无知狂妄"。近代著名画家陈师曾先生说过："中国画家成功的因素，第一是人品，第二是学问，第三是才情，第四是思想，具此四因素，乃能完善艺事。"我很赞成他的论点，所以提高山水画创作水平，不仅仅是提高技巧问题，画家本身的素养看来更为重要。

艺术创作是通过客观景物描写来表现内在的精神，即用可以描写的东西表达出不可以描写的精神内涵。山水画创作，就是要做到化景物为情思。景物是客观存在，是实；情思是画家主观精神的东西，是虚。虚实结合的过程，就是艺术创造的过程。艺术应是一种创造，要把主观的意念。表现在客观景物描写的笔墨之中。画家所创造的境界，尽管取之自然，但通过笔墨表现出来的山、水、树、石无一不是画家加以美化了的，那就构成新的艺术境界、美的境界。把一种自感而又感人的美，用笔墨表现出来，看来就是山水画创作必须做到的。

谈山水画写生

一　师古人和师造化的关系

学习中国画，自古以来均从临摹入手。向古人学习，即"师古人"也。临摹品的选择，至关重要。宜由易到难，由简单到复杂，由局部到整幅。有一定基础后，进而到真山真水中去写生，向自然学习，即"师造化"也。二者不可偏废。

"师古人"目的是为了了解和学习前人的表现技法。无论是花鸟画、山水画或人物画，历代画家都创造了极丰富的技法范例。我们在学习、临摹的过程中，可以了解历代绘画的发展过程，以便更好地掌握不同的表现技法。以山水画为例，从晋六朝到唐代就有很大的变化。山水画从为人物画配景到独立成科，技法逐渐趋于成熟。唐代以前倾向重彩、勾填，称青绿山水，后来逐渐向水墨发展。在用笔方面，先是工笔较多，后向半工半写发展。由"工"到"写"，用笔用墨也渐放手施展，变化较多。吴道子与李思训就是唐代两种不同表现方法的代表。到五代，水墨方面发展逐渐成熟，荆浩、关仝、董源、巨然一代巨匠对山水画的发展贡献极大。北宋以李成、范宽、郭熙和米芾为代表，南宋以刘松年、李唐、马远、夏圭为代表。整个宋代，中国山水画在水墨方面发展到极高的境界。从山水画技法角度看，到宋代已经完全成熟，自成体系。元代山水画的代表应该是黄公望、王蒙、倪瓒、吴镇四大家。这时的特点是多题跋。不少作品用长题来辅助突出画的主题，逐渐形成款题、书法、画三结合的形式。这时期强调画家的文学修养，提倡作品有书卷气。明代有沈周、文征明、唐寅、仇英四家。他们都继承了元代的画风。以上所讲是中国山水画发展的大体情况，详细内容在"中国山水画的发展"一讲中已介绍。学习山水画必须了解并研究各个时期绘画的不同特点、技法和发展的脉络，以作为学习临摹时的借鉴。

临摹古人的作品，一定要弄清他们的技法特点，一定要采取分析、研究的态度。可临局部，也可临整幅，根据具体情况而定。临摹不是复制，所以只要从技法角度去探索，不必从临摹品表面求类似。第二，选择临摹品应先从近代着手，由近及远，从简单到复杂。临摹品可选择原作或较好的印刷品，但宜选自己喜爱的，技法、风格与自己相近的。临摹品模糊不清的不要强临，即临亦无效果。第三，应根据技法分类要求去临摹，这样效果较好。如学树法，则应掌握各种树的画法。不仅要临近景树、远景树、单棵树、丛树，还要掌握树在不同季节中的特征。树法有一定基础后再临摹山石，由部分到整幅逐步临摹，反复练习，效果会更显著。作为山水画写生前的技法准备，临摹十分必要，有了临摹的基础便能更好地写生，在写生中进一步体会前人的技法。

二　师造化的重要性

"造化"是自然，是天地、宇宙。"师造化"即以大自然为师的意思。这是学习山水画最最重要的途径。历史上有成就的山水画家都非常重视"师造化"。他们在真山真水中研究、体察大自然的变化，酝酿创作构思，吸取创作题材。如五代的荆浩，他曾花了很长时间到深山中去画古松，先后画了数万本。从历代著名山水画家的艺术成就来看，凡是师法自然的，在艺术上就有创造性，有成就，造诣深，如董源、巨然、米芾、马远、夏圭以及石涛、梅瞿山等人。一幅好的山水画，必须充满作者的感情，充满作者对大自然讴歌的激情，并赋予大自然一种新的寓意。唐代画家张璪说的"外师造化，中得心源"，石涛说的"山川与余神遇而迹化也""搜尽奇峰打草稿"都是主张要写山水神情的意思。古人提倡要"行万里路"就是强调到实际生活中去体察、实践，师法自然。古代交通不便，去一处名山要花很长时间、很多精力；而现在交通方便，幅员辽阔的锦绣河山为山水画家提供了极好的条件。作为一个山水画家，必须热爱祖国的一山一水，缺乏这种热情，是很难产生好的山水画作品的。

三　山水画的写生方法

中国山水画的写生有它自己的特点，有别于西洋画中的风景写生，中国山水画写生，不仅重视客观景物的选择和描写，更重视主观思维对景物的认识和反映，强调作者的思想感情的作用。在整个山水画写生过程中，必须贯彻情景交融的要求。作者通过对景物的描写来反映自己的思想感情，首先要选择写生的景物。合于自己的兴味才能触景生情。如果在自己丝毫不感兴趣的地方写生，即使花很大力气也是不会取得好的效果的。勉强画成，只是干巴巴地如实描写，与中国山水画的写生要求相差甚远，那是没有意义的。

中国山水画写生要按"游""悟""记""写"四个步骤进行。

游　每到一个地方写生，千万不要看到一处风景很动人，马上就坐下来画，把看到的风景如实地搬上画面，这不是中国山水画写生的方法。首先必须"游"。对中国山水画家来说，"游"，就是深入细致地去观察。一座山，你山上山下，山前山后跑遍了，从高处、低处不同角度观察它的形象，分析它的特征，对它作全面的了解，你作画时才真正心中有数。我到长白山写生，长白山很大，方圆数十里，上下近千公尺，不可能一下子全都观察到。最先看到的是长白山腰间的长白瀑布。瀑布的水由长白山顶著名的"长白天池"大量溢出，两山相峙的溢口，急流如万马奔腾，其声如雷，气势极为雄伟。长白山瀑布与天池分不开，必须登山顶观看，才能尽览。天池四面环山，像一块碧玉装饰在群山之中，由于山顶高寒，不长树木，雾气弥漫，很有一点神秘的色彩。山的中下部是针叶林，长白山林海是在山的下部。瀑布下面有一段很长的乱石湍泉，曲曲弯弯流向远方，这便是松花江的源头。游遍长白山的上上下下以后，对它有了比较全面的了解，便有助于掌握长白山瀑布独特的面貌。它与天台山的石梁瀑、庐山的三叠泉、贵州的黄果树瀑布都不相同。写生时，我采用"取上舍下"的办法，突出了长白山瀑布从天而降的气势。这就是我的《天池飞瀑》写生创作稿的构思过程。

又例如去华山写生。由于体力不行，我只能上到青柯坪。最能代表华山特点的北峰西峰虽没有去游，但我在山下、山腰对华山全貌做了细致的观察，从华山特有的雄姿联想到了祖国辽阔壮丽的河山。正是这种对祖国河山的眷念之情，使我有了《待细把江山图画》这幅作品的构思。画面正中所画的就是西峰的巍峨雄姿。

我住在重庆歌乐山金刚坡下，那里四面环山，林木蕉竹，葱葱茏茏。当时我在沙坪坝中央大学艺术系任教，前山下坡去学校的山路，每星期要步行往返两趟，来回十余里。虽是山间崎岖小道，但沿途景色美丽多姿。附近的山林也都游遍，做过细致的观察。宋代郭熙在《林泉高致》中对观察山景的体会写得十分透彻："山近看如此，远数里看又如此，远十数里看又如此，每远每异，所谓山形步步移也。山正面如此，侧面又如此，背面又如此，每看每异，所谓山形面面看也。如此，是一山而兼数十百山之形状，可得不悉乎！山春夏看如此，秋冬看又如此，所谓四时之景不同也。山朝看如此，暮看又如此，阴晴看又如此，所谓朝暮之变态不同也。如此，是一山而兼数十百山之意态，可得不究乎！"山景随着时间、季节、晴、雨等各种变化而变化，有着不同的韵味。特别值得注意的是晴天和下雨的变化。晴天是山青、水明、树重、云轻，一览无余，层次清晰；而下雨则不同，所有景象朦朦胧胧，雨丝中山色树影时隐时显，在模糊中见到极微妙的变化，本身就是绝妙的水墨画。我的《万竿烟雨》就是在山路遇雨，竹林躲雨时被奇妙的景色所感染而画成。这"偶有一得"是画家感觉的偶然触发，这"一得"却是无数次"游"中所得到的收获。

概括地说，深入生活进行山水画写生，重在"深入"二字。要深入观察，深入了解，要在生活中激发作画的热情。

悟 就是要深入思考分析、概括提炼，使客观景物酝酿成意境。这才叫"胸中丘壑"。"游"只解决对景物的全面了解，尚停留在感性的认识。进一步则必须深入思考、分析，在掌握表现对象的特征之后，要去芜存真，由表及里，深思熟虑地去构思，去立意。"意在笔先"就是这个意思。意境植根在"游"的基础上，也就是说，意境是从生活中酝酿而成的。

"悟"是客观景物反映到主观意念上，重新组织成艺术形象的重要过程。经过艺术加工的景物，应该比原来的景物更集中，更美。早在南北朝，南朝宋人宗炳就提出"身所盘桓，目所绸缪""应目会心""万趣融其神思"的主张。唐代画家张璪又提出"外师造化，中得心源"的著名论点。山水画主要是抒写山水之神情。这"神情"出之于作者主观的思想感情，是作者受到大自然风景的启发，用笔墨抒发出自己内心的感受。山水写生中的"悟"是走向"中得心源"的必要过程。但是在山水画写生过程中，"悟"往往被人忽略，把客观景物如实地搬上画面，或仅仅做简单的构图上的剪裁、章法上的安排，这对山水画家来说是很不够的，缺乏隽永的意境，缺乏感人的魅力，只能是风景说明图。南北朝的王微在《叙画》中就指出："古人之作画也，非以案城域，辨方州，标镇阜，划浸流。"石涛有一首题画诗："天地氤氲秀结，四时朝暮垂垂，透过鸿蒙之理，堪留百代之奇。"他很强调画家的精神表现，强调画家"意在笔先"。画的意境是画家精神领域的开拓，是从最深的"心源"与"造化"接触时，逐渐产生的一种领悟，再以笔墨形式表现出来，微妙地把作者的感受传达给观者。艺术家从现实生活出发，经过"妙悟"使现实传神到新的艺术意境。这种心灵上的传播，应该是画家最高的追求；这种意境上的开拓，出自画家的思想感情，应是有所感才能反映出来。这与画家的艺术素养、思想境界密切相关，单纯靠笔墨技法是不够的。艺术意境的酝酿是使客观景物与主观情思相关相沟通。大自然的山川草木，云烟明晦，可以表现画家心中的情思起伏蓬勃无尽的创作灵感。恽南田题画云："写此云山绵邈，代致相思，笔端丝粉，皆清泪也。"董其昌说："诗以山川为境，山川亦以诗为境。"唐代王维则以"诗中有画，画中有诗"著称。我们常常在许多名诗嘉句中得到山水画意境的启发。我画《秋风吹下红雨来》就是从石涛的诗句中获得启发而作。再以《黄河清》的创作为例。我到三门峡写生，首先被水利工程的宏伟场景所激动。巨大的拦河坝、泄洪闸、电厂、沸腾的工地、欢乐的人群，可以画的东西很多，但怎样画才更有意境？"意"应该立在哪里？这是最重要的问题。在反复思考的过程中，一句民谣启发了我："黄河清，圣人出。"黄河的"黄"和"清"是一对矛盾，三门峡水利枢纽工程的修建，目的就是根治黄河，化水患为水利，解决"黄"和"清"的矛盾。我决定从"清"字上立意进行写生。这个酝酿过程便是"悟"。

当然作为一个画家，要画成较满意的写生稿并非容易事。去东北写生，先后在温泉、天池、小天池、长白瀑布许多地方画了不少画稿，但长白山的大森林却无法去表现。为了画东北大森林，在密密的树林中驱车行进数小时，见不到天空，看不到边缘，公路总是在森林中穿来穿去。我确实见到了东北特有的大森林，但如何去表现才能区别于其他地方的大森林呢？一天，在长白山自然保护区入口检查哨停留，那儿有一座近百公尺高的专供保卫人员用的防火望塔。"欲穷千里目，更上一层楼。"我奋力登上塔顶，望四周，探求多日的"林海"一下子清晰地呈现在我的眼前，远处雄伟的长白山耸立在苍茫无际的林海之上，十分壮观。"林海雪原"，我几乎惊喜得叫出声来。这不正是我寻找多日的画稿吗！我终于"悟"到了更高的意境，完成了《林海雪原》的创作构思。

"悟"就是把对客观景物的感性认识，更集中地提高到理性认识。在极其繁杂的景物现场，该画什么，该舍弃什么，该强调什么，该突出什么，诸多难题在"悟"的过程中都可以迎刃而解了。

记　它包括两层意思。一是记录（笔记）。二是记忆（心记）。

每到一处山水胜景，必然有很多景物使你感到新鲜，激起创作的热情。在完成"游"和"悟"之后，需要进行必要的记录。速写其形象，可以用铅笔、钢笔勾写，最好能用毛笔以水墨形式描绘，当根据具体情况而定。如果结构复杂，某些重要部分还要重点加以结构上的记录和特写。这种速写不求形式上完整，而求详细记录，特别对于工程建筑物，必须结构清楚，透视正确，每次外出写生，这方面的工作量是很大的。

这种收集素材的速写，特别要记录具有特征的景物，使写生画稿能够充分表现出地方特征。例如树木是极普通的景物，但各地地理条件不同，树木形象同样会有地方特征，速写时不能忽视这一点。富春江一带的杨梅树，树叶常青而浓黑，树干盘曲多姿，呈淡赭色。我当年去富春江画画，勾了不少杨梅树的稿子，这种姿态优美、枝叶繁茂的常青树与富春江的山明水秀相映衬，极富江南水乡特色，十分入画。又如乌桕树，在浙江农村水田间多插种这种油料树种，每到秋天，乌桕树叶变成红色，平原上一片秋色，是其他地方所不易见到的美景。黄山松树，浓黑而粗壮，虬枝千姿百态，气势雄壮，它是黄山所特有，画黄山而不画松树便失去了黄山的特征。山，对山水画来说是最普遍的描写对象，但各地的山都不相同，正如宋代郭熙所论述："嵩山多好溪，华山多好峰，衡山多好别岫，常山多好列岫，泰山多好主峰。天台、武夷、庐霍、雁荡、岷峨、巫峡、天坛、王屋、林虑、武当皆天下名山巨镇，天地宝藏所出，仙圣窟宅所隐，奇崛神秀，莫可穷其要妙。欲夺其造化，则莫神于好，莫精于勤，莫大于饱游饫看，历历罗列于胸中。"一代名家经验之谈极为精辟。"华山多好峰"确实是这样，它挺拔而又雄伟，而黄山的峰峦则更为秀美多姿。对于各种山峰的特点，仔细加以观察才能得其精神。我们必须用笔记录，但更需要用心记之。因为最详尽的记录也难得其精神成为自己的"胸中丘壑"。我们要做到得心应手，提笔即可画出，落墨即可显出其特征。郭熙又曾描述："春山淡冶而如笑，夏山苍翠而如滴，秋山明净而如妆，冬山惨淡而如睡。"我们如果在写生过程中能像他那样善于掌握山峦在四季中的变化，当更能深化山水画的意境。

在速写记录时，由于场面大，幅面宽，包括的内容多，可以采用分别记录的方法。但必须注意的是整理时一定要注意数稿间透视关系的一致性，不允许将几幅透视角度完全不同的建筑物硬拼凑在一起。在不少山水画写生稿中往往发现山、树是俯视的，也就是说，作者是从上面向下画的，透视的视点较高；而所画山中的亭子却是仰视的，作者又是从下向上画的。亭子是点景的建筑物，如果山、树都是俯视的，亭子必须是俯视的，或者用平视的透视关系去处理，这样就不会有一种危亭欲倒的不舒服感觉，影响画面的空间表现和意境的刻画。宋代沈括说："李成画山上亭馆及楼塔之类，皆仰画飞檐，其说以为自下望上，如人平地望屋檐间，见其榱桷。此论非也。大都山水之法，盖以大观小，如人观假山耳。若同真山之法，以下望上，只合见一重山，岂可重重悉见？兼不应见其溪谷间事。又如屋舍，亦不应见其中庭及后巷中事。若人在东立，则山西便合是远景；人在西立，则山东却合是远景。似此如何成画？李君盖不知以大观小之法，其间折高、折远，自有妙理，岂在掀屋角也！"（宋·沈括《梦溪笔谈》卷十七）早在11世纪，我国对山水画的空间表现已经有一套较完整的理论了。又如郭熙在《林泉高致》中谈到空间表现的"三远法"时说："山有三远：自山下而仰山巅，谓之高远；自山前而窥山后，谓之深远；自近山而望远山，谓之平远。"他将一般山水画中空间表现的几个方面都说到了。用现代几何透视原理去分析郭熙的空间概念也是极为正确的。"三远法"就是透视学中所说的仰视、平视和俯视。对现在学画者来说，这是极普通的常识，但早在11世纪，我国的画家就提出了这样的理论是很了不起的。中国山水画空间的创造有中国自己独特的方法，当在其他课题中阐述。我们在记录速写时，只要求不忽视透视的因素，要在一张画面上保持其透视关系的一致性。通常情况下，速写水坝、高层建筑和复杂的建筑群，处理透视关系时尽量避免运用成角透视，在平行线处理时应避免用消失点。因为中国山水画的空间表现，常着重宇宙大空间的表现，一座房屋或一群建筑物，所占空间极有限，在画面上常不作计较。当画里上、中、下都有建筑物时，常以主要建筑物为主，其空间背景保持透视变化的一致性，其他次要建筑物的透视变化与建筑物保持一致性，或者画面的上、中、下建筑物都同时统一用平视的方法去处理，不能用焦点透视消失在一个消失点上的方法去处理。

　　山水画要有时代气息，根据内容需要，往往加些点景人物、房屋或其他建筑设施。这在山水画中是极为重要的课题，不能忽视，更不容随便添加，若处理不好，往往会破坏画面气氛。在"记"的过程中要认真考虑点景的人或物的安排，在画稿中标明。应特别注意的有以下几点：

　　点景人物可以小喻大，产生习惯比例上的作用。因为人物、屋宇等人们日常所见景物的大小，一座山前点景人物的大小在概念中已有习惯的比例感，会影响山的高低，所以用点景人物来烘托山的气势是很有效的。点景人物（包括建筑物）适宜放在构图的前中景，并要考虑前后空间关系、主次关系。如果画面中同时出现几个点景人物，则要考虑他们之间的比例关系。要避免过分夸张点景人物与背景的大小对比而产生失真的感觉。例如漓江的山峰都不十分高大，点景人物对比不宜过分夸张，否则便会失去漓江山峰俊秀的特色。

　　点景人物一般要起画龙点睛的作用，宜以一当十，不能烦琐。点景人物的画法要与画面其他景物的表现方法一致。如用工笔画的点景人物出现在写意的山水画中便不恰当。李可染先生的点景人物是绝妙的，值得学习。

　　从学习中国山水画的角度看，到真山真水中去体察自然的风貌是极为重要的课题。古代画家要求"行万里路"是很有道理的。在大自然中，除用笔去记录外，还有重要的一点是仔细地观察、体会山山水水的精神风貌并记录在心。因为用笔只能记其形而不能画其神。我提倡用"目观心记"的方法，要多观察、细思考、勤动手。现场写生落墨帮助记忆，但一个有成就的中国山水画家，必须心藏千山万水，把写生过的山山水水逐渐变成"胸中丘壑"，并要不断深入生活，不断补充新的营养，丰富自己的"胸中丘壑"。"丘壑成于胸中，即瘪发之于笔墨。"这便是写生时"记"的要求。

写 以上所讲"游""悟""记"，都是"写"的准备过程。一般说来，前面三个过程准备充分，"写"起来就会得心应手。"写"是把自己感受到的蕴藏在自然界中的优美情趣，用笔墨反映出来，表现出来。明代王安道在《华山图序》中写道："由是存乎静室，存乎行路，存乎床枕，存乎饮食，存乎外物，存乎听音，存乎应接之隙，存乎文章之中……"王安道画华山是把华山景物放到整个精神生活里面去，经过不断揣摩，反复洗练，执笔时，"但知法在华山，竟不知平日之所谓家数者何在"。他用全部身心去完成有名的华山写生作品《华山图》是值得我们借鉴的。

"写"的关键是充分表现"意境"。古代画家最为普遍的经验是"意在笔先"。看来是"老生常谈"，但却是极重要的经验。"写"是形式，是技法，即所谓"笔"。"写"是反映"意"，但"意"和"笔"不容分割，二者应该高度地统一，既要求有新意，又要求出妙笔，笔意相发才能画出满意的作品来。今天的画家谁不一管在手，挥洒自如呢！我的意思是：当画家们深入到生活里，面对着日新月异、气象万千的现实生活时，能够无动于衷没有丝毫的感受？不会，这是绝对不会的。我认为画家的这种激动和感受就是画家对现实生活所表示的热情和态度，也是画家赖以创作、大做文章、大显身手的无限契机。我们知道，每一个人的素养、兴趣、爱好乃至笔墨基础都是不相同的，所以每个人对现实生活的感受和评价也各有差别，正因为这样，才能充分发挥每个人的特长和每个人的创造力。

绘画是造型艺术的一种，它依靠形象的艺术加工，因此艺术技巧的重要性是不待言的。但技法不是固定不变的，它适应时代的发展而不断发展，如果认为只要掌握了传统笔墨技法便可走遍天下随意作画，那就错了。画黄山用此法，画华山亦用此法，千篇一律，满纸是技法的堆砌，这样的技法，再高明也没有什么意义，那只是僵死的程式。我极力提倡向民族优秀传统学习，继承和发展我国优秀民族传统，继承是为了发展。我反对孤立地、机械地搬用传统技法的套路，把活生生的现实生活画成古板、死气沉沉的。我们要通过深入生活，到真山真水中去体察、感受，通过新的生活感受，力求在原有的笔墨基础之上，大胆创新，适应新时代内容发展的需要。应当在不断的写生活动中求得进步，求得发展。"笔墨当随时代"是"写"这一环节最重要的一点。

山水画的表现技法主要有以下几方面：

树法 树法是山水画家最基础的技法之一。宋代郭熙在《林泉高致》中说，"山以草木为毛发"，"得草木而华"，"无林木则不生"（生：生气、生动之意也）。可见画好树木对整幅山水画是极端重要的。树法可分两个方面。一是树干的画法。自然界树木的枝干千姿百态，非常生动。我们平时可以收集各种树木的生动形态，这是师法自然的重要课题之一。画时有轻重二法。轻法以双钩树干、大枝的方法表现树木姿态的变化，常用在丛林、树木繁茂处，衬以浓墨点叶，极富自然情趣，并能加强空间感。重法即以重墨笔没骨画出枝干的各种变化，常见在画幅的近景或山峰深谷中、树丛中，用以增加林木重量的感觉。有时二法合用，以增加树木形态的变化。《芥子园画传》中对树叶的画法分析比较详尽，可以说是古代名家在实践中所创造的表现树叶的各种方法的归纳，值得我们参考。但自明清以来，山水画中临摹之风极盛，一味沿袭古人的树法，逐渐失去了原有的生气。现在仍有一些写生作品沿用古人的勾叶方法，给人的感觉比较陈旧，所以在山水画写生时很值得研究树木的画法，特别是树叶的画法必须创新，要从用笔用墨的角度去探索，去实践。早在青年时代，我自学山水时就开始思考这个问题，在实践中我摸索出用破笔点去点树叶，点叶时要注意树木的外形特征和树木在画幅构图中的轻重。古人画树是先画树干，再画树枝，然后点叶。我在写生时有时是先点叶再穿枝立干。点叶不必拘泥某些局部的小变化而要抓住大的气势和墨色轻重变化，既要有墨色的韵律节奏，又要充分体现出树木本身的空间感觉。这虽不容易做到，但在不断的写生实践中是可以取得好效果的。这种写生实践是我们山水画创作不可少的一步，缺少了这一步，山水画创作就很难取得"气韵生动"了。

皴法 这是山水画写生中画山石必须掌握的技法。历代山水画家创造的各种皴法都是在"师造化"过程中逐渐累积起来的技法经验，是民族绘画中极宝贵的传统之一，值得珍视和学习。郭熙在《林泉高致》中说："真山水之川谷，远望之以取其势，近看之以取其质。"这是我们在写生画山时最要重视的一点。画山用皴法，必须针对你所画山的外形和结构特征，不要拘泥于是用荷叶皴抑是披麻皴，而应从如何用笔墨去充分表现山的势和质上面多作考虑。郭熙说："盖画山，高者、下者、大者、小者，盎晬向背，颠顶朝揖，其体浑然相应，则山之美意足矣。"这就是说，皴法应从全幅画面去考虑推敲，不要拘泥于一山一石的画法。皴法是用以表现山峦结构、石纹变化的，它与山石的地质结构密切相关。我曾翻译过日本高岛北海所著《写山要法》（1957年上海人民美术出版社出版），他在书中把中国山水画中的皴法与地质学结合起来加以阐述，值得我们学习、参考。

我作画所用皴法是多年在四川山岳写生过程中逐渐形成的。我着重表现山岳的变化多姿，林木繁茂而又可见山骨嶙峋的地质特征。当然皴法还应与"点""染"结合起来，才能取得画面完美的效果。皴法的用笔要自然，顺笔成章，切忌堆砌做作，死板地勾斫。用墨要注意墨色的韵律、变化，要虚实相生而成天趣。皴法的处理必须注意山石的自然情趣和笔墨效果。

点法 山水画技法中常忽略点法。某些古代画论中有把"点苔"作为对皴法败笔的掩盖，这是极为错误的说法。实际上"点法"在山水画中对笔墨的处理至关重要，所谓"点法"是指山水画中点叶、点苔、点树、点山、点石等等，它可以调节墨色浓淡，控制画面墨色效果，同时又是表现画面气氛必不可失的技法之一。凡是古代着重画面气氛的画家都非常重视"点法"的运用。宋代米芾父子的米家山水的点法在笔墨技法方面创造性地发展到极为重要的地步。他们用"点"来充分显示江南朦胧多云的山水变化，依靠"点"的墨色变化达到水墨淋漓的效果。元代王蒙善于用"点"，他的作品写景稠密，善用浓墨点统调全画气韵，充分表现出林峦郁茂苍茫的气氛。石涛极为重视点法在写生中的运用。他在题画诗中对点法有这样一段极为精辟的阐述："古人写树叶苔色，有深墨浓墨，成分字、个字、一字、品字、么字，以至攒三聚五，梧叶、松叶、柏叶、柳叶等，垂头斜头诸叶，而形容树木山色，风神态度。吾则不然。点有雨雪风晴，四时得宜；点有反正阴阳衬贴；点有夹水夹墨，一气混杂；点有含苞藻丝，璎络连牵；点有空空阔阔，干燥没味；点有有墨无墨，飞自如烟；点有如焦似漆，邋遢透明。点更有两点，未肯向学人道破，有没天没地，当头劈面点；有千岩万壑，明净无一点。噫！法无定相，气概成章耳！"可见"点法"在山水技法中占有何其重要的地位！

染法 在过去的山水技法中，染法不被重视。复古画派十分注意笔墨技法的历史渊源和师法继承，只强调勾斫法、皴法，讲究笔笔要有来历，因此只重视笔墨本身的艺术性和技法功力而忽视笔墨技法所表现山水景物的神韵气势，山水画所表现的内容更被忽视。笔笔来自宋元就是最高标准。我们的主张则不同，技法是为内容服务的，技法是为了充分表现内容。山水画要表现出自然风景的神情风貌，给人以美的享受。我们要用感情作画，而不能单靠技法。为了充分表现自然景物的四季变化、晴雨风貌的神韵，应该强调染法的运用。风雪的不同特点，都有赖于多层次的渲染去体现。一幅画我常常渲染十数遍，目的就是强化画面气氛和意境。

作为一幅完美的山水写生画，"写"的过程技法要求很多，不能一一详尽阐述。如果在"游""悟""记"三个方面准备工作充分，"写"时当不会有多大困难。当然从技法角度考虑，那是无止境的，需要我们去不断追求、提高。

作为山水写生画，可以当场对景写生，也可以在现场勾稿子，回到住处加工完成。为了外出写生方便，画稿不宜太大，一般四尺宣纸六开便行了。最重要的是必须在印象清晰、感受最深时立即将画稿落墨写成，不要只用钢笔勾小稿子，收集厚厚一本回到家里再加工。我们首先是用感情画画，因为失去了当初在景色中丰富的感情是画不出好画来的。这一点对于初事山水写生的人来说，是特别值得重视的。

论皴法

中国山水画发展比人物画稍迟，先是作为人物画背景出现，后来逐渐发展成独立画科。我认为中国山水画始于六朝。六朝刘宋的宗炳和王微（公元421年）有山水画的理论也有实践。据可靠的文字记载，他们应该是中国山水画的创始人。

山水画的技法就其用笔而言，可分"勾""皴""染""点"几个过程。"皴"，原来只是笔法的一种，后来发展成独立的技法——"皴法"。大约在元明之际开始有"皴法"的名称，如披麻皴、云头皴、斧劈皴等。山岳的画法在山水画技法中是很重要的组成部分。

皴法的系统介绍和流传应该归功于《芥子园画传》。《芥子园画传》共三集，初集为山水谱，共五卷。"芥子园"是清初名士李笠翁的金陵别墅的名字。李笠翁是著名收藏家，家藏历代名画甚多。他的女婿沈心友将李笠翁家藏明代山水画家李长衡画的课徒画稿四十三页原稿，请当时的山水名家王概（号安节）整理和增编。以过约三年时间，增编到一百余页，并系统地将山水画技法分条加以介绍，并临摹历代名人各式山水画四十幅，给初学者做临摹范本。篇首并编入《青在堂学画浅说》，作为山水画技法的指导。在李笠翁的资助下，于康熙十八年（公元1679年）用彩色套版木刻刊印。这就是《芥子园画传》第一集。这是一本系统介绍山水画技法的书籍，流传很广，对于初学者是有帮助的。但我们应该了解《芥子园画传》编印于清初，当时画风崇尚临摹和仿古，追求古人的笔意，在这种思想指导下，没有谈及"师法自然"，这是最大的缺点。

我们学习和研究山水画技法，必然要接触到皴法问题。皴法是用毛笔线条为主表明山岳起伏（凸凹）、高低、仰俯、耸坦，各种变化的方法。它不仅表现山岳的外形，也刻画山岳地质的特点。因为地质结构不同，所以必然采用不同的皴法。长期以来，画家们根据自然界真山真水的各种特点，在实践中逐渐掌握不同的表现规律，创造出各种皴法，它是民族绘画极为优秀的传统技法之一。可是却有人对皴法重视不够，把原来发生发展于真山水的、活的皴法，当作死的程式生搬硬套，这是错误的。

从历代画迹中见到的皴法，综合起来主要有以下六个系统。括号内是同种、异名或近似的名称。

1. 披麻皴系（长披麻皴、短披麻皴）
2. 斧劈皴系（大斧劈皴、小斧劈皴、长斧劈皴）
3. 荷叶皴系（解索皴、乱柴皴）
4. 折带皴系（泥里拔钉皴、横斧劈皴）
5. 卷云皴系（云头皴、弹涡皴）
6. 雨点皴系（米点皴、横点皴、芝麻皴、散点皴）

披麻皴：

这是常见的一种皴法。它有长短之分。这种皴法主要表现土质山峦的外貌。我国江南，江苏的太湖流域，浙江的富春江流域的山峦，基本上都是土质的，植被繁茂。历代以江南风景为表现内容的山水画家常用此皴法来表现。五代董源、巨然，元代的黄公望画中多用披麻皴，因为他们画的大多是江南山水，用这种皴法来表现，十分符合自然山岳的实际特征。

斧劈皴：

有大小的斧劈之分。主要表现石质山，特别在画火成岩、花岗岩一类石质山时，能表现出坚硬粗糙的质感。南宋的李唐、夏圭、马远都是运用斧劈皴表现山峦变化的。

荷叶皴：

这也是常见皴法。属于相同类型的有解索皴、乱柴皴等。这种皴法主要表现石质山峰，如黄山的莲蕊峰（莲花峰），华山的北峰、西峰，东北长白山的顶峰，都是典型的荷叶皴式的山峰。由于山峰海拔较高，长期受雨水袭蚀，表层的泥土流失，石质受水冲蚀，形成自上而下条形沟槽，石质全部裸露，外形显得挺拔、峻峭，极宜入画。明代王履的《华山图》用的就是荷叶皴。

折带皴：

这种常见的皴法，主要表现水边水成岩的石质山。元代倪瓒是这种皴法的创始者。他常画太湖一带风景，表现水边岩坡时，常用这种皴法。

卷云皴：

这是不常用皴法。火成岩的山岩，由于风雨侵袭，风化而成其特点。山东崂山、东北长白山天池附近的山峦宜用这种皴法表现。

雨点皴：

江南土质山峦植物覆盖繁密，宜用这种皴法表现山峦植物形象的变化。有代表性的是宋代米芾所作山水画。他表现山峦，全部用大横点，以点的浓淡轻重来表现江南山峦的变化，特别表现山峦在云雨中的变化时，更能发挥这种技法的长处。雨点皴又称作"米点""米点山水""米点皴"等。

从历代留传下来的中国山水画作品分析、研究，山石皴法是符合自然界的山石形状特征的。无论是披麻皴、斧劈皴、折带皴、荷叶皴……都不是山石景物外形的简单描写，不是画家眼睛直觉的产物，而是从真山真水的形态描写中提炼出来的，它是表现山石形、体、质、势、韵综合的艺术形象，是主观与客观结合的产物。我们认识皴法和学习皴法都必须认识到这一点。

当然，到后来，特别从明代中期以后，部分画家逐渐脱离生活，脱离现实，把原来发生、发展于真山真水的活的皴法当作形式看待，往往为一些不正确的理论所束缚，只守着自己师承的一二种皴法去画山水，把原来富有生气的皴法变成了死的程式，那是不对的。

我早年学习山水画，也临摹古人作品，但对各家山石皴法，曾结合自然山峦的特征进行过不断的探索、研究。宋人的山水画，特别是南宋诸家的山水画，我在青年时代临摹过；元人的山水画，我也临过。我很佩服王蒙的山水画，曾着重临摹过他的画。临摹较多的是清代石涛、石谿的山水画，因为我觉得他们的作品较有生气。除临摹外，我也到自然中去。开始由于条件限制，我只能在家乡江西各处去观察、写生。抗日战争时期，我得到了许多到真山真水中去体察的机会。我去过湖南、广西、四川，特别是四川的山山水水给我极大的帮助。那气势雄伟多雾滋润的山峦，植被繁茂，又可见山骨嶙峋的复杂结构，真是山水画最好的范本。八年歌乐山金刚坡的山村生活，给了我"搜妙创真"的条件。我觉得山水画不仅要表现山的外形，更重要的是从有限的山峦形象变化中去表现无限的意境。把客观的"景"与主观的"情"结合起来，山水画才有生命。我用的皴法是从临摹古人的画开始，再到生活中去写生，长期实践，逐步形成。至于这种皴法叫什么名字那不重要，关键是看画的效果。

  从我的切身体会看，皴法不是孤立的，它是完整的山水画技法中的一个部分。它必须与山水技法的"勾""染""点"结合起来研究，因为一座山的表现并不是单纯靠皴法的处理就能完成的。在山水画创作中，皴法的处理还要与整幅画所要表现的意境相结合，要赋皴法以生命。从造型艺术的角度考虑，我们在创作实践中运用皴法，还要能充分表现山水内容的自然情趣和笔墨情趣，这是十分重要的。如果没有这两点，皴法就失去了生命，那还谈什么艺术呢！

  （说明：上述文字，是伍霖生先生根据傅抱石关于"皴法"的几次谈话记录整理而成。）

中国山水画的空间表现

中国绘画有几千年优秀传统，具有丰富的人民性和现实主义精神。中国人民以自己独特的造型艺术形式来表达自己的思想感情和意志。长期艺术实践中，形成了自己体现自然造化、表现空间关系的方法。

研究中国绘画，可以知道人物画发展很早。东晋顾恺之所作《女史箴图卷》是完整的卷轴人物画，距今已有一千五百余年。山水画的发展却要稍晚一点。分析其原因，主要是对空间的认识和表现问题，在理论上尚未解决。以《女史箴图卷》来看，它所表现的空间极其有限，大部分是没有背景的。人物本身所占的空间毕竟有限，容易得到合理的安排。山水画则不同，景深有万里之遥，如果没有合理的法则去处理大山大水所占的空间，山水画可以说无法绘成。

中国幅员辽阔，山峦逶迤，华岳千寻，长江万里。中国人民热爱自然，自古以来有无数赞美自然的诗篇为人民所喜爱所传诵。由于中国人民对表现自然的迫切要求和画家们的积极而富于创造性的努力，到了六朝刘宋（420—479年）时代，便有了宗炳的《画山水序》和王微的《叙画》（均见《历代名画记》卷六）出现。这两篇著作是山水画创作的经验总结。他们首创了透视学中的重大原则——"近大远小"的规律，并且明确阐述了远近关系和大小比例问题。这比西方几何透视学的创立要早一千年。王微文中提出，山水画不应是"案城域，辨方州，标镇阜，划浸流"，而要更全面地表现客观景物，达到"畅写山水神情"的艺术境界。这样便给中国山水画体现自然、表现空间开拓了蹊径，促使中国山水画朝着写景又写情的道路发展。6世纪隋代展子虔《游春图》的传世，为中国山水画的发展史，提供了有力的证明。展子虔是一位精于画建筑物的画家，掌握空间概念高人一筹。他的《游春图》，对广阔浩渺的水域，远近关系处理得相当完善。从彼岸驶来的游艇，比例合理，十分自然。这就足以证明中国山水画到了隋代，对于体现自然、表现空间的问题，已经获得初步的解决。

历代一些绘画理论著作中论及空间表现的资料很多，例如：

"凡画山水，意在笔先。丈山尺树，寸马分人。远人无目，远树无枝。远山无石，隐隐如眉。远水无波，高与云齐，此是诀也。"

"列群峰之威仪，多则乱，少则慢，不多不少，要分远近。远山不得连近山，远水不得连近水。"

"凡画林木，远者疏平，近者高密。"

（以上见唐·王维《山水论》）

"远则宜轻，近则宜重。"

"丈山尺树，寸马豆人。远山无皴，远水无痕。远林无叶，远树无枝。远人无目，远阁无基。"

"要在量山察树，忖马度人。"

（以上见五代·荆浩《山水诀》）

"山水大物也，须远而视之，方见得一障山川之形势气象。"

"真山水之川谷，远望之以取其势，近看之以取其质。"

"山近看如此，远数里看又如此，远数十里看又如此，每远每异，所谓山形步步移也。山正面如此，侧面又如此，背面又如此，每看每异，所谓山形面面看也。如此一山兼数十百山之形状，可得不悉乎。"

"山有三远：自山下而仰山巅，谓之高远；自山前而窥山后，谓之深远；自近山而望远山，谓之平远。高远之色清明，深远之色重晦，平远之色有明有晦。"

（以上见宋·郭熙《林泉高致》）

"近岸广水，旷阔遥山者谓之阔远。有烟雾暝漠，野水隔而仿佛不见者，谓之迷远。景物至绝而微茫缥缈者，谓之幽远。"

"分阴阳者，用墨而取浓淡也。凹深为阴，凸面为阳。山有高低大小之序，以近次远，至于广极者也。"

（以上见宋·韩拙《山水纯全集》）

历代著名山水画家对如何体现自然，表现山川林木空间关系，解决山水画中的透视问题，有许多独到的见解。他们从表现远近关系、大小比例诸方面总结了自己丰富的经验。特别是郭熙的"高远""平远""深远"三远法和韩拙的"阔远""迷远""幽远"三远法，都是极富创造性并且符合科学原理的法则，值得我们重视。

　　清代乾隆年间名画家邹一桂在他的著作《小山画谱》中，对西洋透视画法持不同看法。他说："西洋人善勾股法（几何画法），故其绘画于阴阳远近，不差锱黍，所画人物、屋树，皆有日影。其所用颜色与笔，与中华绝异。布影由阔而狭，以三角量之。画宫室于墙壁，令人几欲走进。学者能参用一二，亦具醒法。但笔法全无，虽工亦匠，故不入画品。"邹一桂认为西洋画中的透视画法，是如实描写的一种技法，参考一二是可以的，但全用此法作画，不能成为真正的中国画艺术品。

　　邹一桂的看法，我认为是对的。西洋画是写实的，以时间、光线为基准要求准确无误地为实描写客观景物。而中国画则完全不同，它不考虑时间、光线等因素，以画家主观意志为主导去描写自然景物，表达画家的思想感情，心中的意境。西洋画是客观地写实，中国画是主观地写意。那么，中国画描写景物应该怎样处理空间关系呢？宋代一位博物学家沈括提出"以大观小"之法去体现自然造化。在他的名著《梦溪笔谈》里，就大画家李成采用透视立场所画的楼阁飞檐讥评说："李成画山上亭馆及楼阁之类，皆仰画飞檐。其说以谓'自下望上，如人立平地塔檐间，见其榱桷'。此论非也。大都山水之法盖以大观小，如人观假山耳。若同真山之法，以下望上，只合一重山，岂可重重悉见，兼不应具其溪谷间事。又如屋舍，亦不应见中庭及后巷中事。若人在东立，则山西便合是远境。人在西立，则山东却合是远境。似此如何成画？李君盖不知以大观小之法，其间折高、折远，自有妙理，岂在掀屋角也？"

　　那么，"以大观小之法，折高，折远，自有妙理"又何以解释呢？实际上"以大观小之法"是6世纪刘宋宗炳所说的"且夫昆仑山之大，瞳子（眼睛是也）之小，迫目以寸，则其形莫睹。迥以数里，则可围于寸眸。诚由去之稍阔，则其见弥小。"这就是沈括所说的"折高、折远，自有妙理"的含义。宗炳又说："今张绡素以远映，则昆阆之形，可围于方寸之内，竖画三寸，当千仞之高，横墨数尺，体百里之远。是以观画图者。"这就说明了造型艺术中所体现的比例关系。有了比例才能体现远近，才能体现空间，才能达到"咫尺之内便觉万里为遥"（《南史·萧贲传》）。

沈括的说法，"大都山水之法盖以大观小，如人观假山耳"是发展了宗炳《画山水序》中表现空间的理论。我们现在应该在实践中去认识这个理论问题。

中国山水画，所表现的主要对象是：山峦、树林、流泉和飞瀑，这些自然物就其外形来看是形体各异的，没有一定的规律，如果用几何透视学的原理去解决一棵树木的透视变化，那可能是极其复杂的。目标画房屋重叠的群山，连绵逶迤的山峦，透视学仍需画上众多的辅助几何线，利用视点视角去计算，亦是较难得出正确答案。中国山水画描写对象，要就从全面从整体，从本质上去表现，并不考虑时间因素，更不需要考虑光源照射方向。因此中国画中可以画出水中倒影，从来不画投影。从一些山水画幅来分析，它的视点常在画面以外较高、较远的地方，俯视全局，画出全景。这就是沈括所说的"以大观小，如人观假山耳"的含义，又是中国山水画体现自然、表现空间关系的特征所在。

我创作山水画，每当提笔落墨时，心中便无时不在考虑空间关系。画树必出四枝，画石必分三面，丛树、叠石必分前后，以显前后空间关系。画山必显山势、阴阳向背以求山峦的磅礴厚重。后山托前山，近山衬远山，以求山峦之间的空间关系。用墨必分浓淡，以显前后层次。一幅画的空间关系，在立意时已全局在握，胸有成竹，点画之间，自成天地。

唐朝诗人王之涣的诗句"欲穷千里目，更上一层楼"，这正是中国山水画空间表现的要求。俗话说"登高望远"也是这层意思。所以我外出写生时，常常要"登高"以观察景物的全貌。"望远"才能扩展自己的眼界，在画面中不难取得"咫尺千里"的空间效果。

绘画是造型艺术，平面上塑造立体，主要是塑造第三度空间的深度，因此绘画表现上，要特别处理好前后关系，前后关系处理恰当，才能表现远近，才能体现空间。另外画面上的景物比例关系是很重要的，山水画中的点景人物、屋宇、车舟都要起到以小喻大的作用。古代画论中，很多谈到比例问题，可见其重要性。

山水画家懂一点透视学，我认为也是需要的。山水画中屋宇楼阁与建筑物的处理，适当地运用透视学的画法，取得一定的空间变化也是可行的，但最好用平行透视的方法去处理，容易取得较好的效果，而且必须与山峦树林透视保持一致性。同时在理论上必须认识到，科学不等于艺术，艺术中适当撷取一些科学规律，旨在更加强艺术的表现效果。

中国山水画中常用宽一长三比例的长屏条直画幅，全幅空间表现的透视必须统一，一般都是采用高视点的办法，统调全画。这样全幅画面，下为近，上为远，全画中心在中景，中景的空间关系表现充分，全画则可取得空灵的效果。长屏条画幅，近景应采取俯视的办法来处理空间关系。画山，必须见山脊；画树，宜多见叶丛，少见枝干，以酣畅重墨画之，可得突出近景的效果。

山水画中，一比三的横幅画面，特别是八尺以上的大幅画面，全画的空间关系是至关重要的。全画的重点在中近景。近景必须画实景，布景力求实在具体，空间关系要强调，用墨要厚重，中景的处理宜占上下的三分之二，左右画面的透视关系必须保持一致。如果是一比五以上手卷形式的画幅，则可将画面分成数段来处理。数段之中，透视关系可以稍有差异，但两段之间宜慎重处理，使其统一，一般采用云气塞隐的办法来接段，使数段得以自然连接，以取得全幅画的统一效果。

中国山水画的空间关系的处理，我主张可以参考透视学的规律来处理画面中屋宇楼阁与建筑物，而不用界画中屋宇、楼阁，采用上宽下狭的处理方法。但画面中，不论是画云海，或者大面积水面（湖面、海面）都不宜出现明显地平线。采用水天一色、云天一色的办法处理天地的空间关系。

中国山水画不是完全写实的，它重写意，意在笔先。所以在创作时必须要有空间境界观念，把握全画面的空间关系。这种空间关系时时体现在笔墨的浓淡、轻重、疏密之中，要有全局的主观空间感觉，即所谓"胸有成竹""胸中丘壑"，才能真正处理好画面的空间表现效果。